AF461355

16 X 65837

Prix : 0 fr. 95 Net l'ouvrage complet.

ÉDITION ILLUSTRÉE.

8° Y². 54485 (15)

LÉON DAUDET

LES Deux Étreintes

BIBLIOTHÈQUE NATIONALE RF IMPRIMÉS

PARIS
MODERN-BIBLIOTHÈQUE
ARTHÈME FAYARD, ÉDITEUR
78, BOULEVARD SAINT-MICHEL, 78

Les Deux Étreintes

8° Y² 54481 / 15

Une fois seule, la jeune fille resta longtemps pensive.

LÉON DAUDET

Les Deux Étreintes

Roman contemporain

« La passion fait sourdre
la race. »

Illustrations d'après les aquarelles

DE

DABAT

PARIS

MODERN-BIBLIOTHÈQUE

ARTHÈME FAYARD, ÉDITEUR

78, BOULEVARD SAINT-MICHEL, 78

Tous droits réservés

La Hollande est, comme la Grèce, petite et remplie de merveilles.

Au Docteur Henry VAQUEZ,

son ami fraternel,

LÉON DAUDET.

Il tenait sur elle ses yeux gris perçants.

— C'est toi, Jeanne... Entre.

CHAPITRE PREMIER

— C'est toi, Jeanne... Entre.

Henriette Herrant ouvrit la porte et Jeanne d'Aprileux, son amie d'enfance, la trouva les bras nus, la gorge nue, comme elle achevait sa toilette.

Henriette Herrant, fille du célèbre philosophe Jérôme Herrant, avait vingt-cinq ans. Jeanne d'Aprileux, femme du romancier Charles d'Aprileux, en avait vingt-neuf. La jeune fille et la jeune femme s'adoraient, se confiaient tout.

Jeanne était brune, petite. Elle avait la bouche un peu forte, bonne, le nez très fin, et deux yeux noirs admirables pour le feu, le reflet et la promptitude.

Henriette était blonde, souple, grande. Ses yeux, d'un vert sombre, tantôt recélaient une étrange clarté, une limpidité humide, tantôt se fonçaient, gagnaient en ténèbres, redoutable indice d'une âme changeante. Le dessin du front, du nez, des lèvres et du menton avait la réaliste pureté des vieux maîtres. Elle se coiffait devant son miroir, levant les bras, et sur ces bras de porteuse d'amphore la lumière du finissant avril, qui envahissait le cabinet de toilette, faisait des marques fugitives, roses et ardentes, des ombres douces, selon la mystérieure harmonie des gestes. Le cou aussi était merveilleux, légèrement gonflé comme celui de l'oiseau qui chante. Sur les épaules d'une pente classique glissaient les rubans de la chemisette.

— Tu es encore en retard, dit Jeanne d'Aprileux, sévère. C'est à ne jamais sortir avec toi.

Nette et musicale, la voix de la jeune fille répondit :

— C'est la faute de ces vilains cheveux. Ils moussent tant que je ne peux les aplatir.

Les « vilains » moussaient en effet par ondes rebelles, que suscitait plutôt que ne les calmait le contact des mains longues, fines, nerveuses. Les doigts agiles tâtonnaient, piquaient vivement de petits peignes dont s'irritait le flot doré, et cette lutte avait tant de grâce que Jeanne, sensible à la beauté, sourit.

— Tu sais comme Charles est impatient et exact. Il est dix heures. A onze heures, nous avons rendez-vous devant le pavillon d'Armenonville.

— Avec la victoria et le bon cheval, nous y serons. Que fait-il, Charles, en ce moment ?

— Des armes, à son cercle. Il aurait voulu qu'on le prît en passant. Il est un peu jaloux de toi.

— Il a tort... Figure-toi, ma Jeanne, que Claude est en Anjou depuis deux jours... à Saint-Blaise, près de sa maman malade.

— Pauvre Varnier ! Et comment fais-tu pour te passer de lui ?

— C'est vrai que, quand il n'est pas là,

il me manque la moitié de moi-même. Je ne pense qu'à lui et je ne regarde ni n'entends plus rien. Alors je parle de lui avec mon vieux parrain Vercors, ou avec papa... pour tromper la faim.

Claude Varnier, de huit ans plus âgé qu'Henriette, venait dans la maison depuis dix ans. Savant de premier ordre, d'une intelligence claire, il était l'élève préféré du grand Robert Vercors, gloire de la physiologie et de la clinique françaises, et, par l'intimité de Vercors et de Herrant, un peu l'élève aussi de ce dernier qui donnait une sorte d'aération philosophique et humaine à tant de dons qu'eussent étouffés les seuls travaux du laboratoire.

Il aimait passionnément Henriette. Il n'avait jamais aimé qu'elle. Il y avait entre eux l'accord tacite qu'elle serait un jour sa femme. Mais ils ne se pressaient point, lui voulant acquérir vite la renommée, elle se complaisant dans son indépendance. Leurs lectures étaient en commun, leurs travaux, leurs pensées en commun. Ils étaient trop sages tous deux pour gâcher par avance des joies certaines.

Comme Henriette revêtait maintenant un léger corsage de linon mauve garni de dentelles blanches, elle ajouta :

— Claude et moi, nous formons un seul être qui voit le monde, les choses et les gens avec quatre regards, comprends-tu, un relief double. Il est plutôt du nord de la France avec des grands-parents gascons. Moi, je suis de Paris par papa, d'Avignon par ma pauvre maman. C'est peut-être cela... le même croisement de sangs et de races...

La netteté de son langage, le choix des mots et la rapidité des images montraient, dans la jeune fille, un esprit infiniment souple et cultivé qui n'ignorait aucune rouerie de l'intellect, aucun détour de la sensibilité et ne perdait jamais la méthode. Après un silence, elle continua, ajustant sur sa petite tête un grand chapeau couvert de roses :

— C'est terrible de perdre sa mère dès l'enfance. J'aime beaucoup l'amie de papa, votre propriétaire, cette bonne Mme de Nauverai... mais... ça ne remplace pas, tu penses... Avec père nous avons peu de communication familiale, encore moins de communion morale. Il fut pour moi un éducateur admirable, comme Vercors, mais rien que cela. Il y a des heures où ma totale liberté me pèse, m'est odieuse... anormale... Je voudrais être déjà Mme Claude Varnier...

— Et qui t'en empêche?...

— Personne que mon scrupule, j'ai pour Claude la plus folle admiration, la plus folle amitié, la plus folle tendresse, une tendresse d'orpheline... mais il me semble qu'à cet amour, si complet dans les hautes régions, il manque quelque chose encore... pour être de la passion vraie.

— Et quoi donc?...

Henriette se pencha vivement vers son amie, lui glissa dans l'oreille ce simple mot :

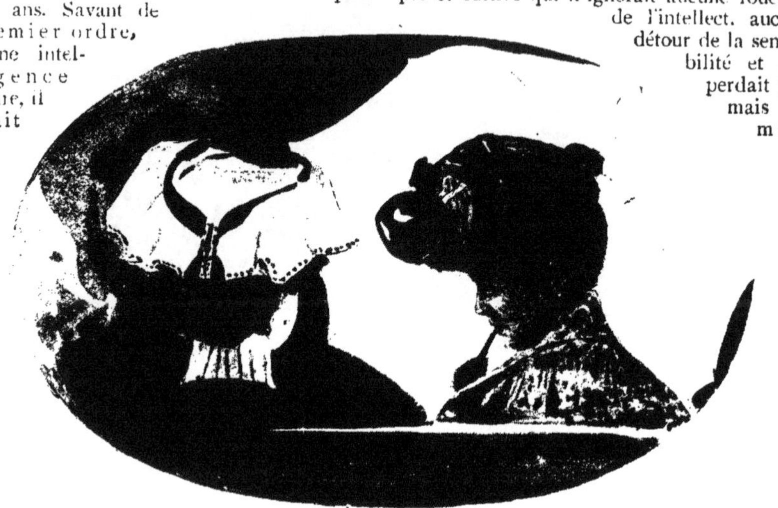

Assise a coté de son amie, dans la victoria...

Du désir, puis devint toute rose de la confidence.

— Eh bien, eh bien, fit Jeanne, gênée elle aussi et stupéfaite, je ne te reconnais plus. Toi la sage, la réservée, la raisonnable. Est-ce que ce vieux bohème de Jamouins aurait raison quand il te traite « de feu qui couve » ?

— Peut-être ! Peut-être !

Henriette s'étira avec cette langueur où les passionnées mettent l'inassouvi de leur violence, eut un étrange sourire, puis vivement :

— En route, bavarde ! C'est toi qui nous mets en retard, maintenant.

Il faisait tiède et doux. La courte et provinciale rue de Monsieur, où se trouvait l'hôtel de Jérôme Herrant, était déserte. Seul, un chat jaune tâtonnait le long des grilles du jardin, épiait dangereusement les oiseaux chanteurs.

Assise à côté de son amie, dans la victoria, Henriette ouvrit un télégramme que l'on venait de lui remettre :

— De Claude, naturellement. Ah !... Mme Varnier va mieux. Je suis bien contente !

— Il me semble, dit Jeanne d'Aprileux, que votre situation ne peut pas se prolonger indéfiniment...

— Quelle situation ?...

— De folle tendresse, sans *désir* de ta part, pour employer ton rude langage.

— Mais non... rassure-toi... Le dénouement approche... certains éclairs m'en avertissent... dans mon intime personnalité.

— Etrange fille ! murmura la jeune femme.

— Pourquoi ? Parce que je suis sincère... absolument sincère... parce que je m'observe... parce que je veux mon, *notre* bonheur. Songe si je connais Claude... Je te répète que très souvent nos pensées s'envolent ensemble... Nous en avons comme une honte, une pudeur... mais je n'admets pas que Claude gâte tout, par son impatience. Je le respecte trop pour ne pas être très exigeante... quant à mes sentiments pour lui, tu saisis bien... Bonjour... bonjour !...

L'appel d'Henriette s'adressait à une femme élégante et mûre, qui marchait le long du boulevard Saint-Germain avec une lenteur distraite.

— Mme de Nauverai. Elle vient chez nous... Elle déjeune ce matin... avec Vercors... Elle est en avance... Hum !... un peu fané, le flirt de mon pauvre père...

— Encore belle, tout de même, et si fine,

Devant le pavillon d'Armenonville, Charles d'Aprileux faisait les cent pas.

si généreuse !... répliqua Jeanne... Ça dure depuis ?...

— Dix ans... environ... Tout au moins, je le sais depuis dix ans...

— Cela t'a fait de la peine... au début ?

Henriette se mit à rire.

— Et pourquoi, grand Dieu ! J'ai su gré à Mme de Nauverai d'être pour mon père une amie, une bonne amie parfaite, pas intrigante, pas entrante. Il aurait pu tomber sur une pécore... Il avait quarante-quatre ans, puisqu'il en a maintenant cinquante-quatre... C'est, paraît-il, un mauvais tournant pour les veufs. Blanche de Nauverai n'étant pas divorcée alors, n'étant que séparée d'un odieux crétin, ne pouvait se remarier. Aujourd'hui qu'elle est libre, elle n'y tient plus... Elle ne me gêne pas. Elle me témoigne une vive affection. Elle est toujours de mon avis... Que pouvais-je souhaiter de mieux ?... et enfin, ajouta la jeune fille avec une nuance de moquerie, elle est, pour mes chers d'Aprileux, la propriétaire idéale...

— Elle ne le sera peut-être plus longtemps, soupira Jeanne. Charles veut quitter l'avenue Marceau, comme trop bruyante. Il parle même de quitter Paris. Il désirerait acheter cette petite maison que nous avons louée à La Haye et où tu as promis de venir nous voir.

— Vous habiteriez la Hollande toute l'année !...

— Parfaitement... Monsieur mon mari écrirait là les sept ou huit romans et études qu'il a présentement dans la tête et que les corvées mondaines empêchent de fleurir... Et quand partez-vous pour Fontainebleau, ton père et toi ?

— Oh ! ma chère, nous ne sommes qu'à la fin d'avril ! Et puis j'irai en Anjou, seule, chez Mme Varnier... Donc, pas avant quatre mois, je pense... C'est l'époque où Vercors prend aussi ses vacances à Marlotte. On voisine. C'est gentil, mais un peu monotone.

— Claude sera là ?...

— Rarement. Il remplace son *chef* à l'hôpital.

La victoria montait rapidement l'avenue des Champs-Elysées. Henriette regardait les passants, les voitures avec une vivacité qui amusait son amie.

— Est-ce que tu retiens tous ces visages, toutes ces formes ?... Ça doit bien te gêner, cette foule, dans la mémoire ?

— Ma mémoire est ainsi faite, moqueuse, que rien ne la gêne et que tout l'exalte. *La mémoire*, dit Vercors, *est la moitié de la vie*. Parole bien juste. Je vis beaucoup plus par le souvenir que dans le présent.

— Mais ça s'efface... le souvenir, à la longue...

— Chez moi rien ne s'efface. Plus c'est ancien, plus ça creuse. Les têtes de mes premières bonnes, mes plus vieux joujoux m'hallucinent. Je me rappelle un cheval à bascule, rouge, que je faisais manœuvrer dans un corridor étroit et sombre, comme si j'étais encore dessus. Le crin de sa crinière me pique la main... Son odeur de vernis est dans mon nez. Et toi, n'es-tu donc pas ainsi ?

— J'ai le bonheur de savoir oublier, répondit Jeanne, soudain sérieuse.

— Tant pis... c'est si délicieux de vivre à reculons, de ruminer !...

Devant le pavillon d'Armenonville, au Bois de Boulogne, Charles d'Aprileux faisait les cent pas. C'était un homme d'une quarantaine d'années, élégant et robuste, avec des cheveux d'un châtain si clair qu'ils en étaient presque roux, une figure alerte et brave, imberbe, une moustache rousse et conquérante, deux yeux gris extraordinairement mobiles. Chapeau de paille, veston noir et pantalon de piqué blanc. Quand il aperçut la victoria, il tira sa montre d'un air grave.

— Onze heures un quart... madame et mademoiselle.

— C'est la faute de mon corsage, dit Henriette en descendant de voiture. Et puis, Charles, vous n'allez pas nous gronder. Vous savez bien que je suis toujours en retard. Cette pauvre Jeanne vous craint comme l'ogre.

— Ne me doit-elle pas obéissance ?

— On ne doit obéissance à personne, répliqua avec netteté la jeune fille.

Elle marchait entre Jeanne d'Aprileux et son mari et tous trois suivaient classiquement l'allée des Acacias.

— Ma chère amie, riposta Charles d'Aprileux, il y a dans vos moindres paroles le plus rare mélange de révolte et de soumission que j'aie encore rencontré. Je crois que votre père, je crois que Claude Varnier, je crois que tous ceux qui vous entourent, se trompent sur votre personnage, quand ils vous appellent « un brave homme », et que vous êtes et serez surtout la plus femme d'entre toutes les femmes.

— Peut-être bien, ô observateur pénétrant, mais ne prenez pas le *ton docte*.

Souvent le romancier, fier de sa perspicacité d'ailleurs merveilleuse, se revêtait

Henriette était assise en face de son père.

d'une sorte de fatuité quand il portait un jugement. Il sourit et reprit :

— J'abandonne le *ton docte* et je vous déclare, tout gentiment, Henriette, que votre fantastique culture bride un instinct non moins fantastique, lequel un jour s'épanouira. Mais regardons les têtes.

Les « têtes » étaient bonnes en effet. La belle matinée de printemps avait attiré aux Acacias tous les habitués de cette promenade.

La foule des piétons, les files de voitures montaient et descendaient l'avenue avec une solennité vaniteuse. Le bruit luxueux des gourmettes se mêlait au bourdonnement de la ruche cancanière. Hommes et femmes, sous la bagatelle, dissimulaient mal un air d'importance, comme s'ils accomplissaient un rite. D'Aprileux, chez qui l'usage du monde n'avait point éteint la verve, ni l'invective, se chargeait de « coller des étiquettes » selon sa propre formule.

— Tiens, voilà Goulbache, le juge intègre, celui qui *sale* les journalistes sur un ordre de son ministre. Entre deux youpins, naturellement... Pouah ! quelle odeur ! Ces viandes pourries font pencher sa balance... Encore un youpin, Nicolas Wurm... Sans son président celui-là... Il l'a laissé à l'office. Et quel eczéma flamboyant !... Ah çà, mais les douze tribus ont levé leurs tentes... ce matin !...

Henriette et Jeanne riaient, habituées à la fantaisie de Charles, qui circulait librement dans la vie avec des muscles solides, une conscience tranquille et un don verbal irrésistible.

— Ah ! par exemple !... Mais c'est Jamouins, c'est lui !...

— Prupru... Toi, ici !...

Prudent Jamouins, dit Prupru, ancien condisciple de Jérôme Herrant, qu'Henriette appelait souvent « mon bon oncle », montrait, sous des cheveux presque blancs, un visage rond, rouge et réjoui de cette stupeur. Il était petit et de geste vif.

— Mais oui, c'est moi, Jamouins, ton vieux « nonclard »... Ça t'étonne, ma petite Henriette, qu'un homme qui habite Versailles vienne quelquefois au Bois de Boulogne ?... Ah, permets-moi de te présenter, d'Aprileux et vous, madame, permettez que je vous présente M. Maurice Dellenoy, un provincial comme moi, puisqu'il demeure à Sèvres toute l'année.

Henriette, levant les yeux, rencontra un regard d'un bleu profond, ambigu, ardent et doux comme une caresse, qui la rendit presque défaillante. Sa première pensée fut : « Je l'ai déjà vu »... Puis une imperceptible angoisse, puis le Bois lui parut agrandi, l'heure précise et lumineuse. Enfin, se remettant, inquiète encore de son émoi, elle vit s'incliner un homme jeune, blond, à peine plus grand qu'elle, de traits fins, à la barbe légère, et qui lui souriait.

Elle devait se rappeler les moindres détails de cette rencontre, le dessin gris et bleu du veston, le feutre gris correctement posé sur les boucles courtes et d'un blond très chaud, les mains gantées, le jonc épais à pomme d'argent. La voix, que démentait la flamme claire des prunelles, semblait hésitante et timide, puis, par surprise, presque rude. La bouche, sous la moustache soignée, avait un pli amer. Et ce pli inspira tout de suite à la jeune fille une compassion singulière.

Charles d'Aprileux connaissait Dellenoy, musicien amateur et chroniqueur léger. Il lui parla de ses nouvelles et de ses ouvrages avec l'aimable intérêt d'un homme arrivé pour un jeune confrère de talent. Ces compliments plurent à Henriette. Elle n'écoutait guère *son vieux* Jamouins lui demandant des nouvelles de son père et de Mme de Nauverai. Mais le nom de Claude Varnier prononcé lui donna comme une petite gêne. L'immédiat voisinage de Maurice Dellenoy la troublait aussi.

— Mademoiselle, demanda celui-ci après un long silence que le beau matin faisait couleur d'or, est-ce que vous venez habituellement au Bois ?

— Deux ou trois fois par semaine, avec mon amie Jeanne.

— Madame d'Aprileux ?...

Henriette inclina la tête. Sa main, qui tenait l'ombrelle, frôla par mégarde la main libre du questionneur et elle tressaillit, s'écarta soudain. Ce mouvement n'échappa point au très subtil Maurice, nature à la fois sauvage et raffinée, faussée par une jeunesse malheureuse, chez qui toutes les facultés vitales étaient tournées vers la conquête sensuelle. Henriette lui avait plu. Il devina une proie facile. Et, pour tâter le terrain, comme il avait de l'esprit, il la fit rire.

A qui connaît la femme, le rire est révélateur. Il montre, sans qu'elle se méfie, la forme de sa résistance et de son abandon. Il donne même le sens de la chute. Et n'est-il pas, aux premières entrevues, la seule émotion qu'on puisse provoquer ?

Le rire d'Henriette était large, franc,

d'une délicieuse fraîcheur. Par l'éclat des dents, la rose humidité des lèvres, la palpitation des narines, le plissement des paupières bistrées sur ce fier regard d'eau courante, il témoignait d'un être sain, voluptueux, en appareillage pour la pleine vie, si belle et si méchante. Et comme la naïveté est contagieuse, au désir du jeune homme se mêla quelque émotion, chose rare. Il en sut gré à la rieuse. Les mots que tous deux

Elle eut cette fois une demi-ironie, presque mélancolique, tacite, et lui voyait déjà cette jolie tête comme appuyée sur son épaule, entre une douce lassitude et un songe. A ce moment, une broche en forme de cœur, don de Varnier, qu'Henriette portait toujours à son corsage, tomba. Dellenoy se baissa vivement, lui tendit le bijou. Leurs doigts se touchèrent, sans recul.

— Croiriez-vous, mademoiselle, que j'ai

Elle imaginait les autres, là-bas, bien installés sous les ombrages.

prononçaient prirent une valeur cachée, ambiguë, presque un goût d'avenir.

— Non, mademoiselle, je ne suis pas du Midi, malheureusement. Je suis de Grenoble.

— Pourquoi malheureusement ?

— Parce que du Midi, depuis que le monde est monde, sont venues la joie et la lumière.

— Et le mensonge d'imagination...

— Celui qui rend la terre supportable.

une broche presque semblable ? Oui, c'est bien cela, espagnole... tout ce qui me reste de ma mère... Car, à huit ans, j'étais seul dans la vie, ajouta-t-il plus bas, comme pour lui-même, et la petite contrainte de la jeune fille lui montra qu'elle s'apitoyait aisément.

Cependant Jamouins et d'Aprileux discutaient un point littéraire... selon leur habitude. Prudent Jamouins était un de ces merveilleux causeurs qui parlent, leur vie entière, une œuvre qu'ils ne réalisent jamais. Il avait tout lu. Il connaissait tous les musées d'Europe. Il reconnaissait, dans un concert, au bout de trois mesures, la manière de n'importe quel grand musicien. A cette érudition il joignait un esprit cocasse, alerte, primesautier, l'horreur du convenu, des appréciations toutes faites, des grimaces, et le don si rare de raconter vite et bien des histoires caractérisées.

Mais Henriette n'écoutait ni les plaisanteries de Jamouins, ni les vives ripostes de Charles d'Aprileux. Les observations de Jeanne sur les toilettes des passantes l'agaçaient même un peu. Elle sentait une force singulière qui lui venait de Maurice Dellenoy, un désir de choses inconnues, défendues et confuses. Habituée à analyser les caractères, elle devinait en celui-ci quelque chose de mystérieux, de capricieux qui irritait sa curiosité. Elle sentait ce regard bleu en quête de son regard. Elle le fuyait malaisément, puis revenait à lui, le croisait avec crainte, l'abandonnait honteuse... Et voilà que soudain sa gorge se serra, elle eut une immense envie de pleurer.

— Allons-nous-en, Jeanne, rentrons vite.

— Mais qu'est-ce qui te prend? Il n'est que midi. Déjeune avec nous. Déjeunons ensemble : n'est-ce pas, messieurs, Charles, ce serai gentil?

— C'est cela, je vous invite à Armenonville : monsieur Dellenoy, j'espère que vous me ferez l'honneur...

— Mais avec le plus grand plaisir, mon cher maître.

— Voyons, Henriette, laisse-toi tenter, dit Jamouins. Ton cocher préviendra chez toi.

— Non, Prupru, non, je ne veux pas « manquer Vercors ».

En réalité, la jeune fille, toujours libre de ses mouvements, avait maintes fois « manqué » Vercors sans scrupule. Elle pouvait déjeuner et dîner dehors sans même avertir son père, qui donnait simplement l'ordre, au bout de dix minutes, d'enlever le couvert de son indépendante. Mais ce matin-là, où tout l'invitait à l'escapade, elle voulait fuir un charme trop dangereux, elle sentait en elle et autour d'elle quelque chose qui déjà l'astreignait, la fascinait et la remplissait d'une délicieuse épouvante. Elle s'obstina, ne céda point.

— A bientôt, petite, lui cria Jamouins comme elle remontait en voiture.

Elle eut la force de se retourner, de faire un signe de la main, et ses yeux, qu'elle ferma tout de suite après, pendant quelques secondes gardèrent l'image de Dellenoy, triste, étonné, d'une exquise pâleur.

Elle se ranima plusieurs fois, cette image, sans qu'elle perdît rien de son intensité, sans qu'elle cessât de gonfler le cœur. L'avenue des Champs-Elysées, la descente rapide, les voitures croisées ou dépassantes, les visages entrevus, tout devint pour la jeune fille enfiévrée comme l'émanation d'une même stupeur. Et cette stupeur provenait d'un visage, et ce visage avait un nom.

— Non, je ne le reverrai pas... mais, si je le revoyais, quand serait-ce donc et où, puisqu'il habite Sèvres toute l'année? Depuis quand connaît-il Jamouins?

Elle se répéta cette phrase plusieurs fois, puis murmura : « Maurice, Maurice », comme afin d'habituer ses lèvres.

Et comme la victoria traversait le pont de la Concorde (elle eût pu vingt années plus tard déterminer la place exacte et le long reflet du soleil sur la Seine), elle songea tout à coup à Varnier, à son Claude, qui l'aimait et qu'elle aimait. Et elle fut étonnée de se répondre qu'il n'y avait point là de sacrilège, que cette impression vive et soudaine n'efffeurait même pas la part de Claude.

Mais en arrivant rue de Monsieur, devant la porte familière dont s'écartaient les lourds battants, elle se demanda avec angoisse, en un éclair de haute prescience, si ce qu'elle avait ressenti, quand la main de Dellenoy touchait la sienne, n'était pas un peu de désir, de ce désir que *l'autre*, pour la posséder tout entière, eût dû lui inspirer aussi.

A la table de famille, dans la grande et somptueuse salle à manger, Henriette était assise en face de son père. A sa gauche, Mme de Nauverai ; à sa droite, le docteur Vercors.

Tandis que celui-ci portait, sur un corps frêle, un visage robuste et tourmenté d'ouvrier en fin, avec de larges joues, un nez un peu court, des yeux gris perçants de réaliste et des cheveux blanchissants, longs et plats, Jérôme Herrant, au contraire, montrait un torse trapu, une tête encore jeune et rebelle, où tout respirait l'ironie, depuis les regards enfoncés, durs et noirs, jusqu'à la grosse moustache grise et jaune au-dessus de la bouche sinueuse. Les cheveux coupés court, en *brosse*, drus et de nuance indécise, entre le fauve et l'argent, le menton saillant et ras, le parler rapide, le geste tranchant, démonstratif. annonçaient plus l'officier de cavalerie que le métaphysicien : « Je suis un philosophe, mais moderne », répétait-il volontiers en insistant sur le mot *moderne*. et il entendait par là que l'amour des idées générales n'excluait point chez lui le goût de la lutte. ni la curiosité des êtres ambiants, des choses accidentelles ou contingentes.

Il avait cinquante-quatre ans révolus. Robert Vercors en avait soixante. Ces deux hommes. de tempérament si divers et d'intelligence souvent opposite. avaient l'un pour l'autre une sorte de passion. Ils se complétaient bien : les vastes hypothèses de Herrant trouvaient des points d'appui et des confirmations dans les recherches strictes, magistrales de Vercors. Celui-ci évitait de son côté le pédantisme et la sécheresse grâce au contact du philosophe, à sa quête hardie, perpétuellement fraîche et libre. Puis le vieux médecin avait été pour Henriette un deuxième père et un deuxième éducateur. Il s'était, comme il le disait, « amusé » à rendre assimilables, pour cette jeune et souple intelligence. les grands principes de l'observation directe : *Personne ne regarde la vie. Les hommes ont des yeux vitreux de poisson. Habitue-toi, petite, à regarder la vie.* Ainsi la jeune fille avait eu pour maître le plus fort praticien et le plus fort théoricien de son temps. Ainsi elle, son père, Claude Varnier et Vercors formaient une sorte d'association idéale, où chacun soumettait ses propres remarques aux trois autres et les enrichissait de leur appoint.

Quant à Mme de Nauverai, calme et sérieuse, elle se tirait d'une situation mal définie et malaisée, à force de bienveillance et de finesse. Habituée à ces caractères d'exception. elle connaissait leurs angles et leurs périls et les évitait simplement, avec un joli sourire sous ses bandeaux encore bruns. Elle avait l'art de mettre en lumière les événements heureux et d'amortir les chocs inévitables. Elle appliquait tout son soin à ne jamais froisser ni contrarier Henriette, à s'effacer constamment devant elle. Elle adorait Herrant et vivait dans son ombre.

— D'où nous arrives-tu, petite, avec ton air de somnambule? dit Vercors à la jeune fille, sa filleule.

— Du Bois, parrain. Je parie que, dans toute ta vie, tu n'es pas allé deux fois avenue des Acacias.

— Pas une. Et qu'y ferais-je, avec ma vieille patache, mon vieux cocher, ma tête de singe?... Est-ce que Varnier était avec vous? Est-il revenu?

— Pas encore, mais sa mère va mieux ; j'ai de lui un télégramme tout frais.

— Et à quand le mariage?

— Ah çà, se dit Henriette, ils se sont tous donné le mot ce matin. En même temps ce terme de *mariage* lui fit une impression désagréable de servitude, de renoncement.

Elle répondit : « Ça, c'est notre affaire », d'un air malicieux qui lui servait à dissimuler ses sentiments profonds.

Ensuite elle n'écouta plus. La salle à manger lui semblait maussade, la compagnie ennuyeuse. Elle imaginait les autres, là-bas, dans ce frais et joyeux restaurant, bien installés sous les ombrages. Par une étrange et intime pudeur vis-à-vis d'elle-même, elle ne reconstruisit pas tout d'abord le visage et les gestes de Maurice Dellenoy. Elle se représenta Jamouins rouge et suant et bavard, d'Aprileux bavard aussi, commandant le menu avec un soin minutieux, Jeanne d'Aprileux s'éventant trop vite, avec une petite mine délurée de pensionnaire en vacances. Enfin il lui parut que le tour de Maurice était venu. Et il se dressa devant elle avec une netteté absolue, évoqué par ces deux repères : le pli amer et désenchanté de la bouche, au-dessus de la barbe blonde, le regard bleu, couleur du temps, et parfois glacé, comme s'il renonçait à l'espoir.

— A huit ans... seul dans la vie...

Elle entendait la voix sobre et grave et le léger appui insouciant de la canne sur le sable. Qui lui avait donné ce jonc? Il devait être aimé celui qui, en une seule entrevue, imposait ainsi son image. Mais était-il heureux? Il n'en avait pas l'air. Et de nouveau une pitié profonde envahit la généreuse fille.

— Que tu as l'air dur, ma distraite!... C'est à cette salade que tu en veux?... dit Herrant avec un bon rire.

Il ajouta : « C'est une recette montagnarde. La nouvelle cuisinière est Grenobloise. »

La superstitieuse Henriette eut un sourire intérieur de la coïncidence. Et ce mot de Grenoble lui rendit sa gaieté. C'était, entre le jeune homme et elle, quelque chose d'un peu intime, qu'elle lui raconterait à la prochaine rencontre... Mais quand serait donc cette prochaine rencontre?

Et voici qu'elle éprouva le besoin irrésistible de proférer le nom à voix haute, de le placer dans la conversation.

— J'oubliais de vous dire que nous avons rencontré Prupru.

— Ah, la canaille. il fait le joli cœur!... Et ses fameux travaux... La critique du musée de Versailles... Ils ne l'absorbent guère... Toute sa vie ce sera la même chose.

Jérôme Herrant haussa ses fortes épaules avec un indulgent mépris.

— Il n'était pas seul.

— Et qui l'accompagnait?

— Un monsieur Dellenoy, Maurice Dellenoy...

Le regard subtil de Mme de Nauverai faillit déconcerter Henriette. Mais, se remettant, elle insista :

— Tu ne le connais pas... Il écrit et fait de la musique...

— Les deux à la fois? demanda malicieusement Vercors.

— Tu es bête. Il est très gentil. Et il habite Sèvres toute l'année. Ce qui fait que lui et Prupru voisinent...

— Hum, de Sèvres à Versailles!... c'est un voisinage qui doit leur prendre pas mal de temps... en trajet, bougonna l'implacable savant.

Et Henriette eut envie de le battre.

— Je vous assure, Jérome, qu'Henriette n'est plus la même.

II

— Je vous assure, Jérôme, qu'Henriette n'est plus la même. C'est aussi l'avis de Jeanne d'Aprileux. Croyez-moi. Les femmes devinent les femmes.

Blanche de Nauverai parlait ainsi à Herrant, qu'elle était venue voir dans la matinée avant le déjeuner, comme elle le faisait souvent. Le cabinet de travail, étroit et long, encombré de tables et de livres, était au rez-de-chaussée de l'hôtel : il ouvrait, par deux larges fenêtres, sur le jardin, joyeux d'une belle lumière, que diffusaient de beaux ombrages.

Incrédule, le philosophe secoua la tête.

— Que pourrait-elle avoir?... Sa vie est heureuse et calme... Elle adore Varnier qui l'adore... Il est convenu qu'ils se marieront. Je les laisse follement, ridiculement libres.

— C'est peut-être un tort...

— Comment!... Avec le caractère de ma fille, si j'intervenais en quoi que ce soit dans la conduite de son existence, elle m'enverrait au diable, je perdrais tout prestige... Et puis je la préfère indépendante et franche, loyale, telle qu'elle est enfin, plutôt qu'hypocrite et rusée... Je n'ai pas pu remplacer la mère... mais Vercors et moi avons fait d'Henriette un brave homme. J'aime mieux cela. D'ailleurs, vous savez mes idées là-dessus.

— C'est peut-être un tort, reprit Mme de Nauverai, sans s'émouvoir du ton presque acerbe... Si Henriette avait eu moins de liberté vis-à-vis de Claude, ils seraient mariés maintenant... J'entends par là, ajouta-t-elle, qu'un peu de contrainte est nécessaire à l'achèvement de la passion. Elle s'est trop habituée à traiter ce garçon en frère. La fraternité tue l'amour.

— Pas toujours, murmura Herrant avec un sourire...

— Toujours, quand elle ne l'attise pas.

— Mais enfin, en quoi consiste ce changement?... Depuis quand?...

— Écoutez alors... (Mme de Nauverai s'assit, et, après un petit silence nécessaire au rappel des circonstances :) Nous sommes aujourd'hui le 20 mai. Depuis une quinzaine environ, depuis la fin d'avril, Henriette vit dans un rêve...

— Elle a toujours été distraite.

— Pas autant. Elle n'entend pas, elle a les yeux ailleurs... Elle ne répond pas... ou elle répond en sursaut. Jamais plus de gaieté ; les saccades d'une joie factice... Un air de fièvre... Jeanne entrait chez elle à toute heure, comme au moulin. Souvent maintenant elle trouve la porte close, la consigne : *Mademoiselle ne reçoit pas.* Excuse : la migraine... Nous connaissons ces migraines-là.

— L'absence de Claude, peut-être...

— On l'a cru, d'abord. Mais voici une semaine que Claude est revenu... et cela persiste. Tellement que ce pauvre garçon est troublé, lui aussi. Il me l'a avoué l'autre soir ; un peu plus, il m'interrogeait... Serait-elle éprise d'un autre?

— Allons donc, c'est impossible... Ah, ma chère, êtes-vous assez femme, assez romanesque?... (Et le philosophe, quittant la table, alla prendre galamment la main de son amie, la porta à ses lèvres.) Henriette aime Varnier, saprelotte... Elle nous répète du matin au soir qu'elle ne peut se passer de lui... Donc la place est prise... ici... (Il montra son front orgueilleux.) Et ma fille est toute dans son cerveau... Puis il y a la certitude matérielle... Elle ne voit personne, que les d'Aprileux et Jamouins...

— Quel est donc cet ami de Jamouins dont elle nous parlait?... Un monsieur Dellenoy...

— Rien d'important... un jeune *musicard*... Elle ne l'a pas revu... Elle est incapable de dissimuler... S'il avait fait quelque impression sur elle, elle nous eût chanté ses louanges.

— Enfin, quelle que soit la cause, il y a là un petit mystère.

— Pas grave...

— Non, mais ennuyeux. Henriette a vingt-cinq ans passés. Vercors et vous l'avez soumise à une culture intensive, selon votre propre jargon... Mais la nature veille, sous la culture. Que n'épouse-t-elle bien vite son Claude!

— C'est leur affaire, comme elle dit... Ou il y a un peu de brouille entre eux... ou le printemps... ou... nous consulterons Vercors. Bah, conclut le philosophe, un voyage, Fontainebleau, des distractions dissiperont ces vapeurs, qui n'existent peut-être, Blanche, que dans votre excessive tendresse et la manie d'analyse des d'Aprileux.

Il n'y avait pas un quart d'heure que Mme de Nauverai était sortie, assez mal rassurée, du cabinet de travail qu'Henriette y entrait à son tour.

— Tiens, mademoiselle ma fille... Bonjour, petite... Qu'est ce qui t'amène?

— Bonjour, père... Je voudrais un livre...

— Quel livre?...

— Sur *la mémoire*... qui en parle bien, sans pédanterie... avec beaucoup d'exemples.

— Là, à droite... derrière moi, troisième rayon, deuxième case, *le Mécanisme de la Mémoire*. C'est ce qu'il y a de mieux...

Le philosophe admirait sa fille, l'harmonie de ses mouvements, sa jolie tête juvénile et pâle sous la lueur soyeuse des cheveux. Elle portait une robe de piqué blanc qui lui donnait l'air d'un grand lis.

— Henriette...

— Père...

— Qu'est-ce que tu as?

Elle se retourna vers lui avec un sourire triste qu'elle n'eut pas le temps de réprimer...

— Mais rien...

— Hum... voilà un *mais rien* qui grimace... Allons, soit... tu as *mais rien*. Et cela te creuse la figure et te fatigue les yeux... Oh, tu vas devenir très laide... Et *ce sera très bien fait*, comme tu répondais, étant petite, quand on te prédisait une punition.

Henriette vit à son père un regard qu'elle connaissait bien, et où la curiosité dépassait encore la tendresse. Elle crut nécessaire de le dépister, et de son air candide :

— J'ai qu'*on* me harcèle trop quant au mariage... Je veux être libre, même d'aliéner ma liberté...

Elle donnait au mot libre une force incroyable et redressait fièrement la tête. Une flamme incertaine courait dans ses yeux verts...

— Il est naturel que Claude s'impatiente...

— Je suis ta fille, tu sais, on ne me mate pas.

Et elle l'embrassa avec tant de gentillesse, qu'il trouva Mme de Nauverai chimérique...

En remontant dans sa chambre, son livre sous le bras, la jeune fille se dit bien qu'il était mal de prendre ainsi son ami, son fiancé comme thème de mensonge, mais elle rassura sa conscience par la formule commode : « Aussi, pourquoi m'interroger? » D'ailleurs un plus grave scrupule la tenait : la découverte de son amour irrésistible, neuf et vainqueur pour Maurice Dellenoy...

... Il y avait vingt-quatre heures qu'elle était exactement fixée là-dessus.

Elle l'avait revu trois fois en quinze jours : deux fois le matin au Bois de Boulogne, l'une avec Jeanne, l'autre sans Jeanne. La première avait été neutre, plutôt inférieure à l'attente, et gênée... Mais la seconde!... Avant de le voir, elle était sûre qu'il serait là, qu'il aurait son visage inquiet et sévère, aussitôt détendu par un si doux sourire. Elle avait, malgré elle, exprimé leur double pensée :

— *Nous* avons de la chance...

Il avait répondu « merci » tout bas, de cette voix de crépuscule qui donnait tant de prix à ses paroles. Ils avaient marché côte à côte, au milieu des promeneurs, sans rien se dire que des choses très « extérieures », indifférentes, mais que haussaient le ton tremblé, la précaution, un vague vertige.

— Il me semble, soupirait Henriette, que de lui à moi, de moi à lui, il se noue une trame invisible. Nos deux cœurs tissent, de l'un vers l'autre...

Elle remarquait aussi que la mélancolie tantôt exprimée, tantôt tacite de Dellenoy lui procurait une sorte de volupté discrète et fluide, au lieu que la mélancolie de Varnier lui avait toujours déplu, comme un manquement au pacte de la gaieté et de la bonne humeur.

Quand ils se quittèrent ce matin-là, elle ressentit une blessure aiguë et rapide, qu'elle comparait à un élancement et qui céda vite à une grande douceur. Celle ci, qui l'étonna

VU LE BEAU TEMPS, ON DÉJEUNA AU JARDIN, SOUS L'ARBRE UNIQUE.

d'abord, lui venait, elle s'en rendit compte, de la certitude dans l'amour partagé.

Enfin la troisième rencontre, qui fut décisive, était le résultat d'un petit complot. Il avait été convenu entre eux qu'ils se retrouveraient, avec étonnement, à Versailles chez Prudent Jamouins et à l'heure du déjeuner.

La coïncidence passa inaperçue. Jamouins fut enchanté. Il habitait près du Château, dans une rue fraîche, une petite maison d'ancien style ornée d'un minuscule jardin, un peu moisi. Il vivait là entre sa vieille bonne, ses chiens, ses bouquins, ses bibelots, dans une « béatitude de curé gourmand ».

Vu le beau temps, on déjeuna au jardin, sous l'arbre unique. Jamais, en vingt-cinq années de vie, Henriette ne s'était sentie aussi heureuse. Il lui apparaissait que toutes ses joies d'enfant et de jeune fille, dont sa mémoire tenait la liste et le détail, que ces allégresses puériles, du cadeau longtemps souhaité à la robe qui va bien, avaient par avance le goût et la couleur de cette triomphante matinée-là. Elles l'annonçaient et la préparaient sans doute.

Ils étaient en face l'un de l'autre, séparés par le *Vieux Pru*. Celui-ci subissait le charme que dégageaient ces deux désirs. Il fut d'une drôlerie étourdissante, et les délicieuses choses qu'il disait, que les amoureux n'écoutaient guère, faisaient un cadre imprécis et charmant à leur volupté d'être ensemble.

Par d'adroits détours, Maurice amena

leur hôte à parler de la jeunesse d'Henriette. Ce sujet particulièrement soulevait l'éloquence de Jamouins.

— Ah, qu'elle était gentille, que tu étais gentille, ma mignonne, avec tes robes courtes et ton air futé !... Aussi jolie que maintenant, ma foi... et amusante et hardie... Elle grimpait partout, sur les tables, les chaises, et sautait, les bras étendus... Le goût du risque... Elle l'avait et elle l'a dans les veines... Bonne petite élève avec ça... Je le sais, moi, ton professeur de botanique. Mais tu n'aimais pas compter les sépales.... Ah, tu n'avais pas la bosse du calcul... A part ça, je crois qu'elle sait tout... Ce que Vercors et son papa lui ont bourré la tête !... Heureusement que j'étais là pour la fantaisie...

— La divine fantaisie, fit Dellenov. Elle est au-dessus de la science et du travail... Elle est la joie et la lumière...

— Un coup de vin sur la route du rêve...

De cette formule trouvée par Jamouins et qui était bien dans sa manière, Henriette sut gré à Maurice. Elle se laissait, sans y prendre garde, aller à un sourire extasié où sa passion naissante et déjà forte était aussi visible que la ligne dure et brillante des dents. Elle avait à ce moment ses yeux sombres, ses joyaux de fièvre, et le jeune homme s'en émerveilla. Un peu ignorant lui-même, il s'admirait de charmer cette savante. Elle, de son côté, prompte à magnifier ce qui lui plaisait, le supposait revenu au sensible et au simple, après les méandres de l'intelligible et du complexe. Elle le parait de cette distinction suprême qu'est l'abandon d'une grande culture... Et Claude Varnier, dans sa prompte imagination, prit soudain une face de pédant...

Et puis Claude ne savait pas s'habiller et Henriette aimait l'élégance. Elle raillait fréquemment son ami pour le mauvais choix, la mauvaise coupe de ses jaquettes, de ses redingotes, pour sa *tenue d'expérimentateur.*

Maurice Dellenov, par contre, avait le souci de sa tenue. Il portait le complet gris et bleu de la première rencontre, avec une cravate d'un bleu plus clair. Ces nuances douces faisaient valoir son teint mat. Son regard recherchait toujours celui de la jeune fille, mais avec plus de nonchalance. Il savait que la femme, une fois captivée, poursuit qui l'évite, élude qui la poursuit. Sa fine intuition démêlait peu à peu le tempérament rebelle et fougueux, généreux, épris du danger qu'il comptait réduire vite et bien. Le hasard lui livrait une impulsive qui jusqu'alors s'était ignorée, avait méconnu sa propre puissance.

La causerie vint sur le mariage. Jamouins vantait les douceurs du célibat.

— Oh, moi, dit négligemment le jeune homme en caressant sa barbe, je suis absolument de votre avis... Quoi qu'il arrive, mes intentions sont, là-dessus, formelles, je ne me marierai jamais...

Cette déclaration révolta Henriette. Elle écouta cependant la suite, où transparaissait le désir de s'excuser, de s'expliquer.

— D'ailleurs, le mariage tue l'amour... et cette divine fantaisie que nous vantions tout à l'heure. La pensée de la chaîne perpétuelle donne envie de briser la chaîne.

Ensuite, on parla musique. Henriette était devenue morose. Priée de se mettre au piano, elle obéit... et elle revivait, avec une grande surexcitation du souvenir, ce qui s'était passé alors. Elle commençait machinalement l'andante de la sonate pathétique, qui était le morceau préféré de Claude, que celui-ci lui faisait jouer chaque semaine. Merveilleusement aptes tous deux à suivre les tonalités et les rythmes, admirateurs forcenés de Beethoven, ils pénétraient, se guidant l'un l'autre, dans la secrète pensée du génie aussi avant que possible.

Or il lui apparut que la sonate représentait soudain son ami, son fiancé, son « autre moitié », comme ils disaient quelquefois en riant. Les forces de communion intellectuelle et morale incluses dans *la Pathétique* cherchaient à l'écarter de Dellenov vers qui l'attirait une fièvre profonde. C'était une angoisse à crier. Elle comprenait, dans une sorte d'illumination douloureuse, que tout le prestige de la musique est en ces écartèlements du désir. Ils tiraillent notre être toujours double, sur qui la destinée tend par l'alternative.

Elle s'interrompit et sa figure défaite, brisée par le scrupule, ses regards en qui luttaient les feux du souvenir et de l'avenir, grisèrent Dellenov d'une ivresse sensuelle. Il soupira : « Que c'est beau, mademoiselle... Que c'est beau ! »

Par les rideaux disjoints, dans le petit salon obscur et frais, glissait un grand rai de soleil. Seule, les séparait désormais cette fragile barrière lumineuse.

Au silence, peuplé d'inexprimable, à l'échange avide des regards, au tressaillement des deux jeunes gens qui oubliaient le monde et le temps, Jamouins comprit... mais trop tard. Sans un mot, sans un geste, écartant tous préjugés, tout serment antérieur, toute crainte, toute pudeur. Henriette venait de se promettre à Maurice.

. . . .

— Je tiendrai fatalement ma promesse, répéta-t-elle presque à voix haute comme elle entrait dans sa chambre, réveillée pour un instant de cette songerie qui, depuis lors, la tenait tout entière.

Dans son âme ardente et décidée, amie du péril et du risque, il y avait cette idée païenne, que le christianisme emporta, que nous rapporte le temps moderne, qu'il est beau de céder à l'amour.

Et c'est bien ici de la passion vraie, immédiate, irrésistible. Celle qu'ont chantée les poètes, qui est la source de joie, spontanément jaillie, avant les souillures de l'hésitation.

En même temps, les axiomes de Jérôme Herrant sur la liberté absolue, sans frein ni mesure, considérée comme le premier droit de l'esprit qui ose la concevoir, ces redoutables préceptes philosophiques venaient renforcer son instinct.

ELLE COMMENÇAIT L'ANDANTE DE LA SONATE PATHÉTIQUE.

Ses yeux firent le tour de sa chambre de jeune fille, claire, élégante, spacieuse, où la réveillaient, dès le printemps, les allègres oiseaux du jardin.

Près du lit large et bas, sur un petit guéridon de même style, se trouvait le portrait de Claude Varnier.

Elle le prit, considéra longuement ce visage qu'elle connaissait trait pour trait, mais qui, depuis la rencontre de Dellenoy, avait un aspect nouveau.

Claude était de même taille que Maurice. Il portait courts ses cheveux châtain foncé, sa barbe, taillée en pointe, étant de nuance plus claire. Il avait le front large, bosselé, les yeux noirs, puissants et sans limites, dans un teint de fièvre, tels que sa vision sur la vie, le nez petit et droit, la bouche charnue, le maxillaire décidé, proéminent. Sa voix nette devenait parfois ironique, surtout quand il expliquait quelque chose. En ce dernier cas, il avait l'habitude d'avancer la mâchoire inférieure en même temps qu'il levait l'index gauche.

Aucune contraction, aucun mouvement, si léger fût-il, de cette physionomie n'était énigmatique pour elle. Quand ils se promenaient ensemble, la seule direction du regard de Claude indiquait à Henriette le sens des paroles, et, quand il se taisait, la seule intensité du regard lui livrait le dessin de la réflexion : « Nous sommes l'un pour l'autre un miroir de la symétrie vivante. »

Cela allait si loin que cela ne les gênait plus.

Henriette s'adressait à la photographie qu'elle tenait maintenant dans ses doigts fins.

— C'est sans doute cette parité qui nous écarte, ô mon Claude...

Elle ajouta : « Mon pauvre Claude. » Puis : « Qui m'eût dit, il y a deux mois, que je pourrais penser à un autre?... que je pourrais en aimer un autre?... Comment accueilleras-tu cette chose terrible?... Mais c'est plus fort que moi, vois-tu... Ah, ta souveraine intelligence pourrait seule dire ce qui s'est passé dans ton Henriette, ce qui t'a enlevé ton Henriette!... »

Comme elle s'exaltait ainsi, l'idée du désespoir de Claude la rendit un moment frissonnante. Et dans ce frisson vif et pur, ainsi que dans les accords de la Pathétique, elle entrevit la face inquiète de sa destinée qui lui faisait, trop rapidement, un signe incompréhensible.

La voix de Rose, sa femme de chambre, l'interrompit :

— Mademoiselle peut-elle recevoir M. Varnier?

Elle n'eut pas le temps de replacer le portrait sur le guéridon que déjà il était devant elle, souriant, un peu ému.

— Bonjour, jeune fille.

Il l'appelait ainsi familièrement.

— Bonjour, Claude.

Elle s'efforça, elle aussi, de sourire.

— C'est gentil de contempler mon image.

— Oh! (elle ne voulait pas bénéficier de cette méprise)... j'essuyais la poussière du cadre.

— Ah... voilà qui est moins gentil.

Sur la figure mobile du jeune homme apparut une expression douloureuse qui fit à Henriette une peine atroce.

— Allons, bon, il est encore fâché!

Il se rapprocha d'elle et lui prit la main qu'elle avait tremblante dans l'émotion.

— Je ne suis pas fâché, Henriette... je suis triste seulement... Vous n'êtes plus la même.

— Mais quoi!

Il n'ignorait aucune de ses ruses, aucun de ses accents quand elle ne voulait pas répondre. Il insista :

— Depuis que je suis revenu de voyage...

— Comment va-t-elle aujourd'hui, votre mère? Avez-vous des nouvelles?

— Elle va mieux, beaucoup mieux. Elle compte bien vous voir en août.

Elle répondit simplement :

— C'est promis, grande bête... et avec joie encore!

Il fut presque complètement rassuré et renonça aux reproches qu'il s'était promis de faire en venant.

— Une bonne nouvelle... Henriette, nous touchons à la gloire et à la fortune. Mes recherches sur l'arthritisme, comme conséquence des mélanges sanguins...

— Ah!... Eh bien?...

Elle s'intéressait grandement à la solution de ce problème, poursuivie depuis cinq ans par Varnier, et dont Vercors disait qu'elle serait une des grandes découvertes modernes.

— Eh bien, mes expériences confirment ma théorie. C'est admirable. Tout, voyez-vous, ma chère, tout tient dans la race et ses transformations. Votre illustre père a raison, une fois de plus.

Il ajouta :

— Depuis mon retour et comme vous me boudiez, j'ai travaillé jour et nuit... Aussi j'ai un teint de papier mâché... Comment trouvez-vous mon veston?... Remarquez que ce n'est pas une jaquette.

— Oh, je vois, Claude, je vois...

Elle eut un sourire maternel.

— ... Il est un peu... comment dire? vous êtes si susceptible... un peu architecte.

— Architecte!

— Oui, de dessin un peu régulier... un peu « épure », mais mieux que le vert bouteille...

— Celui-là, je l'use au laboratoire.

— Parfait... Il est, d'ailleurs, de nuance poison... Ah, Claude, enfin, voilà votre bon rire!...

Le savant avait une hilarité enfantine, tapageuse, qui était la revanche de son rude labeur, la détente de son attention. Et Henriette aimait qu'il fût gai, qu'il eût l'air heureux.

Revenant à ses habitudes, il tripotait maintenant les objets sur le guéridon de son amie.

— Avez-vous pris quelques bonnes notes sur votre *journal*, pendant mon absence?

Henriette rougit. Elle songeait que ses cahiers, enfermés dans son secrétaire, recélaient maintenant ses impressions illicites d'amoureuse, le récit des rencontres avec Dellenoy. Elle répondit d'un air vague :

— Oui, quelques touches... par-ci, par-là.

— Oh! la splendide rose!

C'était un souvenir de la journée de Versailles. Maurice l'avait cueillie dans le parterre de Jamouins et offerte à la musicienne inspirée.

Le trouble de la jeune fille échappa à Varnier; mais celui-ci, après avoir respiré la fleur, s'approcha d'elle avec une gravité respectueuse et, sur les beaux yeux couleur d'eau, mit un baiser plein de passion.

Elle recula.

Il s'avançait encore et lui prit tendrement la taille.

— Claude, je vous en supplie... non.

Et très vite, pour le consoler :

— Attendez que je sois votre femme.

Mais ces mouvements, cette parole révoltaient en elle ces lisières obscures du sensible et du sensuel, qui étaient déjà le domaine de Dellenoy.

L'attitude de Varnier était devenue froide et mécontente.

— Je vois que j'ai eu tort de vous déranger, Henriette... Vous en arriverez à ne plus me supporter... Ce jour-là je n'aurai, moi, qu'à avaler mon flacon de cyanure... Voici une petite bague achetée à votre intention à Angers... Quand vous désirerez me voir, c'est vous qui me rendrez visite.

— Claude! Claude!

Déjà il était dehors. Elle connaissait assez sa nature impétueuse pour comprendre que rien n'aurait pu le retenir. Toujours il revenait de lui-même et implorait gentiment son pardon.

Alors Henriette s'assit, les yeux fixés sur l'anneau, mais sans le voir, et réfléchit longuement.

ELLE MARCHAIT SANS BUT, AU HASARD.

Ce qui la liait à Claude était indélébile. Elle souffrait de sa peine, elle était heureuse de sa joie, fière de sa haute valeur, de sa bonté, de sa droiture. En tout elle pensait, sentait, imaginait comme lui. On eût dit qu'ils avaient été accordés par la nature pour rendre un son unique et plein.

Mais le désir la portait vers Maurice sur des ailes de feu, par une sorte de tempête intime. Le parfum de la rose donnée suffisait à renouveler le vertige. Elle n'avait perdu ni le contact de sa main gantée, ni la série bleue de ses regards, ni la correspondance ambiguë de sa voix et de ses paroles. Elle se supposait dans ses bras mourante de joie, contre son cœur, et mêlant son rêve à sa force.

— Que faire, mon Dieu, que faire?

En eût-elle la tentation qu'elle ne pouvait demander conseil à personne. A son père?... Elle serait morte de honte... A Vercors?... Il jugeait tout en médecin... Il ignorait tout de la vie... A Jamouins? Il était un enfant et ne pouvait devenir qu'un complice. N'avait-elle pas obtenu de lui qu'il ne parlât point du déjeuner de Versailles?... Les d'Aprileux... de bons amis, mais égoïstes au fond... Mme de Nauverai... C'eût été lui donner un rôle de mère...

Elle arrivait à cette conclusion absurde que seul son conseiller habituel, son frère d'élection, Claude Varnier enfin, eût pu la sortir de cette atroce alternative, s'il n'en avait pas été la victime.

Une voix lui disait :

— Résiste... Tu es une honnête fille... Il est encore temps... Ce sera dur, car tu es violente, mais l'oubli viendra, salutaire, le doux, l'apaisant, l'admirable oubli qui sèche les pleurs sur les lits fermés, les berceaux immobiles et les tombes... Et tu seras fière de toi... Et ton amour pour Claude sera, par cette alerte, mieux trempé.

L'autre voix répondait :

— Ce qui te livre à Maurice, c'est l'appel profond de la nature. En te bouchant les oreilles, tu commets un crime contre toi-même... Et tu n'apporteras à Claude qu'une âme maussade dans un corps irrité, c'est-à-dire le malheur et la honte. N'oseras-tu point mettre en pratique cette maxime que tu admires et que te transmit l'enseignement paternel : *il est laid, inutile et dangereux de faire obstacle à la passion vraie.*

Et elle s'aperçut que son scrupule ne faisait qu'irriter son désir.

Sortie de chez elle après le déjeuner, pour prendre l'air et mettre un peu d'ordre dans ses idées, elle descendit la rue du Bac, le boulevard Saint-Germain. Sous le ciel assombri traînait une chaleur lourde et opaque. Les roues des tuyaux d'arrosage grelottaient dans un blême silence. Les maisons, les rives de la Seine, les façades des monuments semblaient crayeuses.

Henriette, en tout, aimait l'excessif. Cette torpeur ardente de la ville et du fleuve la concentrait en elle-même, ramenait son anxiété à deux points brillants, dont l'un était Claude et l'autre Maurice, et ils dansaient à son horizon moral, comme dansent deux lumières dans les yeux fatigués.

Elle marchait sans but, au hasard, avec l'intention vague d'aller chez les d'Aprileux. Ceux-là savaient quelquefois la distraire, elle par son affection, sa gentillesse, lui par sa verve toujours prête, ses remarques ingénieuses, son don de savourer la vie.

Elle faillit s'évanouir quand elle aperçut Dellenoy qui, les yeux baissés, d'un air las, traversait dans le même sens qu'elle la place de la Concorde, pareille à un désert de feu :

— Mon souhait l'appelait donc sans cesse, quoi que je fisse pour me distraire de lui.

Elle eut encore la joie de voir la joie sur ce visage où s'effaçait tout pli amer.

— Qui eût cru, mademoiselle, que nous nous rencontrerions dans cette fournaise?...

Son allure et son ton prirent quelque chose de décidé. Il ajouta :

— Oh mais, nous ne pouvons pas nous quitter ainsi.

— C'est que... j'allais chez les d'Aprileux... répliqua faiblement Henriette.

Elle se sentait vaincue.

— Mademoiselle, tant pis si vous me trouvez audacieux. (L'égarement de la jeune fille était si visible que Maurice se serait cru stupide de ne pas s'enhardir.) Que ne profitons-nous de cette trop belle journée pour aller en nous promenant... jusqu'à Sèvres... La Seine donne toujours un peu de fraîcheur... Je suis si heureux, ah, si heureux de ce hasard... Là vous verrez ma petite maison, rien que du jardin, si cela vous plaît mieux... et je vous descendrai mon tableau de Rousseau, dont vous m'avez avoué être curieuse... l'autre matin... chez notre ami Prudent... il y a si longtemps!

La proposition était faite d'une manière émue et enjouée que l'on ne pouvait prendre mal. D'ailleurs la jeune fille ne songeait guère à s'effaroucher. Dans cette fortuite rencontre elle retrouvait la main du destin et elle chérissait cette main tenace. Elle le voyait, lui *son* Maurice. Elle marchait près de lui.

Il la caressait de sa voix voluptueuse. *Notre ami Prudent.* Ces mots la touchaient jusqu'au cœur. Elle eut pourtant une courte défense...

— Mais je ne dois pas être vue avec vous... Quoique indépendante, j'ai des convenances sociales à observer...

— Soit, voici le tramway, je saute dans l'intérieur. Vous grimpez, vous, sur l'impériale, à cause de la température...

— Et une fois là-bas...

— Nous descendons, nous prenons la Grande-Rue chacun sur un trottoir... nous ne nous retrouvons que devant la villa...

— Eh bien, j'accepte...

Elle lui savait gré d'être subtil et prompt. L'amour sait tourner les obstacles.

Assise à côté d'un petit garçon qui accompagnait une très vieille femme en deuil, Henriette, les artères bondissant par la chaleur et par la fièvre, voyait fuir le fleuve étincelant, les berges mornes. Une grue déchargeant du sable, de gros chalands arrêtés, des manœuvres noirs de sueur entraient pour toujours dans son souvenir, gravés par l'émotion et la circonstance.

Elle ne savait plus rien, sinon qu'il était là, en dessous d'elle et tout près d'elle, qu'il pensait à elle amoureusement, complètement, comme elle pensait à lui, qu'elle allait le revoir dans quelques minutes et que cela s'était fait en dehors d'eux, par la force obscure de ce qui doit être.

Elle ne craignait rien. Peu lui importait d'être vue par un bavard ou une malintentionnée, sur cette impériale de tramway. Aucune prière, aucune menace ne lui eussent fait quitter ce coin brûlant près du conducteur dont elle distinguait le gros cou rougeâtre et plissé.

C'est le danger de la philosophie, pour les âmes jeunes et frénétiques, qu'elles y trouvent des prétextes, des excuses à tous leurs élans, à tous leurs instincts. Comme on dépassait le *Point-du-Jour*, Henriette s'était déjà prouvé à elle-même que la logique et la loi du bonheur commandaient ensemble son aventure :

— J'eusse peut-être fait le malheur de Claude.

Et, par un détour brusque de sa raison, elle se demanda pourquoi elle suivait ainsi ce jeune homme, au péril de sa réputation, quand il eût été si simple qu'il lui demandât si elle consentirait à devenir sa femme.

Aussitôt la romanesque qu'elle était trouva choses plus tentantes la bravoure, le danger et le mépris des lois, tandis que son bon sens profond lui démontrait toute la folie d'un avenir engagé sur quatre rencontres.

— Bah, je m'arrêterai à temps... Je penserai à tout cela demain...

La Seine s'élargissait, la verdure commençait. Au-dessus du parc de Saint-Cloud, de grosses nuées annonçaient l'orage.

Tout se passa selon les prévisions de Maurice. Ils descendirent de tramway au bas de la principale rue de Sèvres et la gravirent chacun sur un trottoir, jusqu'au chemin tortueux et ombragé où se trouvait la villa du jeune homme.

Pendant le trajet ils se regardaient à la dérobée, en souriant. Elle l'admirait, souple et gracieux dans son complet gris ; il l'admirait, souple et gracieuse, vêtue d'étoffes légères et blanches. Leurs pas se rythmaient l'un sur l'autre, comme s'ils se fussent donné le bras, et cette petite distance de la chaussée entre eux rendait l'escapade plus savoureuse.

— Nous y voici, dit Maurice, tirant sa clef de sa poche.

— Mais... murmura-t-elle, vos domestiques...

— Mon unique bonne est en congé... Et la femme de ménage n'est pas là.

Elle entra dans un jardin étroit, délicieux, plein de fleurs qui sentaient bon par l'air chaud. Deux allées contournaient une pelouse au milieu de laquelle était un bassin, devant le perron de quelques marches. Elle hésita.

— Celle de droite ou celle de gauche ?

Il répondit :

— Celle de gauche... qui porte bonheur.

Et il la précédait, se demandant si c'était déjà l'heure propice.

Il avait le mépris des femmes, comme tous les charmeurs, mais celle-ci le déroutait par quelque chose de candide et de sain, par un manque d'apprêt et de rouerie dont il n'avait pas vu d'autre exemple. Elevé durement, sans tendresse, par une vieille parente maussade, puis en servage chez des étrangers, il était de ceux qui, lors des empreintes ineffaçables, n'ont connu de la vie que le pôle cruel, et sont demeurés toujours soit en chasse, soit en défense. La visible bonté d'Henriette, sa bravoure et la générosité qui ennoblissaient ses moindres mouvements le bouleversaient. Cette fraîcheur seconde de sentiment, cette confiance qui lui venaient d'elle, par un retour singulier, rendaient pour elle son charme plus dangereux.

— C'est insensé tout de même ce que je fais là, songeait Henriette. Il va se tromper sur mon compte.

Afin d'éviter le silence, elle dit avec un petit rire contraint :

— C'est délicieux, chez vous, d'un goût parfait.

— Oh, une cabane... pas plus. Vous ne voulez pas vous rafraîchir ?...

— Non, non... ce Rousseau... et je m'en vais... Je suis venue pour lui... parce que j'adore la peinture... Eh mais, fit-elle en redressant la tête, il me semble que voici l'orage !

Le ciel était devenu absolument noir. Les feuillages des arbres étaient immobiles et les oiseaux ne chantaient plus.

— Vous n'allez point repartir comme cela... sous cette menace...

Elle trouva qu'il était trop près d'elle et qu'il avait les yeux trop brillants. L'effroi s'empara de la vierge.

— Le Rousseau... vite... ou je m'en vais.

Maurice comprit qu'en insistant il gâterait tout.

— Serait-elle une rusée coquette ?

Déjà le soupçon entrait en lui. Il enjamba le petit perron et disparut dans le vestibule.

A ce moment, la visiteuse n'avait plus qu'une pensée : « fuir au plus vite ». Elle s'en voulait de sa sottise. Elle le trouvait moins séduisant. L'imminent orage la rendait nerveuse et susceptible. Elle fut sur le point de se sauver sans attendre le retour de Maurice. Sa fierté la retint. Il aurait cru qu'elle avait peur.

Il reparut, tenant le cadre, assez froid.

— Voilà l'objet, mademoiselle. N'est-ce pas qu'il vaut le voyage?

Il avait installé le tableau sur une chaise et se tenait debout derrière Henriette. Celle-ci se pencha pour examiner le paysage : une merveilleuse lisière de forêt, d'un vert opaque, sous un ciel bas, jaunâtre et sombre, qui rejoignait la réalité présente, avec de grands arbres précis et touffus dont la cime audacieuse paraissait provoquer la foudre.

Elle murmurait son admiration quand Dellenoy n'y tint plus. Sur la nuque ferme, candide, que limitait le duvet pâle, il mit un baiser lent et fort, doux et vorace, où la science se mêlait au désir.

— Ah... brute!...

Henriette se redressa avec une colère indignée qui lui allait bien.

— Aussi, c'est de ma faute!... Adieu...

Il ne tenta point de la retenir, mais il souriait en la voyant courir légère, irritée, adorable sous les premières larges gouttes de pluie, vers la petite porte du jardin qu'elle ouvrit aisément, ainsi que dans les rêves... et il pensait : « C'est une naïve... Elle est à moi. »

— Je l'ai mérité, je l'ai mérité.

La jeune fille se répéta cette phrase une dizaine de fois, haletante par la course et l'émotion. Elle y joignait, à l'adresse de Maurice, quelques paroles de fureur et de mépris, qu'elle devait à la circonstance, mais qui n'étaient point dans son cœur. En ce cœur impatient et vaillant se débattaient la honte et la joie.

Comme elle descendait la pente de la Grande-Rue, une vraie tempête courbait les arbres et faisait fuir des femmes et des enfants abrités sous leurs tabliers, tandis que l'ondée criblait la terre de ses lances aiguës et rebondissantes.

Un très vieux cheval, maigre et brun, conduit par un très vieux cocher à tête de Polichinelle, traînant un fiacre disloqué, que l'orage lavait mal de sa poussière, apparut.

— Vingt francs! cria Henriette, pour me conduire rue de Monsieur... au boulevard Saint-Germain... Je vous indiquerai...

Installée dans cette chose roulante et cahotante dont les vitres tintaient sous la grêle, la fugitive sentit frémir en elle une multitude de sentiments contradictoires qu'elle ne pouvait encore ordonner.

Elle eût voulu détester Maurice, mais n'y parvenait pas :

— C'est moi qui ai été coquette... Qu'allais-je faire là?... Je devais bien prévoir.

Elle sentait sur son cou, comme un sceau de cire, sous le chatouillement des moustaches, la prise ardente du baiser : « Je suis marquée par lui. » Elle formulait ceci avec trop de hâte pour y joindre un sincère désespoir. Puis, sans oser la préciser, elle gardait dans un coin sombre une secrète réflexion : « Faut-il qu'il m'aime, pour se livrer à ma merci! » L'être faible a de ces revanches.

Sur la Seine, entre deux nuées ténébreuses, se fit une large déchirure. Bientôt, par une trouée éclatante, glissèrent les rayons rouges du soleil, comme dans un tableau de bataille.

— Claude a raison... Il est temps que je l'épouse... Et je l'épouserai... Quelle rude leçon!...Comment et quand lui avouerai-je?... Je ne puis garder un secret pareil... vis-à-vis de mon mari... Je serais une malhonnête femme... Et s'il ne veut plus de moi... Mais il m'aime et me respecte, lui.

Elle baissa la vitre branlante. Une poussière de pluie voltigeait encore. Elle appliqua sa main humide au milieu de la nuque, à la *place*. Cette fraîcheur la glaça jusqu'à l'âme.

La vive émotion qui était en elle ne pouvant sortir par les larmes, elle se mit à fredonner tout bas une exquise mélodie de Schuhmann dont elle avait fait, sans savoir pourquoi, le motif des yeux de Maurice.

— Voilà que je chante, maintenant!

Mais elle continua, attribuant sa fièvre attendrie à la crise salutaire de l'orage.

Comme elle entrait dans sa chambre, frémissante encore, elle vit, en évidence sur sa table, une lettre de Claude :

Ma chère Henriette,

Quoi que vous en disiez, vous avez sûrement quelque ennui...

Je suis parti comme un insensé tout à l'heure et je vous en demande pardon... mais vous me soumettez vraiment à un supplice intolérable.

Vous m'aviez laissé espérer, avant mon départ pour l'Anjou, que les choses en étaient à ce point où vous désiriez qu'elles fussent, pour mettre votre main dans la mienne.

Il me semble que quelque danger nous menace et maintenant se dresse entre nous.

Je vous en supplie, éclairez-moi, ne me laissez pas dans l'obscurité. Vous savez que vous êtes ma vie et que je vous adore d'un violent espoir.

Votre

CLAUDE.

— Ah! fit Henriette, le maladroit!

ELLE AVAIT VOULU SE DONNER LE TEMPS DE LA RÉFLEXION.

III

Depuis douze jours Henriette n'avait revu ni Claude Varnier, ni Maurice Dellenoy. Elle avait voulu se donner, à l'abri de toute influence, le temps de la réflexion.

Elle avait reçu deux lettres de Maurice : l'une le lendemain même de l'aventure de Sèvres, humiliée, repentante, déplorant « un coup de folie qu'il n'avait pas sû maîtriser »... l'autre d'une affreuse tristesse : « Faut-il que j'aie, en quelques instants, perdu la seule image heureuse qui se soit dressée dans ma sombre existence ! » Elle avait mis ces précieux billets entre deux sachets parfumés, et elle les relisait souvent, cherchant sous les mots le son de la voix, l'expression navrée du visage, en proie à cet état moral que les théologiens ont si bien dénommé la *délectation morose*. Elle savourait aussi l'écriture, un peu lâche et veule, tandis que celle de Claude était d'un dessin volontaire et précis.

Elle avait reçu cinq longues lettres de Claude, qu'elle n'avait pas eu la patience de lire entièrement, car les reproches y alternaient, selon un mode presque régulier, avec les effusions amoureuses et elle devinait, dès les premières lignes, quels détours suivrait la pensée.

Elle était allée plusieurs fois dîner chez les d'Aprileux, au théâtre avec les d'Aprileux, en soirée avec les d'Aprileux. Eux seuls savaient la distraire de ses perplexités, et leur discrétion était un repos.

— Ah, voilà notre Ariane ! s'écriait joyeusement le romancier quand il entendait son coup de sonnette, et il l'accueillait par les vers fameux :

> Ariane, ma sœur, de quel amour blessée
> Vous mourûtes aux bords où vous fûtes laissée !

Par la puissance de sa nature, sa faculté joviale de savourer les bonnes choses, depuis un verre de vin jusqu'à une jolie robe ou une page de poésie, il augmentait la vie autour de lui. Il aimait l'observation juste, sans déviation ni commentaire, celle qui nettoie les choses et les gens de la routine et de la crasse des préjugés. La netteté visuelle et visionnaire de « sa bonne camarade Henriette Herrant », comme il l'appelait, lui était un enchantement perpétuel.

— Certes votre papa le philosophe vous a légué une paire de rétines qui vous mèneront loin. Et quand je pense qu'avec toute votre pêche miraculeuse dans le monde réel, vous faites une friture d'idées générales, je suis un peu épouvanté, ma chère.

Jeanne réchauffait son amie d'une tendresse moins manifeste et moins bruyante, mais tout aussi sincère, un peu nuancée de mélancolie, comme chaque année aux approches de la séparation.

— Quatre mois sans te voir, mignonne... Ecriras tu au moins?...

— Pourquoi ne nous rejoint-elle pas dans la grasse et la luxueuse Hollande !... interrompait d'Aprileux... Vous nous l'avez promis cent fois, jeune fille... La rectitude des canaux séduira votre jugement... Et puis, si un jour ou l'autre on s'installe là pour toute l'année, comme c'est probable...

— Oh, menteur ! tyran !

— Comme c'est infiniment probable, on ne se reverrait donc plus. Allons donc, impossible !

Et Charles imitait l'accent et le « trémolo » des acteurs de mélodrame, pour lesquels il avait un grand faible.

Dans l'escalier de ses amis, comme à la porte de son hôtel, Henriette rencontrait souvent Mme de Nauverai. Les deux femmes échangeaient toujours quelque parole aimable, mais leur sympathie, pour demeurer sincère, ne dépassait jamais la frivolité ni l'apparence.

Herrant, depuis sa dernière conversation avec sa fille, avait évité tout sujet brûlant. Son prodigieux égoïsme intellectuel préférait d'ailleurs qu'on laissât les choses se débrouiller d'elles-mêmes et les caractères s'assouplir. « Ce qui a été dérangé tend naturellement vers l'équilibre et le retrouve si l'on n'intervient pas. » Telle était une de ses nombreuses devises. Mais du coin de l'œil il observait.

Quant au vieux Vercors, comme il voyait Varnier tous les jours, à cause de leurs travaux en commun, il devinait aisément les périodes de silence ou de trouble et il s'amusait à taquiner tantôt son élève, tantôt sa filleule par des allusions intempestives :

— C'est-y donc que ça ne va pas, le ménage... Quand il y a d'la brouille, le mouchoir se mouille.

Il avait gardé, de son origine campagnarde, le parler traînant et l'œil malicieux.

Pendant ces douze jours, Henriette, malgré ses efforts pour se fuir elle-même, s'était retrouvée plusieurs fois. Elle s'installait commodément, voluptueusement sur un canapé bas, dans sa chambre, la tête soutenue par des coussins ; elle fermait même les yeux, afin de n'être pas « gênée par les objets » et elle essayait de lire en son cœur.

Ce n'était pas commode. Elle avait craint tout d'abord que son amour pour Dellenoy ne reléguât au second plan sa grande tendresse pour Varnier. Puis elle avait espéré, dans un rapide accès de raison, que son élan vers le musicien ne serait qu'une passionnette éphémère, que détruirait la résolution irrévocable du mariage avec le savant.

Le cas s'annonçait ambigu.

Plus la jeune fille cherchait à analyser le trouble nouveau qui tenait son être, plus elle le trouvait distinct de la chaîne idéale et morale qui la liait solidement à Varnier. La jalousie lui servait de repère. Si une femme avait, usurpant son rôle, guidé, soutenu Claude dans ses travaux, bénéficié de son intelligence, de sa sensibilité, renouvelé ses forces à sa fougue, elle eût pris cette femme en haine. Mais l'hypothèse que Maurice pouvait diriger ses regards bleus vers une autre, comme il devait les réserver à elle seule, lui était déjà insupportable.

— Ah çà ! mais je louche ! s'écria-t-elle un matin, et elle saisit instinctivement son miroir, puis le reposa.

— Suis-je sotte ! Le miroir ne reflète pas le cœur.

Le remède semblait simple : ne plus voir Maurice, plus *jamais* — oh, que ce mot avait une sonorité affreuse — et devenir Mme Claude Varnier.

Aussitôt surgissait l'objection :

— Mais cette issue, justement, est impossible. Elle serait un mensonge... le pire de tous... le mensonge sensuel... La mort, dans quelles tortures, de notre commune affection... Ah, cela non !

Epouser Maurice ? Il déclarait haïr le mariage.

Puis il faudrait renoncer à Claude, oublier Claude, quelle folie !

Une seule solution s'imposait : attendre. Mais Henriette savait que l'attente la laissait à la merci d'un conquérant adroit et rusé. Et elle s'en voulait de sa faiblesse, et elle sentait qu'elle resterait faible.

Après ces longs débats, comme après toute crise scrupuleuse, c'était le risque qui l'emportait encore :

— Ma foi, de ces deux désirs, l'un, je ne sais lequel, est de trop, et sera un jour vaincu par l'autre, et aura tort, puisqu'il sera vaincu. Ma volonté n'a point à agir. Si je la mettais dans le plateau de droite, elle ferait lever celui de gauche, tant mon instinct serait plus fort qu'elle. Avant tout, demeurons sincère.

Sur ces entrefaites elle eut la visite de Jamouins. Depuis le déjeuner, le solitaire de Versailles sentait, comme il disait, *dans l'air* que la soudaine sympathie de Maurice et d'Henriette était une menace pour celle-ci. Il ne tenait Dellenoy qu'en médiocre estime, le jugeant hypocrite, égoïste et sournois. Il lui était déplaisant, car sa conscience s'alarmait avec facilité, d'avoir servi d'intermédiaire entre les deux complices et il craignait pour l'avenir les reproches de Jérôme Herrant.

Dès les premiers mots, la jeune fille devina ce qui se passait dans la tête du vieux bohème. Elle le laissa venir, heureuse malgré tout de pouvoir parler de Maurice, de le défendre.

— Mais non, Prupru, je ne te comprends pas... Tu m'avais fait le plus grand éloge de lui et maintenant tu le débines... C'est incohérent...

Elle le regarda bien en face.

— D'ailleurs, pourquoi le débines-tu? Dans la crainte absurde et chimérique que je ne devienne amoureuse de lui. Mais, si cela était, crois-tu que je sois femme à me laisser troubler par des racontars?...

— Des racontars, jeune mule entêtée! Je tiens ces confidences de lui-même...

— Alors il est peu honnête de les colporter par la ville...

Prudent Jamouins avait le cœur chaud et l'émotion directe; il saisit les deux mains de la rebelle dont les yeux brillaient de combativité, qui pinçait les lèvres et redressait la taille, comme lorsqu'elle ne voulait rien entendre :

— Ma chérie, mon Henriette, ne te bute pas... Trois mots seulement... s'il est temps encore... Tu penses que je ne suis pas un aveugle, moi, comme ton grand homme de père et Vercors... Je souhaite ton bien, ton bonheur avant tout... tu es ce que j'aime le mieux au monde... Maurice Dellenoy est un artiste de talent, un raffiné, un charmeur... mais un garçon sans moralité...

Il saisit les deux mains de la rebelle.

— Lâche-moi, tu me fais mal...

— Attends... Il aime, comprends-moi bien, ce qui n'est pas encore à lui, et il n'aime plus ce qui est à lui... C'est un gâcheur de beauté et un cruel involontaire... Vois son sourire attristé, ses yeux vagues.. son air las, blafard...

— Ah! mais, laisse-moi donc!

Elle se dégagea sans tendresse. Jamouins en ce moment lui était odieux. Il le comprit et l'inutilité de ses efforts.

— Henriette, c'était mon devoir de parler ainsi... une fois pour toutes... Jamais... maintenant... Je te le promets.

Et il partit plein d'angoisse.

« Aucune moralité! » Elle répétait le mot, une fois seule, avec mépris et colère. « Qu'en sait-il?... Peut-on jamais savoir?... Avec un sourire pareil, on n'est pas un méchant... Il a été souvent froissé, peiné, blessé et il lui en reste un pli aux lèvres... voilà tout. C'est le rôle de la femme de panser ces plaies-là. » Sa pitié, éveillée par Maurice, s'étendit bientôt jusqu'à Claude.

— Que devient-il? Il doit se désespérer. Il faut que j'aille le voir... Et puis je m'engourdis à rêvasser... Mon intelligence réclame la sienne.

Une heure plus tard, elle traversait les cours désertes, à ce moment de la journée, de l'Ecole pratique de médecine et sonnait à la porte du laboratoire de Varnier. Le garçon vint lui ouvrir.

— Il n'est pas là?

— Non, mademoiselle... Il est au cours de M. Vercors...

— Ah, c'est vrai !... Suis-je sotte !

— Encore dix minutes, mademoiselle. Si vous voulez l'attendre ici.

Henriette s'assit sur une chaise, devant une table couverte de gros flacons de couleur, microscopes, microtomes et lamelles, tout l'attirail du chercheur. Des hautes fenêtres aux stores gris et baissés tombait une lumière douce et régulière. Aux murs pendaient de grandes images représentant des « coupes » d'organes. Cela sentait l'acide et le vernis.

Elle connaissait ces objets d'étude. Maintes fois elle était venue surprendre Claude en plein travail. Elle ne voulait point qu'il se dérangeât. Elle s'installait près de lui et ils commençaient à bavarder, tandis que, l'œil sur son instrument, il faisait manœuvrer lentement la vis de l'objectif et de la main gauche changeait la préparation. Souvent elle désirait « voir ». Il écartait un peu la tête et elle mettait la sienne à la place, délicieusement penchée, et attentive, comprenant tout sans explication.

Ni l'un ni l'autre n'avait d'ailleurs pour la science cette admiration béate qui tient pas mal de contemporains et leur donne l'air de sauvages devant les fétiches. Lui était allé trop loin déjà dans la recherche pour ignorer la pauvreté des hypothèses, le petit nombre des résultats certains et la nécessité d'être modeste. Elle était habituée par son père et par Vercors à mettre la sensibilité et son domaine au-dessus de l'intelligence. « Savoir ne sert qu'à mieux sentir, répétait complaisamment le philosophe. Et l'alternance de ces deux verbes est toute l'histoire de la vie humaine. »

Négro, le chat du laboratoire, vint se frôler amoureusement à ses jupes. Il était noir, souple, bien musclé. Elle le caressa avec plaisir, songeant à l'ivresse que ce serait de froisser ainsi les boucles blondes et fines de Maurice.

Au bruit de la porte elle se retourna. Claude était devant elle, ni surpris, ni heureux de la voir.

— Tiens, c'est vous, Henriette?...

— Oui... ça ne vous fait pas plaisir, non... alors bonsoir...

Déjà elle se levait, toute frémissante ; mais lui, désarmé par cette ardeur enfantine contrariée, la forçait à se rasseoir.

— ... C'est fini, mon humeur... va-t'en, Négro... ça dure moins que la vôtre... douze jours, vilaine... douze jours sans mon amie !..

— Un peu long en effet...

— Et après de si gentilles petites lettres...

— Ne parlons plus de ça. Vous avez bien travaillé? Cet arthritisme...

— Hé... hé... il y a du tirage. Ça subit mes variations morales, et, par ricochet, les vôtres. A Saint-Blaise, le mois prochain, vous me donnerez des idées... Henriette...

— Claude...

— Vous savez que j'ai trente-trois ans. Vous en avez vingt-cinq...

Elle connaissait ce rappel de leurs projets. Elle inclina la tête avec un sourire forcé.

Ceci raviva les terreurs du jeune homme. Il demanda, d'un air négligent, des nouvelles des d'Aprileux, de Jamouins, puis dans une incidente peu adroite :

— Mais que je suis bête, je l'ai vu il y a quatre jours votre ami Jamouins le fantaisiste. Il passait rue Drouot avec un jeune « élégant » qui désira, je ne sais pourquoi, m'être présenté : M. Maurice Dellenoy. Vous le connaissez, n'est ce pas? Vous ne m'aviez jamais parlé de lui.

— Je l'ai rencontré au Bois... deux ou trois fois, répondit Henriette avec un calme assez mal joué aussi.

— Il est musicien, journaliste ou... les deux à la fois... Très bien vêtu en tout cas.

— Pas mal, un peu « voyant ».

— Cela m'avait semblé...

Tous deux se turent ; il y avait, dans ce mutisme, de la prescience, de la crainte et de la cruauté.

— Pour la deuxième fois, Henriette, poursuivit Claude, il y a quelque chose de changé entre nous. Et cela me rend bien malheureux...

L'accent était si sincère, il y avait tant de douleur vraie dans la façon dont il pencha la tête, comme pour entendre une sentence inique, que la jeune fille fut bouleversée. Elle lui prit la main, mécontente de ce que ce contact n'éveillait en elle qu'une affectueuse compassion.

LE PHILOSOPHE RECEVAIT CHAQUE SEMAINE SES AMIS.

— Mon ami, mon ami, qu'avez-vous encore à vous tourmenter?

Il murmura, comme pour lui seul, mais distinctement :

— Mon tourment aurait-il un visage et un nom?

Puis il serra les poings, se mordit les lèvres, puis il releva les yeux avec lenteur et vit, sans fard, le trouble d'Henriette qui équivalait à un aveu. Il ne s'était donc pas trompé. Elle l'avait donc guidé sans faiblesse, cette fatale divination des amoureux qui leur indique les cruels chemins! Elle se réalisait, cette terreur qu'il avait tant espérée vaine et sans objet! Mais non, c'était impossible... quelle supposition monstrueuse!

Il était d'une affreuse pâleur, tremblant, en proie à des images intolérables.

— Mais qu'avez-vous, mais qu'est-ce qu'il y a?... répétait-elle sans conviction, éclairée elle aussi sur les suites de son aventure.

Or la passion montante est si forte chez la femme qu'elle se nourrit de sa chair vive et de ses sentiments les plus nobles, qu'elle les broie avec volupté, qu'elle s'enorgueillit du saccage. Certes, l'amie souffrait de la souffrance de Claude, certes elle se reprochait sa faiblesse sensuelle. Et cependant, derrière cette peine, il y avait la joie de se dire : « C'est pour Maurice, c'est par Maurice que nous sommes à ce point malheureux! »

Claude eut, en un éclair, conscience de ces combats, tant la trame profonde d'Henriette était, pour son habitude d'elle, un deuxième visage où il lisait les émotions avec la certitude fébrile du devin. La sagesse du devin était encore en lui, quand domptant la colère et la rancune, préoccupé surtout d'être lucide et bref, il dit à sa fiancée attentive :

— L'instant est grave, ma bien-aimée, et porte sa leçon amère. Vous avez trop d'usage de moi, moralement, trop de tendresse pour moi et trop de confiance en moi. Je suis votre chose spirituelle... Vous faites, à mon détriment, la vieille distinction de scolastique entre l'esprit et la chair... Cela ne peut durer. Je veux tout de vous ou je ne veux rien.

Il arrêta le geste évasif qu'elle lui opposait :

— Qu'y puis-je faire?

— Vous décider, Henriette. Réfléchissez avant notre départ pour l'Anjou... Là vous aurez encore le temps, près de moi, de vous ressaisir et d'être sans crainte. Je saurai, moi, me montrer sans crainte.

— Qu'entendez-vous par ces mots?

— Que vous avez à vaincre un scrupule, sinon je vaincrai mon amour.

Elle réfléchit quelques minutes, essayant de se représenter le choix, la décision. Les plateaux de la balance penchaient dans deux domaines distincts. Pourtant elle dit de sa voix ombrée : « C'est convenu, Claude... L'essai sera loyal. »

Elle se leva avec lenteur et mit sur le front soucieux de son ami un baiser qui venait de toute son âme.

Comme elle rentrait chez elle, morose et perplexe, se sentant presque devinée, elle aperçut, au coin de la rue, sur l'autre trottoir, Maurice Dellenoy qui la guettait, semblant flâner à la devanture d'un bouquiniste. Il ne fit pas un pas vers elle, pas un mouvement, mais il la regarda d'une façon si triste, si implorante qu'il lui fallut tout son courage pour franchir vivement la porte de l'hôtel. Elle eut toutefois et sans remords un petit sourire de bienveillance. Elle courut à la salle à manger dont les fenêtres donnaient sur la chaussée. Il avait déjà disparu.

Cette fuite la contraria vivement. Reviendrait-il, écrirait-il, n'était-il point fâché? Elle ne lui en voulait plus de son algarade de Sèvres. Elle eût désiré lui dire elle-même qu'il était pardonné.

Le lendemain était un mercredi, le dernier « mercredi » de Herrant avant la dispersion estivale. Le philosophe recevait chaque semaine ses amis, les amis de sa fille et ceux de Mme de Nauverai. Cela faisait trois clans distincts qui se mêlaient avec plaisir et sympathie. Les habitués étaient Vercors, Varnier, Jamouins, Charles d'Aprileux et sa femme. Plusieurs artistes, savants et hommes de lettres étaient assidus à ces réunions qu'animaient l'éloquence du « patron », de Jérôme Herrant lui-même toujours affable et cordial, la verve de Charles d'Aprileux, le charme et la beauté d'Henriette, de Jeanne et de leurs amies. Seuls, les politiciens étaient bannis comme inspirant à tous un violent dégoût. Quand la conversation languissait ou prenait un tour trop sévère, quelqu'un se mettait au piano, la musique entr'ouvrait ses rêves, où s'embarquent sensibles et sensuels pour n'atteindre à aucun rivage, mais qui créent, sur terre, un autre monde.

Par le fait de ces heureuses soirées, Henriette aimait le mercredi. Elle s'occupait de tout, avec une adresse et un goût admirables, du dîner qui précédait, du menu, des fleurs, des rafraîchissements. Elle cherchait, dans les moindres choses, la perfection, et ce lui était une douce fierté quand son père, d'ordinaire assez inattentif aux élégances, la complimentait : « Non, vraiment, petite, c'était très bien. J'ignore le détail... l'ensemble était très bien. » Quant à d'Aprileux, il avait une moue satisfaite et significative, une volte de pouce « à la marseillaise » qu'il intitulait pompeusement : *la récompense de la bonne organisatrice* : « Ma chère, vous étiez née pour donner des fêtes chez Louis XV... Quand il recevait encore des jeunes filles. »

Mais, ce mercredi-là, Henriette n'était pas à son affaire. Une immense mélancolie l'étreignait dès le matin et elle s'excusait par ces mots : « Je me sens vague. » Rose, sa femme de chambre, lui ayant raconté l'histoire « d'une pauvre mère de cinq enfants qui ravaudait dans le voisinage et qui venait d'attraper la rougeole », elle eut presque envie de pleurer.

Ce malaise se dissipa quand, sur un télégramme qu'on lui remit à l'heure du déjeuner, elle reconnut l'écriture de Maurice :

Mademoiselle,

Je ne peux plus vivre ainsi... L'incertitude me dévore... Je croyais avois perdu votre indulgence, et hier votre adorable sourire m'a presque laissé espérer que vous oublieriez un jour un égarement d'une seconde... tant pis, je joue ma destinée et mon cœur.

Ce soir mercredi, je me présenterai chez vous au milieu de vos autres amis. Vous me renverrez si ma vue vous est insupportable : mais du moins, une fois encore, j'aurai admiré de près vos yeux si beaux, entendu votre voix inoubliable.

A tout à l'heure, mademoiselle, comme à jamais.

Maurice DELLENOY.

— Comment fera-t-il? songea Henriette rassérénée... Jamouins ne voudra pas l'introduire, étant données ses dispositions... Il connaît à peine d'Aprileux... Moi-même, je peux difficilement... Si je préviens père d'avance, il aura quelque soupçon... Bah, laissons faire l'adroit destin... Et Claude qui sera là... et qui se doute...

Mais tant d'audace l'avait conquise.

Attendre la soirée ne fut pas facile. L'attente... c'était l'état normal d'Henriette depuis qu'elle avait vu Maurice pour la première fois. Les paroles qu'elle disait, les gestes qu'elle faisait, les occupations qu'elle se donnait n'étaient, elle s'en rendait parfaitement compte, qu'une façon de tromper son désir. Chaque main qu'elle serrait lui ravivait la douceur d'une autre main, chaque regard n'était que le remplaçant d'un autre regard, suave et bleu, et tendrement posé sur elle.

Dans cette invasion de tout l'être par un autre être, un seul domaine demeurait intact, précisément celui de Claude. Ici Maurice n'intervenait pas.

Mais comme l'honneur et la pudeur des femmes ne tiennent pas dans leur intelligence et que celle-ci même leur est, dans le danger, d'un faible secours, la vierge comprenait qu'elle était perdue.

Cela lui fut surtout évident et cruel quelques minutes avant le dîner. Elle était prête, adorable dans une flottante robe de gaze noire qui faisait autour de sa beauté longue et blonde comme une vapeur d'orage. Elle était prête et pourtant elle ne descendait pas. Accoudée au balcon de son petit salon particulier, son « rêvassoir », disait-elle, qui, contigu à sa chambre, avait la même exposition, elle regardait le crépuscule moite et doré toucher les arbres et les pelouses de sa main hâtive et capricieuse.

Une langueur ardente l'envahit toute, des pieds cambrés dans les souliers de satin noir à la tête inquiète et fine. Bien qu'elle fût seule, un autre était près d'elle et l'attirait à lui lentement. Elle sentait son souffle tiède courir de la nuque aux lèvres, elle sentait sa chair défaillir. Son cœur gonflé pleurait un sacrifice atroce, insensé, mais si doux. Les larmes de Claude, mêlées aux siennes, ne faisaient qu'un seul désespoir, devant une chute inévitable.

« Chute de prude. » Elle se rappelait ces mots de son père et les histoires qu'en termes voilés il se laissait aller à conter devant elle et les hochements de tête de Vercors :

— La femme la plus rigide, la plus droite et la plus loyale est aussi la plus exposée, disait Jérôme Herrant de sa voix incisive. Elle ignore les ruses, l'emplacement des pièges et la tactique de la défense. Elle se donne tout entière, sans rémission, comme on se noie.

« Comme on se noie! » Ne sera-ce pas un naufrage, en effet, cette chose... qui, il y a quelques jours à peine, m'eût semblé monstrueuse... impossible! Il en est que la foi retient, paraît-il, comme un autre et plus grand vertige... Hélas, je n'ai pas la foi.

Elle eut un sursaut.

— C'est toi, Jeanne! Ah, tu m'as fait peur!

Jeanne d'Aprileux était entrée tout doucement. Elle se mit à rire :

— Je te surprends, rêvassière... On n'attend plus que toi pour se mettre à table... Oh, que tu es belle!

L'angoisse et la convoitise donnaient au délicat visage de la jeune fille cet air halluciné, ce délabrement mystérieux qui n'atteint que les grandes voluptueuses : les traits tirés, le nez mince, les paupières bistrées, la bouche molle, entr'ouverte... Sa chair nue, mate, blanche, tressaillait hors de l'étoffe mousseuse et noire.

Elle se ressaisit vite, embrassa ses amis.

— Charles n'est pas là?

— Non, il a un repas de corps, une réunion littéraire à laquelle il ne peut se dispenser d'assister.

— Oh, ce n'est pas gentil... pour le dernier mercredi...

— Mais il arrivera comme nous sortirons de table...Quand je pense que, dans quelques jours, nous serons si loin l'une de l'autre. Tu m'écriras beaucoup et souvent, paresseuse! Oh, cette Hollande, je la maudis de nous séparer!

Le violoniste parlait de Schuhmann.

Comment se passa le dîner?... Henriette n'eût su le dire avec précision. Elle présidait en face de son père. A sa droite était Vercors, à sa gauche, un journaliste étranger lequel, à tout ce qu'on lui disait, répondait vivement, mélodieusement : « Ah, vi, vi, vi, vi. » en secouant une grosse tête chauve, blême et fade. Elle remarqua la mine préoccupée, maussade de Claude Varnier qui évitait de la regarder ; Jamouins silencieux déclara, sur une interpellation de Jérôme Herrant, qu'il détestait « l'approche des mois où l'on se quitte ».

Elle en arrivait à compter mentalement les secondes. Les convives lui paraissaient des goinfres d'une insupportable lenteur et les domestiques, entre les services, mettaient des intervalles affreux.

Enfin, ce fut fini!

— Est-ce que c'est joli, petite, dans la lune? questionna Vercors qui lui donnait le bras pour passer au salon.

— Pourquoi me demandes-tu cela, parrain?

— Parce que je te prierai de m'y mener avec toi... Et tout cela parce qu'elle n'était pas à côté de ce jeune homme.

Et, heureux de son diagnostic, le vieux savant montra son élève qu'essayait vainement de rasséréner Jeanne d'Aprileux.

Celle ci, comme on prenait le café, dit à Henriette :

— Claude est bien triste.

— Que veux-tu que j'y fasse? répliqua nerveusement la jeune fille.

« Maurice ne viendra pas, songeait-elle. Au dernier moment il aura hésité, il aura eu peur... Il ne viendra pas... La porte s'ouvrira... d'autres entreront, des gens que je ne connais pas... ou dont je me fiche... il faudra être aimable, saluer, répondre au hasard, m'intéresser à des choses idiotes, subir des compliments grotesques.... Et lui, je ne le reverrai plus!... »

Etant superstitieuse, elle espérait bien le faire venir avec ces formules négatives. Elle comptait aussi qu'en changeant de main trois fois le sucrier, tandis qu'elle passait le sucre, cela peut-être lui porterait bonheur.

Elle désirait éviter Claude... dont l'attitude l'agaçait. Mais, malgré ses efforts, il put l'aborder seule un moment.

— Henriette, je voudrais déjà être à Saint-Blaise avec vous. Nous pourrions commencer là notre étude en collaboration sur les *Métamorphoses*.

C'était une de leurs thèses les plus chères que chaque être inclut en soi beaucoup d'êtres, la possibilité de plusieurs transformations de caractère, de tendance, de visage moral ; qu'un petit bourgeois sédentaire peut recéler, sans s'en douter, un héros, un avare, un prophète, un nomade que la circonstance fera sortir.

En parlant ainsi il plaisait à sa rebelle fiancée, il la distrayait même de sa hantise. Elle pensait : « Est-ce curieux, tout de même : avec celui-ci j'ai envie de faire un livre... Et avec l'autre... avec l'autre j'ai envie de faire un enfant. » Cette formule tacite, qui heurtait sa naturelle pruderie, lui parut, pour cela, fort agréable.

— Vous disiez, Claude?...

— Je vous demandais, excusez-moi, si vous auriez plaisir à revoir ce tournant de village doré où vous m'avez promis au crépuscule...

ELLE ÉTAIT PRÊTE ET POURTANT ELLE NE DESCENDAIT PAS.

Déjà il était sur la mauvaise pente. Et ceci la rendit à nouveau fébrile.

Les invités du soir commençaient d'arriver. Un célèbre violoniste, aidé par Mme de Nauverai, rangeait, avec des précautions de nourrice, son instrument sous le piano.

— Ah, enfin, voici d'Aprileux! s'écria Herrant, d'une voix claire.

Il ajouta plus bas :

— Mais qui donc l'accompagne?

C'était Maurice Dellenoy.

Il s'était fait convier au dîner littéraire auquel il pensait que le romancier assisterait avant de se rendre rue de Monsieur. Il s'était montré pour Charles plein de prévenances, de gentillesse et au dessert lui avait dit :

— Je vous escorte... Je sais où vous allez... Mlle Herrant m'a invité. J'aime autant, pour la première fois, arriver là avec vous, sous votre égide.

Charles, bien qu'un peu surpris, n'avait pu refuser et il expliqua la chose de son mieux après avoir toutefois présenté le jeune homme. Celui-ci, nullement embarrassé, salua Jérôme Herrant qui fut froid, Mme de Nauverai qui fut glaciale et serra la main de Jamouins dont l'embarras parut visible. La figure décomposée par la colère et la curiosité, Claude regardait s'avancer, audacieux et tranquille, celui que, malgré soi, il soupçonnait d'être son rival.

Depuis l'instant où elle avait vu Maurice, Henriette tendait toutes ses forces vers ce seul but : *n'avoir pas l'air*. Elle parlait de Schuhmann avec le violoniste ; sa main serrait l'éventail tellement que l'écaille craquait.

— Bonsoir, monsieur... très heureuse de vous voir ici... Père... père... M. Dellenoy, dont je t'ai parlé, et qui a bien voulu accompagner Charles.

Ce n'était pas exactement la phrase qu'elle avait projetée ; cela suffisait.

— C'était fait, petite, mais deux fois valent mieux qu'une...

Le philosophe tourna sur ses talons après cette parole ambiguë. Henriette comparait Maurice à son rêve et le trouvait mieux que son rêve.

A partir de là elle ne fut plus un être terrestre. Elle ne sentait pas le sol. Tous les visages lui étaient inconnus, sauf un dont elle avait sans doute, de toute éternité, subi le charme profond et triste. Elle ne pensait plus à Claude qui rôdait d'un groupe à l'autre, l'âme blessée, essayant comme tout misérable amoureux de refaire de l'espérance et de la confiance au centre même de son désespoir. Elle ne distinguait plus Jeanne qu'elle allait quitter pour de longs mois. Peu lui importait la triple perspicacité de Blanche de Nauverai, de Charles, de son père. Devant le monde entier elle eût crié : *Je t'aime, je t'aime*, avec une allégresse de défi.

Le génie de Schuhmann, qui suit le rythme de la fièvre, vint renforcer cet égarement. Ils étaient debout l'un près de l'autre entre deux portes, presque de même taille, lui vraiment beau, avec ses yeux indécis, l'amertume ennoblie de sa face intelligente, elle divinisée, hors du temps et de l'espace, telle qu'une grande plante d'eau tournée vers la lumière et frissonnante de sève contenue. Elle eût voulu, sur le déchirant caprice du violon, le prendre, l'emporter, son bien-aimé, dans un pays de douleur et de joie, un pays souple, que leur amour eût modifié, recréé, prolongé comme on peut le faire d'une extase, quand elle n'est encore qu'en projet.

La voix de son désir avait pris la voix de la musique.

— Donne-toi, sans regarder en arrière ; donne, à celui que tu as choisi, ta beauté, ta jeunesse, tes serments. Sois sans remords... tu suis la loi vivante...

La chaleur du salon la suffoquait, bien qu'on eût entr'ouvert les fenêtres sous les rideaux baissés. Les battements de son éventail portaient à Maurice l'air qu'elle venait de respirer, faisaient entre eux un échange de souffles.

Comme Jeanne d'Aprileux passait près d'elle, Henriette saisit l'occasion.

— Si nous montions une seconde nous aérer dans mon appartement? Qu'en penses-tu, Jeanne? Venez-vous, monsieur Dellenoy?

Ce rapide exode échappa aux regards de tous. Claude lui-même ne s'en aperçut pas. La jeune fille et son amie guidèrent Dellenoy, à travers les salons et le cabinet de Jérôme Herrant, jusqu'à un étroit escalier qui menait à l'étage supérieur. La promenade les amusait. Ils riaient tous trois de bon cœur.

— Oh, la fameuse idée! disait Jeanne... Mon corsage a eu un craquement sinistre tout à l'heure. Je vais réclamer les soins de Rose.

Maurice se félicitait de sa témérité. Sincèrement épris de cette adorable créature, il s'était demandé, au moment de franchir le seuil, s'il ne faisait pas une sottise irréparable, par trop de précipitation. Au frémissement d'Henriette lors du baiser de Sèvres, à sa fuite désolée, à son sourire quand ils s'étaient revus. il croyait bien pourtant deviner une sensuelle ignorante, une naïve à la chair de feu. Il était sûr maintenant d'avoir vu juste et il croyait l'instant venu de franchir vite les derniers relais. Car la scrupuleuse qui s'attarde ne va pas au bout du voyage.

Jeanne était près de Rose, à la lingerie. Ils se trouvaient seuls tous deux dans le petit salon peu éclairé qu'envahissait, par la baie large ouverte, la fraîcheur nocturne et végétale. On voyait, sous le ciel étoilé, les grosses masses noires des arbres et des taillis.

Maurice prit la main d'Henriette qui ne résista pas. Comme deux branches voisines que courbe la tempête, courbés par la passion ils s'inclinèrent l'un vers l'autre. Leurs corps se saisirent. Leurs lèvres se frôlèrent, puis se détachèrent jusqu'à ce que la lutte des regards, par les demi-ténèbres, eût rendu le désir trop cuisant. Les bouches jointes alors pour une communion plus profonde, il leur sembla que leurs âmes s'échangeaient dans une extase humide et chaude.

On entendit le pas de Jeanne. Ils s'écartèrent... Henriette, dans sa main toute en sueur, saisit la sécheresse d'un petit billet.

Voici ce que disait celui-ci, tel qu'elle osa le déchiffrer, seule dans sa chambre, folle d'amour, après le départ des invités :

Demain jeudi, trois heures, en voiture au coin du boulevard Arago et de la rue Noizelle. Aucune crainte.

La rue Noizelle est, près de la rue Croulebarbe, une sorte de rampe en pente douce sur tout le vieux quartier de la Bièvre. On voit là des tanneries, aux fenêtres desquelles pendent des peaux ocreuses et noires, d'étroites écluses, des lambeaux de jardins pelés où sèche du linge, où croissent de minables légumes.

A l'angle de cette pente et du boulevard se trouve un hôtel meublé, dans une antique et curieuse demeure qui a conservé sa cour d'autrefois, ses poternes et deux escaliers tournants en vis-à-vis dont les larges marches de pierre sont excavées par l'empreinte du temps.

Comme trois heures sonnaient, sur la rue chaude, ensoleillée, déserte, Maurice Dellenoy, très impatient, très anxieux, vit arriver un mauvais fiacre, au fond duquel il reconnut Henriette.

Dès la veille son parti était pris. Elle mettait même son orgueil, puisque le don d'elle-même était inévitable, à ne pas faire attendre ce don davantage. Là encore l'enseignement de son père venait en aide à son instinct : « Quand on s'est engagé dans le risque, il faut aller jusqu'au bout du risque. » Jérôme Herrant appliquait cette formule aux hautes aventures de l'esprit. Mais sa fille en tirait des conclusions morales.

Elle descendit légèrement de la voiture, qui s'éloigna aussitôt. Elle avait payé le cocher d'avance et c'était la deuxième qu'elle employait, par un luxe de précautions bien inutile. Qui donc eût le droit de la suivre? A qui l'idée en serait-elle venue?

Elle avait la figure grave et pâle, ce qui rendait sa beauté plus attrayante, et elle était habillée avec ce goût sobre et sûr qui n'appartenait qu'à elle ; le réaliste Dellenoy ne remarqua point les détails, car il était ému, lui aussi.

— Bonjour.

— Bonjour.

Ils ne trouvèrent que ce mot qu'éclaira des deux parts un petit sourire.

Mais quand, après avoir gravi le dur escalier, ouvert la porte vermoulue, ils furent dans la haute chambre lumineuse dont Maurice avait, en quelques heures, avec une adresse de conte de fée, improvisé l'aménagement, quand ils se sentirent l'un à l'autre, ce fut une étreinte longue, balbutiante, éperdue.

Dans la passion tout est sublime. Il n'est pas un geste qui ne soit juste, pas une hardiesse qui ne réussisse, pas une lenteur qui ne captive, pas une crise sans épuisement. Les paroles ont le biais du cri et les soupirs sont des paroles. Toute clarté tient dans les regards et toute langueur dans les haleines, et toute harmonie dans les chairs adhérentes.

Maurice, comme beaucoup d'hommes, ignorait le drame complet de la métamorphose virginale depuis l'abandon jusqu'à la détresse et de la confiance au désespoir, puis, selon une route inverse, du délire à la sagesse, par l'enfantillage et la plainte et les larmes qu'interrompent d'ardents baisers. Il vit, comme sur un théâtre, dont il tenait l'illusion dans ses bras, se succéder les multiples personnes dont était tressée l'âme d'Henriette, à travers la candeur, l'instinct et la rouerie. Il admira cet égarement où la plongeait une volupté ardente, grondante, tenace, qui se résolvait par grands frissons ; cette sincérité dans le sacrifice, dans la joie et dans la surprise.

— Ah, t'appartenir tout entière! Dès

que je t'ai vu. Maurice, mon Maurice, je n'ai plus eu que ce désir.

— Moi, je n'ai plus pensé qu'à toi.

— Je suis folle. J'aurais dû attendre que tu veuilles bien être mon mari...

— Je ne le serai pas, Henriette. Je suis marié, hélas, et j'ai un enfant. Nul ne le sait. Ils vivent au loin.

— Oh, mon Dieu, jamais alors je ne pourrai donc rien faire pour toi !

Ce fut son seul reproche devant cette affreuse révélation, son unique adieu a une espérance qui, depuis la veille, était toute sa vie. Mais à ce moment, comme elle fermait, sèches et brûlantes, des paupières meurtries de caresses, elle distingua ces mots enflammés : « Tu es perdue si tu n'épouses Claude. » Puis cette brève clarté se dissipa ; elle se vit seule, souillée, morte à l'avenir, au fond des ténèbres, et elle pleura, tiède victime, sur l'épaule robuste de son ravisseur.

— J'ai fait ce que je voulais. Il faut accepter l'irréparable.

IV

Henriette se réveilla en sursaut.

C'était ainsi chaque nuit, depuis cette délicieuse et terrible journée à laquelle elle ne pensait point sans une volupté mêlée d'effroi.

Dès qu'elle sortait du rêve ou du néant, la première image qui, d'un seul coup, s'imposait à sa conscience obsédée, c'était Maurice, pâle, agissant, maître d'elle. Puis venait son remords, puis un sursaut d'orgueil : « J'ai fait ce que je voulais. Il faut accepter l'irréparable. »

Elle se leva pour fuir la hantise. C'était sa chambre de Saint-Blaise, en Anjou, chez la mère de Varnier, où elle était venue souvent. Elle connaissait l'endroit et les êtres. Ecartant son rideau, elle distingua la cour de la ferme, dont chaque détail luisait, par un clair de lune admirable, et la lisière du petit bois et la route blême. Elle avait vu ces choses quand elle était pure et sans tourments. Alors leur relief, moins vif, la touchait moins. Ce qui s'était passé rue Noizelle — dix jours de cela, déjà ! — avait fait surgir en elle une Henriette ignorée, infiniment plus sensible que l'ancienne Henriette, plus ouverte aux choses de la vie et de la nature, et qui l'étonnait par son frémissement. Elle se faisait l'effet d'un tremble, visible là-bas au tournant du chemin, soumise au moindre souffle, et traversée de mille reflets.

A peine hors des bras de Maurice, elle s'était vue, avec une redoutable netteté, captive de cet homme qu'elle ne pourrait jamais épouser, qui était marié, père. Bien plus, et tout en l'adorant, elle avait, par l'étreinte, deviné sa nature fuyante, hypocrite, menteuse et calculée. Adroit certes, il l'était et maître de lui jusque dans l'extrême passion. Cela apparaissait même dans le choix et l'aménagement de cette chambre d'hôtel, claire, bien située, devant un horizon de Paris merveilleux et mélancolique, dans les détails les plus minimes, dans toute la conduite de ce véritable enlèvement.

Et voici ce que Maurice, ivre encore de son facile triomphe, avait reçu le lendemain soir :

Mon ami,

Vous aurez été dans ma vie une folie héroïque, soudaine, irrésistible... quelque chose que je ne puis parvenir à m'expliquer.

Dès le premier jour, au Bois, votre regard m'avait enlevé toute résistance.

Vous m'avez fait connaître une joie que je croyais, sur terre, impossible. Votre nom, vos yeux, votre odeur font désormais partie de moi-même et je garde, au bout de mes doigts, la douceur de vos boucles blondes.

Vous ne me reverrez plus jamais. Vous ne recevrez plus rien de moi, et je vous défends de m'écrire. Vous n'êtes pas libre, m'avez-vous dit. Que pourrait il donc nous arriver qui ne gâtât notre beau rêve?

Adieu.

H.

Le plaisir de Dellenoy avait été violent. Déprimé par les ennuis d'une existence amère, sans issue, il avait repris conscience de lui-même au contact de cet amour effréné et naïf. Henriette était la halte imprévue dans le désert morose de sa sécheresse.

Aussi eut-il un moment de douloureuse stupeur quand il reçut cette lettre si nette dans son expression, sa force et jusque dans sa calligraphie. Mais, après quelques instants de réflexion, il se rassura. C'était là le choc en retour, l'effet naturel du remords, le *mot du lendemain.*

Pure à n'en pas douter, fiancée, il le savait, à Claude Varnier, elle s'était donnée par surprise, la singulière personne. Elle essayait maintenant de se ressaisir.

Il était douteux qu'elle y parvînt. Et Maurice, après avoir soigneusement résumé dans sa mémoire les quelques observations qu'il avait faites, prit la résolution de se soumettre en apparence, d'envoyer seulement à l'aveuglette un ou deux télégrammes qui rafraîchiraient son souvenir. Il la savait d'ailleurs libre de ses mouvements, de sa correspondance, de ses relations et passionnée pour cette liberté.

— Ce n'est qu'un « au revoir », conclut-il, le temps de refaire du désir.

— Dort-il en ce moment? songeait Henriette devant la nuit claire. Pense-t-il à moi? Me regrette-t-il? Peut-être levé, comme celle qui fut à lui pendant une heure, regarde-t-il aussi les arbres argentés de son petit jardin?... Ah, ce premier baiser qui m'indigna si fort!

Elle ouvrit le meuble où elle mettait son *journal.* Celui-ci marquait impitoyablement les phases de la grande crise dont elle se croyait convalescente. Il y avait sur une page blanche la date de la chute, jeudi 29 juin, et ces quelques mots qui tremblaient devant ses yeux, dans la splendeur lunaire : *Pièce haute. — Fenêtre large, des toits, une rue en pente. — Rideaux bleus. — Murs très blancs. — Chant mélancolique, d'un maçon sans doute, accompagné d'un bruit de marteau sur la pierre.*

Elle se recoucha sentant la fraîcheur de l'aube prochaine; l'astre commençait à pâlir. Les yeux ouverts, étendue, encouragée par la naissance du jour, elle réfléchit à sa ferme résolution : aimer Claude, l'aimer de tout son être comme elle savait depuis peu qu'elle pouvait aimer, lui avouer tout, en une heure propice, quand la passion partagée le rendrait susceptible de recevoir ce choc. Il avait l'âme intrépide jusqu'à l'héroïsme et tant de vie en lui qu'il dépasserait l'horreur et la désillusion par un sursaut d'enthousiasme. Si rude que fût l'épreuve, Henriette était sûre du succès.

Il me sait sincère, se répétait-elle. Il connaît ma nature. Il comprend tout. Ma punition sera la pitié qui succédera vite à sa colère.

— Mais arriveras-tu à l'aimer autant que Maurice et de la même manière? murmura faiblement cette crainte que suscitent les projets d'avenir.

Je l'aimerai autant; alors, mais seulement alors, je l'épouserai sans scrupule. Comme dit mon père, comme je l'ai moi-même éprouvé, *il n'est rien dans l'intelligence qui n'arrive aux sens un jour ou l'autre.* Quelle joie quand Claude me tiendra toute!

Et Henriette, apaisée, se rendormit.

La voix de Claude, derrière la porte, fut son deuxième réveil.

— Eh bien, mademoiselle Herrant, il est neuf heures. Et cette promenade?

— Oh! que je suis honteuse. Je suis encore couchée. J'étais si fatiguée.

— Quand serez-vous prête?

— Dans une demi-heure, juste.

Varnier savait ce que cela voulait dire. Il avait une bonne heure devant lui. Il en profita pour descendre à la ferme, où sa mère surveillait déjà les travailleurs.

Marceline Varnier était une femme de soixante cinq ans, qui avait gardé, de sa radieuse beauté blonde, des yeux de bonté, clairs et malicieux, un teint rose sous les cheveux blancs, des fossettes que creusait le rire, une vue indulgente, apaisée, sur les choses et les êtres. Son fils unique avait neuf ans quand elle perdait son mari, lequel, traditionnel et entêté, avait toute sa vie bridé sa remarquable intelligence dans une existence isolée, villageoise, économe. Il eut un seul ami, Vercors, et lui confia son fils.

Claude chérissait la mémoire de ce père, auquel il devait sa rectitude de jugement, sa tenue morale, tandis que la fantaisie, le goût du lyrisme, de la noblesse en tout lui venaient plutôt de sa mère.

Celle-ci allait et venait en bonne ménagère dans la cour de la ferme, quand son fils l'aborda avec ce mélange de familiarité et de respect qui joignait, en un seul amour, les deux formes de la tendresse filiale.

— Bonjour, maman. Comment te sens-tu ce matin?

— Oh, bien, très bien, mon chéri. Je suis complètement guérie... C'était sûr, puisque tu me soignais... Et que dit notre Henriette?

— CE SERA GENTIL QUAND JE MONTRERAI LES POULES A MON PETIT-FILS OU A MA PETITE-FILLE.

— Que dans une petite demi-heure elle sera prête à sortir avec moi.

— Où irez-vous ?

— Sans doute jusqu'à Givré, retrouver les ancêtres de Vercors.

— Si à midi et demi vous n'êtes pas revenus, je saurai que vous déjeunez dehors et je me mettrai à table sans vous.

Marceline Varnier adorait Henriette et le mariage de celle-ci avec Claude était son plus cher désir. Elle dit tout bas à son fils :

— Ce sera gentil quand je montrerai les poules et les lapins à mon petit-fils ou à ma petite-fille... Dépêchez-vous, je me fais vieille. Il faut que j'aie ce plaisir-là avant de m'en aller.

Il sourit mélancoliquement, l'embrassa sur le front, comme quand il était petit, mais alors c'était elle qui se baissait.

— Patience, maman chérie, patience.

Henriette, par extraordinaire, fut prête à l'heure exacte. Elle apparut sur le perron dans une toilette claire, harmonieuse, qui joignait en elle la ligne antique au tour moderne.

— Eh bien, je n'ai pas menti.

Chaque fois qu'il la voyait, il avait le même trouble délicieux.

— Non, jeune fille, et cette robe blanche soutachée est admirable.

— Merci du compliment, répondit-elle avec un indulgent sourire. Mais, ô savant, il n'y a pas ici la moindre soutache. C'est une application de guipure.

Elle avait son air posé, raisonnable, « campagne », comme elle disait. Elle oubliait Paris, retrouvant ses habitudes, la cour bienveillante, les hangars, les poules picorant, heureuse d'appliquer au présent sa mémoire et que ce présent fût l'image exacte du passé.

— Allons, en route !

Elle marchait bien, selon ce rythme sûr que tout son être manifestait.

Ils prirent « par le petit bois » une sente familière que bordaient d'épais taillis.

— Vous êtes contente, Henriette ?

— Oui, docteur, très contente, et vous ?

— Moi, j'ai une envie folle de m'amuser. Si vous voulez, nous lâcherons Mme Varnier mère et nous déjeu...

— Ne faisons pas de projet... On verra à mesure.

Il lui toucha le bras de son geste habituel, et elle aimait que ce fût toujours à la même place, au-dessus du coude.

— Henriette, ce qu'il y a de plus admirable dans votre nature, c'est la cohésion. Tout se tient. Vos moindres paroles sont révélatrices...

— Eh, eh, attention... à l'indiscret !

Elle simulait à ce moment une crainte réelle...

Le bois ouvrait sur la campagne, toute lumineuse et déjà chaude, par la force d'un soleil implacable. Le chemin bifurquait.

— A droite ou à gauche ?

— A gauche, si vous voulez. Nous allons à Givré.

— La patrie de Vercors... Bravo !

— Petite, dit Claude avec une tendresse sérieuse, il faut que nous commencions notre étude sur les *métamorphoses*, les transformations soudaines et profondes d'un même être selon les circonstances et les milieux. J'en ai de beaux cas.

Alors elle vit, dansant sur le paysage, la rue Noizelle, la chambre blanche et bleue ; et le bruit d'un fléau dans une grange, bruit de labeur et de chaleur, lui rappela celui du marteau. Là, certes elle n'était pas la même.

— Hé, mademoiselle, réveillons-nous !

— Il ne faut pas que nous soyons pédants. Il faut prendre nos exemples dans la vie vivante.

— Mais dans nous-mêmes. Je vous assure que je connais tous les personnages qui sont en vous, Henriette (tous moins un, songea-t-elle), et leur succession est quelquefois apparente sur votre visage. C'est ce qui lui donne ce modelé souple, cette merveille...

Il s'arrêta et l'arrêta. L'ombre bleue d'un grand orme se trouvait juste à point pour adoucir encore les traits menus de la jeune fille et son sourire, qui saisissait un peu de la narine mince et de la lèvre.

— De la très, très bonne Italie... Pas beaucoup avant Raphaël... Et dire que c'est *la même* qui peut avoir l'air si méchant !... Voyez-vous, continua-t-il, je crois que dans l'émotion nous allons chercher, au plus obscur de notre race, tel ou tel visage ancestral que nous accrochons comme un masque. Dans la volupté, la crainte, la douleur, l'espérance, nous revêtons ce qui, dans notre filière et dans le passé, a le mieux, le plus vivement ressenti et représenté la volupté, la crainte, la douleur, l'espérance.

— Notre ascendance serait ainsi notre magasin d'accessoires.

— J'allais le dire, je tâtonnais...

Cette fois, il lui serra la main pour la remercier de la coïncidence qui le flattait toujours extrêmement.

Les yeux d'Henriette brillaient. Elle s'émerveillait de ces rencontres, et, depuis qu'elle pouvait comparer, ces mystérieuses jonctions de l'esprit lui rappelaient une autre jonction.

C'était midi, sa cruauté étincelante et mate, quand ils entrèrent dans le bourg de Givré, après un délicieux bavardage à fleur d'idées et de sentiments.

— Henriette, vous bâillez comme un lionceau...

— Claude, je meurs de faim. Si nous prenions chez le boulanger un petit acompte.

— Mais déjeunons ici...

— Ah, cette fois la proposition vient en son temps. Elle m'enchante ; je ne vous réponds pas : *Mais non, Claude, et votre maman*, pour que vous me répondiez à votre tour : *Soyez tranquille, petite, elle ne s'inquiètera pas*... Nous évitons le « gravier » inutile... C'est parfait...

L'auberge, d'aspect vieillot, portait cette enseigne : *A la bonne routine*. Elle était tenue par un Vercors, cousin éloigné du docteur dont il avait le masque adouci, sans les yeux ardents, le front obstiné, ni la voix brève.

— Bonjour, monsieur et dame. Ça va toujours comme vous voulez, monsieur Claude, et la maman ? .. Allons, tant mieux... Vous déjeunez ?... Qu'est-ce qu'il faut vous servir ?

— Henriette, à vous de parler.

— Omelette au lard, très peu cuite, le lard pas très salé... Entrecôte aux pommes...

— Frites ou soufflées ? demanda l'aubergiste, assez fier de la distinction.

— Frites... beaucoup de beurre. Fromage sec et du *mousseux*... du meilleur.

Sa précision, sa netteté émerveillaient Claude, qui manquait un peu de sens pratique, par trop de hâte. Elle lui reprochait « en toute chose de ne voir jamais que le but » et aussi « de ne pas savoir se donner un peu de mal d'abord pour être bien ensuite ».

Maurice ne possédait-il pas, et au plus haut point, ces qualités accessoires ?

Ils entrèrent dans une étroite et longue salle à manger, ornée d'une table d'hôte en réduction, de quelques « chromos » pendues au mur, qui représentaient des scènes de chasse et de bataille.

Devant une petite glace dont le tain s'écaillait, Henriette rafraîchissait d'un peu de poudre de riz ses joues « grillées par le soleil ».

Elle se vit soudain pâlir. Ceci lui rappelait un souci analogue, dans une chambre d'hôtel, mais pour effacer d'autres marques...

— Et alors, fille du grand philosophe, *nous sommes dans la lune*, comme dit le vrai Vercors, l'authentique, l'autre.

— Non, non, « tatillonneur », répliqua-t-elle avec impatience...

Elle venait de sentir une brève douleur, plutôt par manque que par remords ; ce qui déjà la terrifiait.

Le repas fut charmant, allègre, éclairé par l'or fluide du vin mousseux.

— C'est positif qu'il sent la rose, murmurait Henriette avec une palpitation gourmande des narines.

Cette force lumineuse lui rendit courage. Elle se vit aimant Claude comme il devait être aimé, pardonnée par lui après l'aveu terrible, tranquille et sûre du lendemain. Elle leva son verre couleur de topaze :

— A l'avenir, *mon* Claude ! à *notre* bonheur !

— Merci, mon amie ! à votre bonheur !

Il était rose de contentement. Il avait oublié l'alerte du dernier mercredi et le visage odieux de Dellenoy. Il jugeait même ses soupçons ridicules et vils. Il s'enhardit à caresser avec crainte et respect la main longue, douce, fine qui tenait le souhait. Les yeux d'Henriette avaient à ce moment leur limpidité d'eau courante. Il se rafraîchit à leur source, pendant un délicieux silence.

Ils revinrent à Saint-Blaise, lentement. La chaleur du jour s'apaisait comme ils aperçurent les toits de la ferme.

— Flânons encore un peu, nous ne sommes pas pressés.

Ils descendirent, longeant les hauts peupliers, vers les sables jaunes du fleuve. Ils s'assirent l'un à côté de l'autre sur cette grève tiède et solitaire. L'astre, aux confins de l'horizon, plongeait dans une vapeur rouge.

— Que l'on est bien ! soupira Claude.

— Mais je l'aime ! se répétait Henriette. Que son regard est beau, quelle noblesse dans ses paroles !... Je pourrais tout oublier pour lui.

— Non ! répondit sa pensée profonde.

Claude s'exprimait ainsi, allongé près d'elle, le menton dans sa main, ce qui rebroussait les lignes énergiques et régulières de son visage.

— Si jamais... remarquez la précaution... si jamais j'arrive, chère Henriette, à obtenir le bonheur suprême de vous sembler moins indigne de vous, j'aimerais à réaliser ce projet : habiter une grande partie de l'année à la campagne.

— Et le laboratoire...

— Attendez, impatiente, fille trop précipitée, gâcheuse... Cette campagne, française, bien entendu... la Hollande n'est bonne que pour les d'Aprileux. Vous ont-ils écrit?

— Non, ils s'installent.

— Cette campagne... Provence, Berry, Bretagne, selon les saisons et les humeurs.

— Certes, il faudrait changer.

— On changerait, bohémienne... petite voiture... bicyclette... canot... laboratoire... Ne prendre Paris qu'à doses rares et fractionnées... Nous hébergerions votre papa.

— Oh, papa se passe facilement de nous.

— Pas du tout, il a sa forme de tendresse à lui...

— Oui, transcendantale... Ça ne chauffe que l'esprit.

— On inviterait aussi Mme de Nauverai, Vercors et même... et même votre Jamouins.

A ce nom de Jamouins, Henriette aperçut, masquant l'endroit et sa douceur, l'étroit jardin de Versailles, la table servie, des boucles blondes, un regard bleu. Elle commença de fredonner l'andante de la sonate pathétique. Claude l'accompagnait, ivre de son prestige et de son voisinage, ne se doutant pas qu'elle était loin de lui.

. . . .

Sauf quelques rares et intimes alertes,

Ils s'assirent l'un à côté de l'autre. « Que l'on est bien ! » soupira Claude.

Henriette passait ainsi, entre Claude et Marceline Varnier, des heures bénies d'apaisement, de confiance.

Elle n'oubliait rien, mais elle avait l'espoir d'oublier. Il lui semblait impossible qu'elle n'éprouvât pas, à la longue, pour son ami si vaillant, une passion complète et digne de lui. Cette passion, comme il arrive, détruirait, briserait les obstacles, rendrait aisé l'insurmontable.

Elle reçut de Dellenoy, à dix jours d'intervalle, deux télégrammes. Le premier lui donna une fugitive secousse. Il savait donc, par Jamouins, son adresse.

Je pense souvent à Noizelle. Pensez à lui. MAURICE.

Quand elle eut le second, elle causait, assise au jardin, avec Marceline Varnier. Claude pianotait au salon.

Noizelle est brisé par le souvenir. Comme il voudrait écrire, s'il l'osait. Toute sa force est dans son amie. MAURICE.

Elle se sentit bouleversée, tremblante, sous les yeux de la mère de Claude ; elle crut nécessaire de mentir.

— C'est de Jeanne d'Aprileux, qui part pour Amsterdam et m'annonce une lettre prochaine.

Et comme elle prononçait ces mots, du bout des lèvres, elle pensait amèrement et voluptueusement : « S'il était ici, je serais perdue. »

Elle mit les deux télégrammes tout dépliés, l'un à côté de l'autre, dans sa table de travail, en face de la fenêtre, afin de pouvoir les lire d'un seul regard, rien qu'en entrebâillant le tiroir, quand il lui en prendrait fantaisie. Elle se tenait ce raisonnement : « J'userai ainsi mon désir par l'imagination et la fréquence. »

Son père lui écrivit :

Ma chère enfant,

Je vois que vous êtes tous trois en bonne santé. J'en suis bien heureux. Vercors ronchonne un peu, en l'absence de son brillant élève. Mais il faut qu'il en prenne son parti. Je n'ai que fort rarement la visite du Versaillais Jamouins, le Prudent des familles.

Mme de Nauverai va très bien. Elle s'occupe de notre imminent départ pour Fontainebleau, où tu pourras, si c'est ta fantaisie, nous rejoindre à la fin d'août. D'ailleurs la maison de Paris demeure installée et prête à te recevoir quand tu le désireras. Préviens seulement Rose, qui la garde.

Je ne serai pas fâché d'utiliser le loisir des champs pour mettre en ordre un tas de notes et brouilles philosophiques que j'ai retrouvées l'autre jour dans une vieille armoire, et dont quelques-unes pourront t'intéresser. Je suis arrivé aussi à deux ou trois bonnes remarques sur les phénomènes de décompression produits dans le cerveau humain par l'exode de la foi. Vaste sujet. Ton avis me sera précieux, ainsi que celui de Claude.

L'édition allemande de ma MÉTAPHYSIQUE MODERNE *s'est enlevée en un mois. C'est la gloire.*

Rien de Charles d'Aprileux ; ce romancier nous dédaigne.

Ton père t'embrasse et t'aime, ma chérie.

Jérôme HERRANT.

— Sans doute il m'aime, le cher homme, se dit Henriette. Je suis *son garçon*, c'est sa formule ; j'ai toujours été son garçon. Il m'a élevée dans cette idée, selon un système préconçu. Vercors aussi croyait cela, par contagion. C'est leur faute à tous deux si je suis maintenant tiraillée entre ce qu'ils ont développé en moi de viril, de raisonneur, et la rébellion de ma nature féminine, instinctive. C'est leur faute si j'y vois double.

Son *journal* la soulageait ; elle remarquait qu'après avoir écrit, elle se sentait pour quelques heures, comme l'affirme Gœthe, « délivrée ». Cependant ses cahiers de lustrine noire, lorsqu'elle les palpait ou les ouvrait, lui donnaient une certaine crainte.

Elle inscrivait ceci :

Importance de l'heure. Quand trois heures sonnent et se rappellent à moi, je suis comme damnée. Cela débute par la nuque, la PREMIÈRE *place (ô ce jardin de Sèvres!) et cela suit* SA MÉTHODE *à* LUI, *lui, le bourreau de ma mémoire. Il est là, présent, d'une manière implacable et adorable.* RIEN *ne peut le chasser.*

L'autre jour C... est entré brusquement avec son bon rire, pendant une de mes hallucinations. Je l'aurais étranglé.

Puis cela s'efface, par lambeaux, comme une brume d'automne. Je me trouve insensée, criminelle... Impressionnable seulement, jusqu'à la brûlure de tout mon être.

Une autre fois :

Quel est ce mystère? Une fille honnête, plutôt réservée, renseignée cependant, se garde contre le péril. Elle a sa destinée toute prête, auprès d'elle. Seul, un scrupule la retarde. Et il suffit d'un regard, d'une pression de main, de deux baisers. Elle se tuerait, elle tuerait. Adieu pudeur, tendresse, honneur, avenir!... Que sommes-nous donc, nous autres femmes?...

Puis, d'une écriture emportée, fiévreuse, très différente :

Ah, c'est impossible. Ton absence me déchire. Tu m'as toute conquise, toute, toute, en une fois. La chair de ta chair, je la suis, ô mon doux, mon tendre, mon divin Maurice! Comme nous nous brûlions tous les deux... Cela ne peut finir ainsi. Le temps ne m'arrache point de toi.

Le soir, après le dîner, Mme Varnier montant se coucher de fort bonne heure, Henriette et Claude partaient souvent en promenade dans une charrette anglaise que le jeune homme conduisait lui-même.

Ce leur était une grande joie de causer ainsi l'un près de l'autre dans la vitesse et la fraîcheur. Parfois la lune éclairait la route. A un coude brusque le fleuve apparaissait en contre-bas, large et puissant comme un bras de mer. Sur l'autre rive, un petit village, tel qu'un jouet bien rangé, dormait dans la splendeur placide, « dans son bain de lait et de brouillard », disait Henriette.

Elle murmurait quelques-uns de ces vers où Shakespeare a tissé la douceur des nuits.

Elle fredonnait un de ces lieds où Schuhmann apaisa son sens double, moqueur et douloureux, de la nature.

Claude tantôt suivait son caprice, et tantôt le guidait, grâce à sa vaste mémoire. Il s'interrompait pour encourager le petit cheval, surveiller une descente, un tournant, ou raviver la flamme d'une lanterne.

— Henriette, il me semble que je vois quelque chose de blanc, là dans le fourré à droite... Ne vous effrayez pas ; ce n'est qu'un fantôme.

— Claude, vous êtes stupide. Vous savez que je suis poltronne.

Il avait la joie de la sentir rapprochée de lui, serrée dans sa mante noire légère. De temps en temps il se tournait vers elle :

— Quel joli fard vous met la lune! En scène pour le *deux*, Titania.

Elle montrait un petit sourire de fausse clarté, un trouble ambigu et railleur. Le rose de ses lèvres était sombre, le blond de ses cheveux s'argentait. Il y avait en elle de la fée et de la jeteuse de sorts. Sur son front, jusqu'à la ligne nette des sourcils, son grand chapeau de paille faisait une ombre douce.

— Savez-vous, ma chère, que vous êtes le plus bel exemple de nos métamorphoses. Vous voici maintenant la fille du conte français qui trotte la nuit par les chemins lirelin... tant qu'elle rencontre un beau capitaine...

— Vous consoleriez-vous, monsieur, s'il m'emmenait, ce beau capitaine... et s'il me ramenait ensuite, bien entendu?

— *Ensuite* est délicieux. Je ne lui conseillerais pas de vous ramener lui-même, moi présent.

Le nom et le visage de Maurice Dellenoy traversèrent l'esprit de Claude. Il avait, depuis la soirée chez Herrant, banni ses soupçons comme absurdes et injurieux. L'exacte arrivée d'Henriette, la reprise d'habitudes anciennes lui avaient rendu la sécurité. Pourquoi là, dans la nuit, depuis quelques secondes, sentait-il les crocs de la jalousie?

Et voici que justement Henriette, qui pensait à son amant d'un jour, cherchait, elle aussi, à se rassurer.

— Si vous m'aimiez comme vous m'aimez, mon cher Claude, vous oublieriez vite le capitaine.

— Ah, par exemple!...

Une main souple et blanche l'apaisa.

— Vous l'oublieriez, car la passion dépasse, j'imagine, la jalousie, laquelle est un état d'infériorité, un état moindre, une dépression. L'amour total implique la foi et chasse avec furie ce qui pourrait lui être une entrave, c'est-à-dire le doute et la crainte.

— D'après quelle expérience parlez-vous avec cette chaleur? répliqua le jeune homme d'un ton acerbe et contracté.

Elle haussa les épaules, avec une insouciance parfaitement jouée.

— Le verbe *savoir* et le verbe *sentir*... Je n'ai pas éprouvé ces choses, mais je les sais et je les devine.

— Ce qui est vrai pour l'un ne l'est pas pour l'autre, continua Claude. Je subis une passion sans limites... Et je n'en suis pas moins jaloux... quelquefois... Ainsi ces temps derniers... jusqu'à ce que j'aie reconnu mon erreur.

Elle tressaillit devant l'abîme. Ah, le pauvre garçon! Qu'il était loin de la réalité! Comment, Maurice une fois oublié d'elle, amènerait-elle Claude jusqu'à la connais sance de l'horrible secret et de là jusqu'à l'apaisement? N'était-ce pas une tâche impossible?

Elle se sentit si découragée qu'elle eut envie de tout avouer à son compagnon dans un élan de sincérité cruelle, puis de s'enfuir loin de lui à jamais.

Et voici que la voix de Claude reprit, avec une étrange douceur :

— Peut-être avez-vous raison, après tout. Il m'est arrivé de me dire que je vous aimerêta net, les naseaux flairant un mur ; et cette diversion leur fut secourable.

— Elle est maintenant tout près de moi, songeait Varnier, l'âme joyeuse.

Il fit claquer son fouet. La voiture, ainsi qu'un traîneau, glissa sur la route lactée. Les arbres étaient givrés de lune. Le fleuve avait des reflets d'acier.

— Il y a des moments, ma mignonne, ce sont les plus beaux de la vie, où le miracle est au-dessus de nous. On sent le frôlement

SUR L'AUTRE RIVE, UN VILLAGE DORMAIT DANS LA SPLENDEUR PLACIDE.

rais, même indigne, souillée, dégradée... que je vous aimerais sans pitié basse, sans cet abominable orgueil romantique de l'homme relevant une femme qui tombe, que je trouverais à votre indignité et à votre souillure des motifs nobles, exaltants, généreux, qu'en un mot l'ami et l'admirateur sont au moins aussi forts et vifs en moi que l'amoureux...

— Claude, je voudrais vous embrasser.

Elle se jeta dans ses bras comme il abandonnait les guides, laissant l'animal à sa fantaisie. L'émotion, ainsi qu'une marée, battait le cœur d'Henriette, lui gonflant la poitrine et lui crispant les mains. Leurs lèvres se frôlèrent. Elle en eut la révolte et la flamme et la douleur dans l'attendrissement.

— A quelles tortures me suis-je vouée, grand Dieu!

Un cahot de la voiture... le cheval s'ar de ses ailes... Comment ne vous vaincrais-je pas? Comment l'enthousiasme qui me transporte ne vous transporterait-il pas à votre tour? N'est-il pas vrai qu'en cette seconde bénie nous devançons l'avenir, nous avons le goût de notre immanquable destin, de ce bonheur auquel vous avez bu... dans la chère petite auberge de Givré.

— Henriette, un peu de Wagner, je vous en prie. Le troisième acte de *Tristan*, ô musicienne admirable!

— Mais il est onze heures, Claude, et demain il faut se lever de bonne heure pour cette grande promenade. Et puis la musique va réveiller votre maman.

— Pas du tout, paresseuse.

— Alors, montez, tout doucement, dans ma chambre. La partition est dans le tiroir de ma commode... Avez-vous compris, distrait?... de ma commode.

— Si vous le répétez encore une fois, je ne l'entendrai plus.

Demeurée seule dans le grand salon très éclairé, la jeune fille s'accouda à une des portes-fenêtres ouvertes sur la terrasse. La nuit était orageuse. Ses souffles brûlants poussaient des troupeaux de nuages. Les arbres formaient des masses difformes.

— Serais-je délivrée déjà ? songeait-elle.

Depuis quelques jours, elle pensait moins à Maurice. Elle ne regardait plus que rarement les deux dépêches... Les voiles noirs qui lui cachaient l'avenir s'écartaient. Il lui semblait même que sa passion, jusqu'alors tout intellectuelle et morale pour Claude, changeait, comme elle l'avait espéré, de caractère. Il était si loyal, si fidèle.

— Il a raison... l'attente crée le prodige. Sans doute l'angoisse qui me torture depuis deux mois, qui le torture aussi, le pauvre ami, nous prépare une félicité incomparable.

Elle commençait à trouver le temps long. Que faisait-il dans sa chambre ? La partition n'était-elle donc pas à sa place ?

Elle crut à ce moment entendre des soupirs et des plaintes. Cela venait des ténèbres de la terrasse. Elle écouta avec plus d'attention. La brise lui apporta un gémissement. Elle n'hésita point :

— C'est Claude, il a lu les dépêches.

Comme portée par un songe, elle descendit le perron, courut par les allées, si légèrement qu'elle n'écrasait point les fleurs. Deux petites tonnelles, l'une de buis, l'autre de laurier, marquaient les limites de la terrasse. La première était vide. Dans la seconde, elle le trouva, replié sur lui-même, la tête entre ses mains. Les sanglots le secouaient comme la tempête secoue un arbre, selon un rythme affreux et sans trêve.

— Claude, Claude... Mais voyons, Claude.

D'un effort irrésistible, elle écarta les doigts crispés, elle couvrit de baisers ces tempes, ces joues où se mêlaient la sueur et les larmes.

— Qu'est-ce qu'il y a, mon petit... mon ami... Claude ?

Il renversait le visage en arrière sans la repousser ; ses pleurs mouillaient les poignets de la coupable. Enfin les lamentations cédèrent à une sorte de détente. Il ouvrit les yeux qu'il tenait demi-clos sous les paupières humides. Elle y lut l'égarement et l'effroi :

— Oh, Henriette, j'ai vu... sans le vouloir... les deux dépêches...

Elle ne s'était pas trompée. Il devait à sa distraction, à une confusion de meuble la connaissance de l'atroce vérité.

— C'est fini... maintenant... à tout jamais... Ah, mon Dieu !.. Méchante... méchante.

— Ah ! malheureuse... nous sommes perdus.

Il ne trouvait pas d'autre reproche.

Elle ne trouvait pas d'autre plainte, belle, touchante, blanche dans la nuit, une main appuyée sur son ami, l'autre pressant et quittant son front si pur que menaçait la destinée, où luttaient âprement tant de forces confuses.

Il se dressa, s'écarta d'elle :

— Ainsi c'était vrai... j'avais vu clair. Cet homme... le misérable... Et vous vous êtes donnée à lui !... à lui.

La chose, même évidente, lui paraissait si monstrueuse qu'il avait besoin d'un aveu. Elle eut un « ah » de douleur et baissa le visage.

— Tu m'as fait cela, toi, mon Henriette !

C'était la première fois qu'il la tutoyait. Elle en fut éperdue ; ceci, à son amour pour Dellenoy, donnait le goût amer de la trahison. Puis, se ressaisissant, elle murmura d'une voix grave :

— Et nous aurions pu être si heureux !

Au cœur de Claude, ce mot de désolation chaste fut une lueur d'espérance, qu'il crut fugitive, mais qui devait grandir.

— Du courage, dit-elle, je n'ai plus qu'à vous fuir. Laissez-moi me noyer.

Ils ne se jouaient nulle comédie, étant francs tous deux, intrépides et au-dessus des préjugés, de la routine et des sottises. Pour toute réponse, il écarta les bras avec égarement :

— Que ce qui doit être s'accomplisse !

Tant d'invectives et de questions se bousculaient dans sa gorge serrée, qu'il ne pouvait rien articuler.

Henriette ajouta, redoutant le silence. Elle était noble et sans faiblesse :

— Avant de vous quitter pour toujours, sachez, ô Claude, mon cher Claude, que je suis plus à plaindre que vous. C'est un délire qui m'a prise, un flot qui m'a roulée. Et, du fond de mon âme, c'est vous que je préfère.

— Mais alors...

— Alors... je vous expliquerai cela plus tard... si nous nous revoyons jamais... Vous allez trouver, pour votre mère, une fable quelconque, un rappel brusque par... par dépêche... Non, je ne veux point... je vous défends de m'accompagner... La gare est à deux pas... Adieu.

ses jambes longues entre ses bras tremblants :

— Reste !

— Claude, votre tendresse vous égare, c'est impossible.

Ah, que cet élan qu'elle attendait lui sembla délicieux, magnanime ! Il était bien le Maître, celui qui dépassait le mensonge, la méfiance, la crédulité, la jalousie et qui méritait de vaincre les monstres.

Elle répétait :

— C'est impossible !

Mais quand il ajouta :

— Venez et causons.

Elle le suivit dans le petit bois, appuyée à son bras, fière de lui, renouvelée, et croyant Maurice mort en elle.

Il ne chercha point à

ELLE LE TROUVA REPLIÉ SUR LUI-MÊME, LA TÊTE ENTRE SES MAINS.

— Henriette, c'est insensé... Attendez au moins demain matin.

— Pourquoi attendre ?...

Elle dit ce mot vivement avec un grand frisson de tout son être valeureux, spontané. Il comprit, dans ses régions mystérieuses et soudaines du sursensible, qu'un coup d'héroïsme seul pouvait les sauver :

— Je voudrais un souvenir de vous.

Elle passa la main dans son corsage, en tira un bout de satin blanc, le ruban de sa chemisette et le lui tendit :

— Ça, par exemple.

Il se jeta dans le sable, à ses pieds, prit

la confesser. Il laissa la chose redoutable dans des ténèbres aussi compactes que celles où ils cheminaient serrés l'un contre l'autre.

— Vous pensez, ma chère Henriette, qu'en ce moment, je suis hors de moi-même et au-dessus de moi... Ç'a été une illumination victorieuse qu'amena votre cher regret : *Nous aurions pu être si heureux*. Il faut que, malgré tout, un jour, plus tard, nous soyons récompensés de nos peines... J'ai senti, ces heures dernières, que vous pourriez m'aimer, pleinement ! comme vous le souhaitez...

Il s'arrêta, la regarda avec un sursaut de colère dans la pénombre nocturne :

— Et vous qui m'appeliez : *Ce que j'ai de plus cher au monde*... Alors, c'est fini, ce... ce cauchemar ?

— Un cauchemar, en effet... Oui, vous êtes ce que j'ai de plus cher au monde... Mais je n'eusse pu vous épouser, en désirant être à un autre.

— Vous ne le désirez plus ?...

— Non.

Elle ne mentait point. En cette minute elle chérissait Claude et Claude seul. Mais elle ne voulut pas l'affirmer, parce qu'elle se méfiait d'elle-même.

Il reprit :

— Et vous vous exposiez à me perdre ainsi, pour satisfaire un caprice ?...

— Je n'ai jamais pensé vous perdre... J'espérais en votre pardon. Il n'y avait nul caprice... Me croyez-vous donc si faible ?... J'ai aimé Maurice Dellenoy... de passion.

— Que n'avez-vous essayé de la fuite ?

— Impossible.

— Si vous êtes sincère, pourquoi ne pas m'avoir averti ? Je vous aurais défendue... contre vous-même.

— Cela pouvait n'être qu'éphémère, idéal... Vous épouvanter sans raison... Vaincue, je comptais tout vous avouer... mais à mon heure.

— Qu'attendiez-vous ?

— D'éprouver pour vous le même sentiment...

— Que pour l'autre ?...

Elle inclina la tête. Il était partagé par les émotions les plus vives et les plus contraires. Il ne l'aimait pas moins. L'image de la possession ne le dévorait pas encore, mais sa vanité d'homme se débattait. La générosité l'emporta :

— Nous venons d'être braves, Henriette... Et nous méritons l'avenir. Saurez-vous être brave jusqu'au bout ?

— Comment cela ?

— Jusqu'à l'oubli... pour nous deux... Car mon oubli dépend du vôtre.

— Vous pensez donc encore à lui... je comprends... vos airs vagues, votre distraction... Oh, misère !

— Je ne veux pas être fausse, Claude, au moment même où nous signons un pacte de franchise. Oui, je pense à lui quelquefois... Comment pourrait-il en être autrement ? Rassurez-vous : de moins en moins. Je lui ai signifié la rupture... J'espère ne le revoir jamais...

— Votre... liaison a duré longtemps ?

Malgré la gravité des circonstances, elle eut peine à ne pas sourire.

— Que vous importe ?... Ce qui nous sauvera encore une fois, si nous devons être sauvés... c'est le silence obscur et profond, des deux parts. La curiosité est un venin.

Ils marchaient côte à côte, ramenés à la confiance par les hautes régions de l'esprit, comme lorsqu'ils discutaient quelque problème moral. Lui se sentait vigoureux et subtil.

— Henriette, je ne crois pas que beaucoup d'êtres aient franchi notre étape de ce soir.

— Claude, on peut entrer tout droit dans le paradis. Il est peut-être mieux d'y entrer par l'enfer. Vous connaissez ses supplices... je les connais aussi.

— Pensiez-vous à moi... loin de moi ?

— Très loin de vous... je ne pensais à rien... Mais, des... deux absences, la vôtre m'eût été la plus insupportable. Je m'en rends compte aujourd'hui nettement. Quand je parlais de partir, tout à l'heure, je ne voyais que la mort devant moi.

Elle s'arrêta, pensive.

— Qu'avais-je d'autre à faire qu'à mourir ?

— L'épouser... parbleu.

— Il n'aurait pas voulu... Il est marié. Puis il eût fallu renoncer à Claude. Et pour cela... jamais.

Elle éprouvait un soulagement immense. Un poids avait cessé d'opprimer son âme. Tout maintenant lui devenait léger, facile. L'héroïsme de Claude colorait la vie et les choses.

Il attendait d'elle ce mot : « Je t'aime ! » conclusion naturelle d'une si tragique soirée.

Elle ne le dit pas.

Serais-je un monstre?

V

JOURNAL D'HENRIETTE

Octobre.

Serais-je un monstre?

Je ne le crois pas. Je suis saine et j'aime la santé, la beauté, les formes pleines, abondantes de la vie. J'aime l'eau qui coule avec de nobles plis, comme dans les estampes, l'oiseau dans son vol, le chien qui bondit, la souplesse du chat guetteur et le balancement léger de la feuille qui tombe. J'aime la ligne de fougue, la ligne de sève et l'harmonie, dans le mouvement, qui est la rencontre de ces deux lignes. Tout désaccord me choque et m'irrite. Tout accord m'attire et m'enchaîne. Je hais l'exceptionnel, l'anormal, la gibbosité, ce qui déforme.

L'amour serait-il pour moi le poison des complaintes françaises?

J'ai souvent entendu mon parrain Vercors dire que les habitués de l'opium, des alcaloïdes se comportaient comme des amoureux, que le poème mortel de l'injection sous-cutanée suivait le poème du désir, par les mêmes stades, jusqu'au même gouffre.

Qu'importe?

Voici l'automne et je suis reprise. Et il ne me reste plus qu'à essayer de la fuite, du *sevrage*, si j'ai encore une apparence d'espoir et de confiance dans la destinée.

Je *veux* me libérer. Ce rachat d'une passion me rendra digne de Claude. Ah, Claude, pardon. Certes, par cette orageuse nuit, j'étais de bonne foi quand je jurais que tout était mort en moi de ce qui n'aurait jamais dû être. J'étais de bonne foi quand je me sentais proche de la passion que tu mérites d'inspirer.

Ton effort surhumain m'avait presque conquise. Je le croyais du moins. Pendant que tu parlais, grave et pâle, avec les marques de tes larmes sous l'entre-lueur de la terrasse, j'imaginais Maurice surgissant, me faisant signe. Non, je ne l'aurais pas suivi. Je l'eusse laissé partir pour toujours.

Ah, si je pouvais t'interroger. Si je pouvais te demander comment se bride un désir fou, qui tend sur la chair comme une corde, ramène l'esclave au lit du maître.

Mais vis-à-vis de toi, maintenant, je suis condamnée au mensonge. Je suis entrée dans une route mauvaise qui me sépare de toi de plus en plus. Tellement que ta voix même me parviendra difficilement si je ne te rejoins par un rude sursaut d'énergie.

Et c'est encore pour notre bien que je

me compose *ton* Henriette, que je t'offre un visage tranquille, alors que mon être intime est torturé ; tu ne supporterais pas un second choc. Tu t'arracherais à moi, par un sentiment d'orgueil et de mépris. J'en mourrais, d'une mort ignominieuse et lente, car la vie a en moi de terribles racines. Et toi, Claude, que deviendrais-tu?

Je me libérerai donc seule... Je ne puis compter que tu m'aideras, pauvre ami. Car tu manques d'adresse. Ah, si j'étais à ta place. Tu as affaire à un rival subtil, audacieux, qui ne m'obsède jamais, qui calcule si soigneusement les intervalles que, même prévenue, je me jette joyeusement dans ses pièges. C'est ma punition d'être consciente au moment même où je lui cède. Souvent, au plus vif de l'étreinte, ses caresses me sont déchirantes.

Ce caractère de Claude est pour moi un problème. Il n'a pas d'égal en finesse, en divination, en tactique, quand il s'agit d'autrui. Nul mieux que lui ne donne, au bon moment, le conseil juste. Ce mélange unique de sagacité et de culture, qui forme la trame de son esprit, ne le sert pas dans la conduite de sa propre existence. Dès qu'il joue pour lui-même, il brouille les cartes, sa vue se trouble, sa précipitation le trahit. Il gâche tout par manque de méthode, par affolement. Il le reconnaît d'ailleurs : *Je ne vaux que dans le succès*, me répétait-il.

Après la nuit d'angoisse où les ténèbres avaient failli nous prendre, après cette alerte décisive, nous avons eu des jours heureux. C'est incroyable, mais c'est ainsi. Claude paraissait comprendre l'étrange situation que nous créait sa générosité. Je lui en avais dit assez pour lui laisser entendre que l'image de Maurice n'était pas effacée en moi. Je sentais comme possible et probable la substitution de son image à lui et il s'efforçait de me faciliter ce passage, de me donner confiance.

Il n'effleura plus le sujet dangereux. Avec un prodigieux courage, il bannit toute allusion, toute amertume... Il fut calme. Nous reprîmes la vie d'autrefois, de douces causeries, de communion morale. Sa curiosité universelle, son esprit me distrayaient de *l'autre*. Seuls mes rêves demeuraient cruels, me laissaient au réveil toute meurtrie, me rajeunissaient la beauté de Maurice. Mais la journée me ramenait à mon compagnon.

C'est un trait creusé dans ma nature qu'on me distrait aisément. Claude le sait ; ce qu'il ignore, c'est que l'on peut me reconquérir, si l'on crée autour de moi une de ces atmosphères harmonieuses où s'élance éperdument mon désir.

Par malheur, vers la fin du séjour, les choses se gâtèrent. La jalousie, chassée par Claude dans une fièvre d'abnégation, se glissait en lui insidieusement avec la convoitise. Je m'en aperçus à son regard, à certaines de ses paroles, à sa nervosité.

Le péril m'apparut. J'essayai de le lui montrer. Rien n'y fit. Son entêtement est souple, tenace, nuancé, d'autant plus odieux ; et il n'est point servi par la ruse.

Le matin, dans ma chambre, je reçus de lui des lettres ardentes. Leur seul résultat fut de me faire relire les télégrammes de Maurice. Et je songeais avec un certain dépit : « Maurice ne m'a pas écrit une seule fois. Il a pris son parti bien vite. »

Il fallut quitter Saint-Blaise. Vercors réclamait son élève. Moi-même j'avais promis à mon père de m'installer près de lui à Fontainebleau, dans notre villa de *la Sagesse*, vers le commencement de septembre. Je comptais sur la philosophie, la forêt, la compagnie de Mme de Nauverai et les occupations du ménage pour ressusciter la Henriette d'autrefois. J'espérais surtout que Jeanne d'Avrileux laisserait Charles pendant une quinzaine aux délices de La Haye et de la littérature et viendrait nous rejoindre. La présence de Jeanne m'est excellente. Elle me rassérène, m'encourage et vient en aide à mon amour vers Claude.

L'avant-veille du départ, je reçus une lettre de ma Hollandaise. Elle me lâchait carrément sous ce prétexte que son tyran s'ennuierait tout seul. Charles a bien de la chance de ne pas être mon mari.

Le même courrier m'apporta une photographie de Maurice avec ce seul mot : *souvenir*. Je tremblais en la regardant. J'avais fermé ma porte à clef. Par les persiennes à demi closes se glissait dans ma chambre un rayon de beau soleil tel que jadis à Versailles, dans le salon de Jamouins, tandis que je jouais la *Pathétique*. Je plaçais ce visage, qui m'a dominée, tantôt dans la lumière, tantôt dans la pénombre, et j'imaginais, selon l'alternative, qu'il s'éloignait ou se rapprochait de moi. Je revoyais le pli de sa lèvre que lui donna la méchanceté des hommes, ses yeux frénétiques et doux, son sourire... jeu dangereux... Derrière la porte, tout à coup, la voix de Claude me fit tressaillir. Il me rappelait l'heure pour une dernière promenade.

Celle-ci fut mélancolique. Je n'étais pas

guérie, loin de là. Je ne pensais qu'à rentrer, afin de voir encore le portrait de Maurice. Ma distraction devint visible. Claude s'en indigna. Il fut, pendant deux heures, maussade, désagréable ; je me retins pour ne pas riposter sur le même ton, car je suis violente et j'avais peur de dépasser la mesure. Il m'était déplaisant de le voir me considérer déjà comme sa chose, son lot. Je déteste le genre *mari ;* la férule que manœuvre Charles d'Aprileux par exemple me ferait fuir au bout du monde.

Je compris du même coup l'étendue des difficultés que nous aurions à vaincre si j'épousais Claude. Ma soumission conjugale ne devrait jamais en aucun cas lui apparaître comme la rançon de ma folie. Il ne serait pas assez vil, j'imagine, pour me reprocher plus tard ce qu'il aurait accepté d'avance. Mais derrière chacune de ses humeurs ou de ses maussaderies je présumerais un blâme tacite. Je me connais. Une telle hypothèse me rendrait mon *époux* odieux et méprisable... mieux encore... comique.

Mme Varnier est une femme exquise. Qu'a-t-elle deviné, conjecturé, que redoute-t-elle pour moi comme pour Claude?... Il est certain que nos cris et nos sanglots, lors de la fameuse soirée sur la terrasse, n'ont point passé inaperçus... Elle n'a laissé rien paraître de son inquiétude ; seulement, comme j'allais monter dans la voiture qui nous emmenait, son fils et moi, elle m'a serrée longtemps sur son cœur ; des larmes luisaient dans ses yeux si limpides.

. . . .

Paris m'attirait et m'effrayait. Claude aussi avait de mauvaises craintes qui lui crispaient la figure. Comme nous descendions de wagon, il me dit :

— Henriette, ma chérie, je vous confie notre bonheur. Rappelez-vous l'auberge et le vin mousseux.

Rue de Monsieur, je retrouvai mon appartement tel que je l'avais laissé. Rose, ma femme de chambre, est une gardienne admirable. Mais je retrouvai aussi le souvenir de Maurice ; à la fenêtre de mon salon, devant une pluie d'étoiles filantes, le soir de mon arrivée, je pensais que ces traits de feu traversaient mon corps et mon âme. Je calculais la distance qui me séparait de Sèvres. Quelle surprise pour lui s'il me voyait arriver dans les ténèbres, ouvrir la grille de son jardin... Ah, la caresse de ses mains nerveuses !

Je passai une grande partie de la nuit au balcon à rêver. Mes lèvres avaient le goût de ses lèvres.

Je m'émerveillais de mon courage. Le lendemain matin, par le premier train, je partis pour Fontainebleau.

Ce changement de place me fit du bien. Depuis que je suis contrainte de ruser avec moi-même, les tiraillements entre ma conscience et mon désir m'ont appris de curieux stratagèmes. Je me répétais que j'allais être tout près de Paris, que je pourrais y venir à ma guise, que Claude, absorbé par son laboratoire, n'aurait le loisir ni de m'épier, ni de m'interroger, que tout dépendait

LE MÊME COURRIER M'APPORTE UNE PHOTOGRAPHIE.

de moi, que nul obstacle extérieur ne risquait d'entraver ma volonté. Et, en me tenant ce discours, je servais au mieux la cause de Claude. Car je suis, hélas, une âme de défi et tout empêchement me stimule.

A *la Sagesse*, mon père était installé depuis une semaine. La villa, avec un grand parc, est jolie, spacieuse, proche de la forêt. Une aile tout entière est mon domaine particulier. Mme de Nauverai a loué, à quelques pas de nous, une maison plus modeste. Vercors habite Marlotte généralement en septembre. Pendant ce mois de complet repos, Claude le remplace auprès de ses malades. J'aime bien mon parrain, j'ai grande confiance en lui et j'ai toujours pensé que, dans une occasion très grave, c'est à lui que j'aurais recours. Père, avec toutes ses hardiesses et son prodigieux pouvoir lyrique, me semble moins près de l'humain, du confidentiel. Quand je le revois, après une longue absence, on dirait que nous nous sommes quittés de la veille : « Quoi de neuf, chère petite? » Et je sens si bien que la moindre *nouvelle* inattendue lui serait insupportable, le dérangerait dans ce qu'il appelle son « point de tapisserie logique et sentimental ». Il est certain que ma pauvre mère et lui n'ont pas mêlé leurs sangs dans mon sang. Les deux courants en moi circulent sans se joindre. Cela aussi est une cause d'ambiguïté.

L'*Ambiguïté!* Jamais je n'ai mieux senti la force de ce mot, qui est une des clés de l'être.

A peine arrivée à la villa, je voulus faire un tour avant le déjeuner, avec mon poney d'Ecosse et une délicieuse petite charrette à deux roues que m'a donnée Jamouins. Pauvre Prupru! Souvent il m'accompagne dans mes promenades. Cette année, il était en voyage, lui aussi, au bord de la Méditerranée, et je bénis son absence, car il m'apportera toujours désormais le cruel parfum de *la Rencontre*. D'ailleurs il en a le pressentiment. Il est manifeste qu'il s'écarte de nous.

Donc je partis seule, en voiture, sous la plus jolie lumière de septembre, déjà douce et mélancolique.

Cette forêt de Fontainebleau me grise comme la mer. Elle est multiple, changeante, frémissante. Pour tous les états du cœur et de l'esprit, elle a des havres feuillus, majestueux. Par endroits, cela s'écarte et plonge dans un abîme de pierres jaunes qui nous révèlent notre propre dureté et le chaos de nos profondeurs. Ou bien, auprès de la lisière, on découvre la plaine si tranquille, si nette, ainsi qu'un jardin à la française, et le calme s'établit en nous.

Le trot de mon poney donnait un rythme à cette réflexion : « Les hommes sont lâches. Maurice, pour m'annoncer qu'il n'était point libre, attendait de m'avoir asservie. Mais, quand on le veut, on se rend libre. »

Je pris son portrait dans mon corsage : « Etait-il donc un fourbe? Etait-il déjà déformé à ce point qu'on ne pouvait plus espérer de lui ni générosité, ni franchise? Ah, les chênes tordus par la vie! »

A ce moment je passai devant un de ces hêtres fameux dont le jet droit et lisse monte vers le ciel, tel qu'une fusée de sève. Je le pris comme repère et je songeai : « Le jour où cet arbre n'éveillera plus en moi ni regret ni tristesse, ce jour-là je serai guérie et prête pour l'amour de Claude. » J'ai, depuis l'enfance, l'habitude de jalonner ainsi mes sentiments sur le réel.

L'air était léger, transparent. La Henriette de la rue Noizelle, la Henriette des flâneries rustiques s'unirent pour un instant dans le désir allègre d'un bonheur complet et pur. J'attendais l'oiseau de Siegfried qui guide vers l'amour et les flammes.

L'oiseau merveilleux ne chanta point. Mais à un carrefour je frémis : moins l'orage et la nuée, c'était, à s'y méprendre, le tableau de Rousseau, ce paysage qui m'avait perdue, lors de mon escapade à Sèvres, trois mois auparavant, en compagnie de Maurice...

Je me donnais des occupations factices afin de gagner du temps. Je faisais des fiches pour mon père, des emplettes *en ville* avec Mme de Nauverai, bien que celle-ci me gênât comme trop perspicace et bienveillante. Sa discrétion même m'était un poids.

J'essayai de m'intéresser à l'aménagement de la villa. Je modifiai quelques chambres, je fis des projets d'invitations. Mais, les d'Aprileux à part, tout le monde m'ennuie. Nos « relations » sont plus loin de moi que des inconnus, des passants. Je ne supporte plus la société des femmes, leur niaiserie, leur hypocrisie, leurs petites vanités ni leurs petits manèges. Elles continuent à jouer *au sable*, comme quand on est enfant. J'ai dépassé ces apparences, et je n'ai jamais eu de vanité.

La lecture, qui jadis me sauvait de toute peine, de tout tracas, a cessé de m'être un remède. Je reprends trois fois de suite la même page, sans entendre un mot de ce que je lis.

J'écrivais chaque jour à Maurice dans l'espoir de me soulager, puis je déchirais ces

Elles continuent à jouer « au sable », comme quand on est enfant.

feuillets et je les brûlais avec soin. Ce papier qui se recroqueville, où nos aveux, avant de disparaître, viennent en relief noir, en liséré d'étincelles. Que n'en est-il ainsi de la mémoire !

Je devais chasser aussi les mille ruses, les suggestions basses du désir : « Apaise-moi, une fois, une seule. Alors je serai moins cuisant, peut-être même disparaîtrai-je. — Espères-tu donc me vaincre sans la moindre concession, sans une seule défaillance? — Es-tu sûre, infortunée, que ta résolution soit la bonne, que la sagesse n'eût point été d'appliquer à Claude cet effort d'oubli et d'enchaîner Maurice, en te livrant à lui sans scrupule? »

Mon père remarqua que je maigrissais :

— Pourquoi ne vas-tu pas rejoindre les d'Aprileux, engraisser un peu en Hollande? Qu'est-ce qui te retient ici, puisque Claude n'y est pas?

Il prononce ce nom rarement. Je ne sais plus bien quelles sont, à notre endroit, les conjectures de ceux qui nous entourent.

Le coup de sonnette du facteur me faisait tressaillir deux fois par jour. Il y avait, dans mon émoi, de la crainte et de l'espérance. Rien... rien... jamais rien de Maurice, depuis le portrait. N'étais-je plus pour lui qu'un souvenir !

Claude m'écrivait souvent. Ses lettres reproduisaient les variations de son humeur. Tantôt il se désespérait de l'éloignement forcé, de la rareté et de la sécheresse de ma correspondance ; tantôt il me suppliait de l'aimer « autant qu'il m'aimait lui-même, de toutes les parcelles de sa vie », il m'implorait, m'adjurait « au nom de notre bonheur futur, de la parité de nos deux natures, de notre tendresse ». Parfois il en saisissait violemment l'espérance, selon son mode enthousiaste et brusque ; il essayait de me communiquer sa vaillance. Et c'étaient des hymnes de passion qui l'élevaient au-dessus de lui-même... et donnaient des ailes à mon angoisse.

Je surveillais attentivement mes réponses. Je les désirais également sincères. Il ne fallait ni le désoler, ni l'encourager trop, car il est prompt à la déception, toujours fébrile. Je ne voulais à aucun prix qu'il me reprochât par la suite de m'être jouée de lui, d'avoir été coquette (ah, l'affreux mot), de l'avoir mené à la désillusion et à la souffrance.

Que de fois la plume m'a glissé des doigts ! Que de fois ai-je éprouvé, contre ma nature, mon dédoublement involontaire, une sorte de rage impuissante ! Je venais de parler à Maurice, dans le vide, dans le vague, pour moi seule, puisqu'il ne lirait jamais ces folies que je déchirais aussitôt ; et il fallait maintenant m'adresser *réellement* à Claude. Je ne les confondais pas plus que ma main droite et ma main gauche. Chacun d'eux avait sa joie, sa peine et son domaine distincts. Le langage que je leur tenais était différent ; mon âme changeait de l'un à l'autre. Si l'on m'eût dit : *lequel préfères-tu là, près de toi, tout de suite?* j'eusse répondu : *Maurice*. Parce que Maurice semblait plus loin de moi, que je ne pouvais correspondre avec lui, que je n'avais pas de ses nouvelles. Mais je me rendais parfaitement compte que l'éloignement de Claude eût amené le même résultat, rendu à Claude la prééminence.

Pendant mes promenades solitaires, tantôt l'un, tantôt l'autre tenait compagnie à mon imagination. Je luttais pour ne pas leur assigner des régions spéciales dans la forêt, comme plus conformes à leurs caractères, à leurs goûts, aux émotions qu'ils font naître en moi.

Forcée d'aller à Paris, pour des affaires d'intérêt, j'eus l'idée, ma corvée faite, de passer à l'Ecole de médecine. Cette fantaisie devait me coûter cher.

Le garçon de laboratoire étant absent, Claude vint m'ouvrir lui-même avec un cri de joie.

— Henriette !... Ah, que c'est gentil !... Nous dînerons ensemble... tous les deux... Bravo !

J'eus beaucoup de mal à lui faire entendre que je ne faisais que traverser Paris, que je comptais rentrer à Fontainebleau avant la nuit. Enfin il parut se résigner. Il me parla de ses travaux, de l'absence de Vercors :

— Il en prend à son aise, le patron, avec Marlotte. Il me laisse une besogne énorme sur les bras. Pour me récompenser, il m'a promis qu'il nous emmènerait, vous et moi, au congrès de médecine de Londres, dans les premiers jours de novembre. C'est convenu, n'est-ce pas?

— Avec ivresse, Claude... Et l'étude sur l'*arthritisme?...* ça roule?

— Justement, je compte faire là-bas ma première communication touchant ce grand sujet... qui doit nous procurer, ne l'oubliez pas, la gloire et la fortune... Tenez, voilà une belle préparation de globules...

Comme je me penchais sur le microscope, je me sentis la taille étreinte par deux bras vigoureux et sur la nuque, *à la place de Maurice*, un baiser violent et rapide vint réveiller, d'une manière atroce, mon regret, ma mémoire et mon indignation.

— Claude, n'êtes-vous pas fou?

De fait il paraissait égaré ; son trouble, ses excuses bégayées, ses yeux humides, tout demandait grace. Je ne pouvais lui expliquer l'étendue du mal qu'il venait de *se* faire ; mais en moi grondait à présent quelque chose de frénétique, d'irrésistible.

On essaya, de part et d'autre, de revenir sur cette alerte, de « faire de la poussière ». Nous n'échangions plus que des paroles insignifiantes. Comme je me sauvais, prétextant l'heure, avec le désir ardent d'être seule, il me prit les poignets ; il avait cette expression douloureuse et amère du visage qui lui va si mal, que je redoute tant.

— Vous voyez ce qui nous arrive... Henriette... Voici l'automne... puis ce sera l'hiver... Et mon supplice recommencera... aggravé, cette fois, par le doute.

Je devais avoir l'air indifférent, car ses bras retombèrent. Il poussa un long soupir et s'assit devant sa table, accablé.

Cinq minutes plus tard, j'étais en voiture et je me faisais conduire rue Noizelle : pourquoi? Je n'avais nulle chance d'y rencontrer Maurice. Mais j'avais le *besoin* immédiat d'accomplir un acte dangereux qui me rapprochât de lui, de son souvenir.

Rien n'était changé : la rue tiède, lumineuse ; la grande porte et les deux escaliers tournants, aux marches usées. On entendait le marteau d'un maréchal ferrant, un lointain sifflet de fabrique. Je n'osai, malgré mon envie, demander à revoir notre chambre. Le cœur me battait. Je n'avais plus ni retenue, ni remords, rien que la fièvre d'être auprès de *lui*, tout contre sa caresse et sa vigueur, de le sentir mon abri et mon maître, d'oublier, sous ses baisers, le reste du monde.

Et comme j'arrivais rue de Monsieur, toujours hallucinée, Rose me dit, non sans orgueil :

— J'ai bien fait d'attendre un peu pour expédier ce télégramme à Fontainebleau... J'avais comme une idée que mademoiselle viendrait.

Je mis toute mon application à ne point paraître émue, à déchirer avec soin le *pointillé* de la petite dépêche dont l'écriture me soulevait de joie :

Chaque jour, désormais, de quatre heures à cinq, rue Géronet, 9, derrière les Invalides, celui qui ne peut parvenir à vous oublier vous espérera de toute son âme.

Ah, je ne songeai guère que j'avais promis de rentrer pour le dîner à *la Sagesse*. La hâte et le péril impriment si profondément les objets et les êtres dans ma mémoire que je me rappellerai toujours le bureau de poste où je prévins qu'on ne m'attendît qu'au dernier train, la tête maussade de l'employé, le trajet jusqu'aux Invalides, les précautions pour ne pas être vue ni suivie. Car j'avais en même temps conscience du danger. Claude est la curiosité même. C'est son plus grave défaut. Je le savais, en son actuel état d'inquiétude et de soupçon, très capable de me *filer*, de céder à la violence ou au désespoir.

L'endroit du rendez-vous était moins tentant que rue Noizelle : un modeste pavillon dans une sorte d'impasse où jouaient des enfants. Mais il me parut délicieux. C'était un crépuscule doré d'automne, plein de langueur et d'abandon. Je n'avais aucun remords ; je me sentais merveilleusement légère, heureuse d'être jolie pour notre reprise et consciente de mon désir.

Maurice avait dû donner des ordres, car je ne rencontrai personne dans le vestibule. La porte de l'entresol était entre-bâillée. Il apparut, fier et beau, les yeux pleins de triomphe.

Pendant plusieurs minutes, il ne put parler. Je pleurais de volupté dans ses bras. Il me tenait serrée contre lui et sa main libre caressait mon front, mes cheveux, mon cou, pour reconnaître son domaine. Entre deux baisers, il soupirait :

— Trois mois d'absence... Trois longs mois, et elle ne devait me revoir jamais.

Je l'écartais pour jouir de tout son heureux visage.

— Qu'est-ce que cela fait, puisque me voici?... Ce n'en est que plus doux.

Il ne brusqua rien. Il s'assit dans l'unique fauteuil et me fit asseoir. L'ameublement était le même que rue Noizelle. Je reconnus avec ravissement les tentures bleues et le lit bas. Les fenêtres entr'ouvertes donnaient sur de petits jardins où l'on percevait un bruit d'arrosage.

— Quel scrupule t'a prise?... Qu'avais-tu? Je craignais de t'avoir fait de la peine. Je n'osais t'écrire.

— Oui, tu m'avais fait une peine affreuse.

— Comment cela?

— Ton mariage... ton enfant.

Sa figure se voila de tristesse. Le pli amer apparut en creux. Je l'effaçai avec mes lèvres. Il fut franc :

— J'aimais mieux t'avertir d'un coup... en une fois... J'espérais que ce serait moins rude...

— Et si je m'étais tué?

— Que ne m'as-tu avertie... avant?...

— J'avais peur de te perdre... J'ai été lâche... pardon.

Enfin j'entendais cette voix qui, tant de jours et de nuits, m'avait torturée par son absence. Je touchais ces cheveux de même nuance que l'heure ; la flamme bleue des regards entrait dans mes prunelles. Eperdument, je cherchais à lire son mystère, ce que devait me cacher encore ce tressaillement d'azur et de vie.

Il me berçait avec cette exquise douceur câline qui est à lui. Ses paroles me grisaient.

— Mon Henriette, que je t'ai appelée dans les ténèbres!... Seul à la fenêtre de mon jardin... Comme tu courais gentiment sous l'orage!... Ah, je ne pouvais plus regarder mon Rousseau... Tes petits pas avaient à peine marqué sur le sable humide... Tu es si légère... J'ai aussi une bonne mémoire... Je me rappelais ton corps adorable... quand tu plies toute sur mon bras... Et si je m'étais tué?

Je secouai la tête avec un sourire.

— Mais cela eût très bien pu arriver. Songe à notre amour... à sa force... Une fois, une seule... plus jamais ensuite... et tu as eu le courage de m'écrire cela!

Sa bouche arrêta ma réponse. Il continua :

— J'ai essayé de comprendre... C'était bien un scrupule, n'est-ce pas... et... double?

Je fis *oui* dans un souffle, j'étais fière de sa perspicacité. Il n'insista point. Cette discrétion me changeait de Claude. Elle ne touchait aucun sujet qui risquât d'élever entre nous des images fumeuses.

Deux heures plus tard, comme la nuit venait, je sortis lentement de l'extase, aux sons tremblotants d'un orgue lointain. Notre union était si complète que nos gestes s'harmonisaient, que nous devinions, pour les suivre, les sinuosités d'une même convoitise.

L'amour n'est-il pas une fleur aux mille parfums, fugitifs ou tenaces, dangereux ou fortifiants, dont aucun n'est à dédaigner, puisque l'ensemble donne la haute, la puissante sensation du plaisir. Il faut, dans cet incendie, que toutes les essences brûlent, que toutes s'éteignent ensemble, à leur rang.

— Si nous dînions ensemble... ici... tous deux... la concierge montera le repas.

J'acceptai avec bonheur. Il descendit pour les préparatifs. Je me rhabillai sans hâte, toute frémissante encore sous cette tunique soyeuse de baisers dont m'avait parée mon amant et que préserverait le souvenir. Tant pis si elle se collait à ma chair, si je ne pouvais plus l'arracher. Je ne souhaitais alors qu'une chose : mourir entre ses mailles brûlantes.

Il revint, élégant, souple, alerte, s'assit près de moi, à mes pieds, me prit les mains, y appuya sa tête, et je l'écoutais sans le voir, comme en rêve, dans le bas crépuscule, me confesser sa vie mélancolique :

— J'ai toujours été malheureux. Je me rappelle les yeux de ma mère et deux ou trois intonations, pas davantage. Mon père était tantôt petit libraire et tantôt colporteur. Quand ils moururent, me laissant quelques sous, une vieille parente, que j'appelais ma tante, Mme Tansard... oui, c'est cela... Mme Tansard prit soin de moi. Elle sentait la fourmi et elle me battait. J'allais en pension aux portes de la ville, sur un quai très beau, avec des montagnes à l'horizon... Connais-tu Grenoble?

— Non, mon chéri.

— Nous irons ensemble. Tu verras les quais, en cette saison, quand le soir tombe, avec les lumières de la ville, le fleuve et ces grands fantômes de roche et de verdure...

On dirait d'énormes vagues figées qui vont engloutir la ville... Je ne faisais rien... Je flânais toute la journée aux environs avec des gamins de mon âge... J'étais amoureux d'une petite pâtissière. Marianne... Marianne Faron... Elle est morte depuis.

— Ah ! tant mieux.

Il releva la tête et me regarda en souriant :

— Comment ? jalouse ?... C'est très vilain... Donc, je n'aimais que cette petite fille et je détestais tout le monde et je jouais de mauvais tours à ma tante... Quand j'avais une heure de zèle, j'essayais d'apprendre le violon... car j'ai toujours adoré la musique... Un ancien ami de mon père me donnait des leçons. Il faisait cela sans plaisir, je n'ai jamais bien compris pourquoi ; ce devait être un homme de devoir... et, pendant les pauses, il me morigénait, me reprochait ma paresse, mon inconduite et... me donnait envie de rire... Déjà je composais des sonates... Henriette, je t'aime...

— Et moi, je t'adore... Ensuite...

— Je ne sais plus où j'en étais... Ah... j'achevai mes études par trois ans de collège. C'est te dire que je ne suis pas un grand savant... Ma tante mourut... Je réunis son mince héritage, mon petit saint-frusquin et j'entrai en apprentissage dans une imprimerie.

— A Grenoble ?

— Naturellement. J'y restai trois mois... J'avais fait la connaissance d'un journaliste qui me prit comme chroniqueur à l'*Echo du Dauphiné*... Ensuite, petits succès locaux, progrès... un peu d'argent... Paris... le Conservatoire... je me mets sérieusement à la musique. C'est le seul goût qui ait fait de moi, pendant plusieurs années, un laborieux...

— Entre le Conservatoire et maintenant, il y eut... ton mariage.

Je ne pensais qu'à cette question depuis plusieurs minutes, car je savais qu'il éluderait cette période de sa vie. J'avais déjà remarqué l'hésitation particulière de sa voix quand il mentait ou taisait quelque chose.

Il ne se troubla point :

— J'ai épousé, sans amour...

— Et l'enfant ?

— Elle a tenu à le garder près d'elle. D'ailleurs, il lui ressemble. Je l'aime peu.

— Elle était belle ?

— Qui cela ?

— Ta femme.

— Très belle, mais très sotte.

— Où habitiez-vous ?

— A Sèvres. J'ai gardé la maison.

— Ah... je n'y retournerai jamais.

On frappait à la porte. C'était la concierge qui venait mettre le couvert. Nous prîmes une pose plus *convenable*, comme on disait à notre cours.

— Salut, madame Cornet, qu'avons-nous pour dîner ?

J'évoquai l'auberge de Givré. Claude allait-il, à son tour, intervenir entre moi et Maurice ?

Celui-ci rectifiait le menu avec grand soin. Il a comme moi le souci de la perfection et de l'ordre dans le plaisir. Il sait parler aux inférieurs avec tant de gentillesse qu'il obtient tout d'eux aussitôt.

— Alors, madame Cornet, vous me répondez de cette rôtisseuse...

— Oh, monsieur Jacques, comme de moi-même.

Quand la vieille fut sortie :

— Je m'appelle ici M. Jacques, fit Maurice. Il est mieux d'éviter les bavardages indiscrets.

Cette précaution, l'idée qu'il pouvait, dans cette chambre, recevoir d'autres femmes me mirent pendant quelques instants de mauvaise humeur.

Je retrouvai ma joie au cours de notre dîner d'amoureux, qui fut une heure exquise d'oubli et d'abandon. Je m'étais donnée à Maurice sans le connaître et sans qu'il me connût. Nos chairs s'étaient prises tout d'abord, alors que nos âmes s'ignoraient. Maintenant, nous soulevions les voiles successifs qui nous cachaient l'un à l'autre et nous y mettions la même ardeur. Il en arriva à me dire dans un besoin expansif :

— Je suis fourbe, mon Henriette. Ma nature a ce mauvais pli... C'est la faute de Mme Tansard... mais tu me rendras la sincérité.

— Ta fourberie est très visible... Je l'ai remarquée dès le premier jour, au Bois de Boulogne.

Son air de stupeur me donna envie de rire.

Je continuai :

— Tu es un faible... C'est ta dominante...

— Tu parles comme un docteur.

— Cela n'a rien d'extraordinaire, je vis au milieu de savants.

— Ils ne t'ennuient pas, avec leurs formules, leurs règles précises, leurs lois ? La vie me semble bien plus simple et bien plus large... Il paraît fort instruit, ton ami d'enfance... monsieur...

— Varnier... Claude Varnier.

— C'est cela... Mais il cultive les vilaines jaquettes...

— Quand on a son intelligence, on peut se passer d'un bon tailleur.

Je veux bien me moquer de Claude, avec Claude, mais je ne supporte pas qu'on le critique devant moi.

Maurice n'insista point. Il murmura :

— Evidemment.

Puis il changea de sujet.

Deux lampes nous éclairaient, une sur la table du repas, l'autre sur une commode qui servait de dressoir. Le visage de mon amant m'apparaissait en pleine lumière, avec ses défauts et ses particularités. Il avait le front trop bas et la mâchoire un peu lourde. Il prenait aisément un air fat ou moqueur. Mais cette analyse ne m'empêchait pas de le trouver plus beau, plus émouvant surtout qu'un autre.

Au dessert, il voulut boire *à notre amour*. Je l'en empêchai.

— Pourquoi, mon Henriette?

— Cela porte malheur.

Il devint triste, délicieusement.

— Je suis aussi superstitieux. Il pleut autour de nous des présages... Tant pis pour qui ne les comprend pas. Ainsi, tiens...

Il tira de sa poche une petite boîte.

— Quand ta broche est tombée dans le sable, au Bois de Boulogne, tu te souviens? j'ai pensé tout de suite que je te donnerais celle qui me vient de maman. Elle est jolie, n'est-ce pas? presque identique à la tienne, sauf qu'il y a une croix de roses au-dessous du cœur... C'est très espagnol... Mais prends.

L'émotion crispait mes doigs, je ne pouvais accrocher le bijou. Maurice me vint en aide et je sentais, sur mes yeux humides, la chaude caresse de son haleine.

— Je te reverrai, mon Henriette, et tu ne m'écriras plus de choses méchantes... Désormais, si tu le veux, c'est ici qu'on se retrouvera, dans cette chambre... Je t'y attendrai chaque jour, à la même heure.

J'y revins trois fois en deux semaines. Trois fois je connus près de lui ces délices qui nous mêlent la mort à la vie. Mais toujours, en sortant de ses bras et revenue à la raison, je me reprochais ma faiblesse, mon indignité, ma sottise. Car je sentais que jamais, jamais il ne ferait l'effort nécessaire pour recouvrer son indépendance... et, même à ce prix, je me rendais compte que nous ne pouvions nous marier. La différence de nos natures morales et son hypocrisie eussent fait de notre existence un enfer...

C'est décidé... Sans prévenir Maurice, je pars après-demain pour Londres avec Claude et Vercors... La rupture sera ainsi facile et définitive.

ON APPROCHAIT DE LA COTE ANGLAISE ET DE SES HAUTES FALAISES CRAYEUSES.

VI

Henriette avidement regardait la mer. Elle était seule à l'avant du paquebot. On approchait de la côte anglaise et de ses hautes falaises crayeuses. Leur blancheur grandissait entre le ciel brumeux, ventilé de la mi-novembre, et la Manche d'un vert opaque où se pressait le troupeau des vagues.

La jeune fille *absorbait*. Elle avait le visage incliné contre le vent, une main protégeant la coiffure, l'autre ajustant à sa taille le mantelet de laine écossaise. Elle absorbait le paysage, l'air vif, le mouvant abîme de sel et d'émeraude. Elle tenait toute dans le moment, oublieuse des choses de mémoire et détendue par ce répit. Elle fredonnait l'*Ave verum* de Stradella, sublime élan vers la foi, le sacrifice et la lumière, effusion de l'âme dans le divin. Ces hautes régions tressaillaient en elle que préparent à la mystique la souffrance, le doute et la sensualité inassouvie.

Claude s'avança, l'air mélancolique. Quelque chose lui gâtait la joie de cette petite escapade à prétexte scientifique entre celle qu'il aimait et son vieux maître.

Elle sortit bienveillamment du songe.

— Vous êtes soucieux... cher docteur. Est-ce l'angoisse de votre communication prochaine?

Il répondit avec un faible sourire :

— Hélas, le congrès est secondaire... je suis triste d'être trop subtil...

— Voyons... nous sommes ensemble... je suis heureuse... Nous avons devant nous quelques belles journées à Londres, ville que j'adore, avec le grand parrain chéri... Nous allons loger, sans nous refuser rien, à Piccadilly même... Albemarle Hotel... meubles de Maple et ravissantes cretonnes à ramages... Vous me mènerez au théâtre, au restaurant, quand vous aurez récolté de la gloire... Mâtin, vous êtes difficile!

— Henriette, je vous ai trouvée, au moment du départ, si fiévreuse, si absente... je connais tellement bien vos *autres* yeux...

— Les ai-je... en cet instant?

Elle se pencha vers lui, montrant son clair regard, vert comme l'eau, profond comme elle.

— Oh non, oh non... chère, puissante Henriette... Ah, quand vous emmènerai-je, toute seule, et sans que vous tourniez la tête, sur le bateau qui fuit le monde, le bateau qui ne revient pas!

— Le vaisseau fantôme?

— Non, moqueuse... le navire d'extase. On traverse et on fend la vie... Sa houle vous grise sans vous dévoyer.

— Bientôt... Bientôt... un peu de courage, murmura pour eux deux la passagère d'une voix brève, nerveuse.

Dans le silence qui suivit retentit le piaulement d'une mouette.

— Eh, là-bas, jeunes gens, on arrive!

Vercors apparut, ses cheveux blancs, sous

une casquette noire, ébouriffés par la brise de mer.

— Mais nous avons le temps... répondit Henriette. Tu es toujours en avance, toi.

— Si vous croyez que je m'amuse, malade comme un chien, dans ma cabine... Arriverons-nous à Londres pour dîner?...

— Non, parrain, nous ne dînerons pas... Il n'y a pas de chemin de fer... qui aille directement de Douvres à Londres... Les Anglais en sont aux diligences... Faut-il que tu aies du génie tout de même pour être aussi peu pratique... Laissez-moi vous guider, voulez-vous? Je suis l'*interprète* de ce voyage... l'organisatrice et la caissière.

— Tâche de mener mes écus en douceur, jeune *efferdurée*, bougonna le vieux médecin qui, malgré sa générosité, n'aimait pas les dépenses superflues.

Le train traversait la campagne anglaise, admirable à la fin de l'automne, avec ses vastes prairies « vert rouillé », que cernent des barrières d'un noir humide, ses vallonnements ocreux, ses arbres jaunes, ses routes charbonneuses, ses villes industrielles aux sombres maisons trapues.

— C'est rudement gentil, dit Henriette, de voyager comme ça tous les trois. Et puis vous causez médecine, ça m'instruit...

— Tu en sais autant que nous, répliqua Vercors en haussant les épaules. Mais, puisque cela distrait Claude de *trimballer*, je l'emmène de gré ou de force en Russie, le 15 janvier. Il y a à Moscou un riche industriel qui *fait*, pour nos loisirs, du diabète et ne veut que moi à son chevet. D'autre part j'ai besoin d'un aide et d'un compagnon. Rassurez-vous. C'est l'affaire d'une quinzaine, au plus.

La jeune fille eut un *Soit* fort soumis. Elle entrevit qu'à ce moment elle serait seule et libre, son père et Mme de Nauverai ayant fait, pour la même époque, le projet d'un voyage en Egypte. Mais elle arrêta là sa réflexion. Puis, pour rasséréner son ami, déjà morose à cette perspective :

— Vous ai-je appris, Claude, que vous m'accompagneriez en Hollande au mois d'avril... si cela ne vous dérange pas?... J'ai une lettre récente de Jeanne d'Aprileux. Charles travaille à force. Son roman est presque achevé. Ils viendront à Paris pour les fêtes du jour de l'an et comptent sur nous deux à La Haye au printemps « sans aucune espèce d'excuse possible » ; ce sont les expressions mêmes de Jeanne. Ça n'a pas l'air de vous ravir.

— Oh, Henriette... Je cherche déjà qui me remplacera dans le service.

— Grâce à ces perpétuelles absences, je n'ai plus d'élève, moi, gémit Vercors, enchanté au fond de tout ce qui rapprochait les deux jeunes gens... Et je n'ai pas non plus de filleule...

Avec une spontanéité délicieuse, la filleule se leva de son coin et embrassa le vieillard.

— Là... comme au jour de ta fête, parrain... c'est tout ce que tu mérites.

— Petite masque! Et Jamouins, t'a-t-il écrit? Que fait-il?

Henriette remarqua la grimace de Varnier à ce nom. Elle répondit, d'un ton négligent :

— Il est à Naples... Il se chauffe au soleil. Il fait le lézard. Il reviendra aussi pour le 1er janvier.

Et, en dépit de son indifférence, elle distinguait, mieux que les prairies d'Angleterre, le lumineux jardin de Versailles.

Henriette était enchantée de sa chambre bleue telle qu'elle l'avait rêvée et souhaitée, au premier étage du coquet hôtel d'Albemarle, entre celles de Claude et de Vercors, et donnant sur Piccadilly.

Elle voyait, de sa fenêtre, l'activité de cette rue célèbre, où se mêlent le commerce et l'élégance, le luxe et ce haillon noir qui semble fait pour les brumes de Londres, l'enténèbrement de ses maisons basses.

La nuit était venue, rapide, humide, trouée par les yeux des gros réverbères. La jeune fille s'occupait vivement, avec une merveilleuse adresse, de faire sienne cette demeure banale. Elle sortait de sa malle et de sa valise les portraits de son père, de sa mère et de Claude qui ne la quittaient point, et les rangeait sur la cheminée. La photographie de Maurice était, à l'abri des regards indiscrets, au fond de sa boîte à couture. Ensuite elle exposa sur sa toilette les pièces de son beau nécessaire, cadeau en *commun* de Herrant et de Vercors, et qu'elle appelait le *paparrain*.

— Claude, Claude, venez voir...

Dès qu'il fut là :

— Hein, je suis chez moi déjà... dans mes meubles, avec toutes mes petites *naffaires*. Mais... pourquoi avez-vous votre frac sur le bras, comme un poupon?

— Parce que, mademoiselle, la doublure est décousue et que...

— J'ai compté sur vous pour... Donnez-moi ça... ça ne va pas traîner...

Mais, comme elle s'asseyait, sa boîte sur les genoux, elle réfléchit que les aiguilles étaient au-dessous du portrait de Maurice, et rougissante :

— Je me suis trop avancée... mon ami... Je n'ai pas ce qu'il me faut... La *maid* vous fera cela mieux que moi.

Le jeune homme comprit d'une manière confuse qu'il y avait *quelqu'un* entre eux. Sa gaieté avait disparu. Il s'approcha de la fenêtre et regarda tristement au dehors ; et il parlait, le dos tourné, sans qu'elle distinguât son visage obscurci.

— Depuis quelque temps, Henriette, depuis certain soir dramatique, je pense beaucoup à l'ambiguïté...

— Ah, mon Dieu !...

— Ne craignez rien... Ce ne sera pas long. Il faut bien que je me soulage... Dites-vous que les alternatives de votre conscience et ses oscillations perpétuelles me sont aussi visibles que si elles étaient peintes sur votre front... Vous l'avez revu, n'est-ce pas, ou bien vous comptez *le revoir?*

— Claude, je vous en supplie...

Elle avait sa voix fausse. Il murmura :

— Jusqu'à l'accent... Ah, quel horrible doute, quel martyre !... L'ambiguïté !... Elle se dit : « Je suis avec celui-ci et il est probable que je l'épouserai... si j'arrive à éliminer de mon désir l'autre... l'autre... »

Il répéta le mot en secouant la tête. Puis, se tournant vers elle :

— Mais répondez donc quelque chose... juste ciel !...

— Pourquoi voulez-vous me faire mentir ?

— Mentir à qui... à quoi... Henriette?

ELLE AVAIT UN REGARD DE BÊTE TRAQUÉE.

Elle baissait ce regard de bête traquée qu'il remarquait en elle maintenant. Sa lèvre inférieure tremblait. Une affreuse pitié envahit le jeune homme. Il laissa le silence faire son œuvre d'apaisement, puis avec ce soupir du routier qui recharge son fardeau :

— Allons... sortons de cette pièce ténébreuse... faisons un tour avant le dîner... Venez...

Et il l'entraîna...

— J'ai eu tort une fois de plus, se répétait Claude, le soir, dans sa chambre, tandis que ses yeux parcouraient, sans la lire, sa communication au congrès de médecine...

et je suis seul... je ne puis demander conseil à personne...

Puis, songeant à elle, qui dormait sans doute :

— Elle aurait eu le courage... après cette scène de Saint-Blaise !... Ses yeux cependant et sa voix... Ah, si je pouvais tuer cet homme qui a empoisonné ma fleur... ma vie !... Comment être sûr ?...

Puis :

— Aurais-je la force de la quitter... quoi qu'elle fasse désormais ?... Elle m'avilirait donc, comme elle s'est avilie... elle si noble !...

Alors il pensait avec rage aux dangereux préceptes de Herrant sur la *passion irrésistible* et sur l'*entraînement héroïque*. Ils avaient sans doute aidé à la chute.

— Elle est spontanée, énergique, volontaire... mais, avec sa force de mémoire, l'éducation agit sourdement... et son admiration pour son père... Quand l'instinct penche vers la doctrine, que la doctrine excuse l'instinct, qu'est-ce qui retiendrait une incroyante ?... Ah, cruelle et folle Henriette, tu veux donc perdre ton ami !

A ce moment un doigt léger gratta la cloison... une voix douce chuchota :

— Bonsoir, Claude.

— Bonsoir, Henriette.

Il mit la tête entre ses mains afin d'étouffer ses sanglots.

Le congrès de médecine venait de finir dans une des salles de Kensington. Henriette attendait Claude et Vercors à la porte principale du musée. Elle vit passer des professeurs célèbres de toutes nationalités, des Allemands à longue barbe et à lunettes d'or, avec leurs visages de chiens bienveillants, des Anglais, soigneux, coquets, rasés de frais, des Français en jaquette, vifs et bavards.

Son parrain et Varnier parurent enfin, très entourés. Dès qu'ils l'eurent aperçue, ils se dégagèrent. Le vieux savant tremblait de joie.

— Tu peux être fière de ton ami. Sa communication est un triomphe, pour lui, pour la science française et pour son maître.

— Oh, patron, tout vous en revient.

— Veux-tu te taire... Ah, je suis rudement satisfait... On leur fait la pige aux *pruscos*...

Il montrait un groupe germanique où la discussion semblait vive.

— Et les idiots affirment que la science n'a pas de patrie ! Mâtiche !... Alerte, ordonné, lucide, le travail de Claude. Aucune odeur de laboratoire comme dans les discours tudesques, aucune fausse bonhomie anglaise qui flaire le trafic et la hâte... Mon garçon, je te félicite.

Henriette affirma, rouge de plaisir :

— Ça m'enchante, mais ça ne m'étonne pas : il sera toujours le premier en tout, quand il voudra s'en donner la peine.

Le vin de la gloire prêtait au jeune homme, sans le griser, de la force et de la bienveillance.

— Jeune fille, je peux vous offrir le bras, pour une fois...

— Ma parole, dit-elle, je marche d'un pas conquérant, comme si la communication était de moi... Alors vous n'avez pas été troublé ?

— Nullement... je tenais les yeux sur mon patron, pendant la lecture... Son sourire m'encourageait. Ah, cette théorie de l'arthritisme... conséquence des mélanges sanguins... de ce qui s'attire et se repousse dans la race... Elle m'apparaît, ma chère, autobiographique.

— Et le traitement qui en découle... N'est-ce pas là le point important ?

— Plus tard... un peu de patience... Et c'est moi qui prononce aujourd'hui ce mot de *patience*.

— Il mettra, dans la corbeille de noce, la découverte au grand complet, ajouta malicieusement Vercors... Mes petits, qu'en dites-vous ? nous sommes très bien à Londres. Ce congrès va durer douze jours. Si nous en profitions pour flâner ici... jusqu'aux environs du 1er décembre.

— Bravo ! firent à la fois les deux jeunes gens.

— Seulement, fillette, je te préviens qu'il t'arrivera de rester seule quand nous visiterons les hôpitaux et les laboratoires...

— Eh bien, je ferai ma correspondance ou j'irai rôder par les musées... Rassure-toi, je me passe à merveille de gouvernante...

A l'hôtel, Henriette trouva une lettre de son père :

Fontainebleau — *La Sagesse.*

Ma chère enfant,

On boucle les malles. Après-demain nous serons à Paris. Novembre massacre impitoyablement les feuilles jaunes dans la forêt, puis les livre à une détresse boueuse qui ferait vite de moi un pessimiste.

Nous passons nos soirées, Mme de Nau-

verai et moi, à feuilleter des livres sur l'Egypte. C'est décidé. Nous partirons vers le 15 janvier... et reviendrons sans doute en avril. Il est dommage que tu ne nous accompagnes pas. Je compte que ce voyage donnera de l'air à mes vieilles idées qui, à force de descendre dans les profondeurs, prennent l'apparence blafarde et risquent de moisir. Ces innombrables siècles figés dans la lumière, cet abus de la pierre et du tombeau, cette poussière d'os et de religions m'apparaissent aujourd'hui comme le meilleur tonique. Tu me comprends, toi la traditionnelle. Je conçois la haine de l'avenir, comme de toute chose creuse et sans formes.

L'exode de la foi me préoccupe toujours. Cherche donc un peu, lorsque tu t'analyses, quelles parties de ta sensibilité ont conservé un tour chrétien, apitoyé, à la Renan, et quelles un tour sauvage et de culture violente à la Nietzche. Interroge Claude à ce sujet.

A propos de Claude, j'espère qu'il va remporter beaucoup de ces lauriers scientifiques qu'épointent ou lacèrent les successeurs. Il n'en est pas moins un chercheur de premier rang et notre plus grande espérance.

Embrasse Vercors comme je t'embrasse.

Ton père affectionné,

Jérôme HERRANT.

Comme elle achevait la lecture de ces lignes, Vercors entra.

— Ta chambre est vraiment délicieuse, ma mignonne... Quelle vilaine journée!

— Oh, parrain... tu calomnies l'adorable brouillard rouge. Regarde-moi ces passants, sous ce voile, pareils à des fantômes... Et je t'assure qu'il a goût de réglisse et de menthe.

Une moqueuse ironie luisait dans les yeux gris du vieillard.

— Ça vante le brouillard de Londres... Je m'en vais le tuer avec un grog, moi. Cognac ça se dit bien *brandy* en anglais?

— Veux-tu que je le demande pour toi? Tu vas te tromper... Veux-tu que je te l'écrive, avec la prononciation?... Car tu t'exprimes aussi mal que Claude.

— Ah! (Vercors redevint sérieux et sauta sur la transition...) Tu sais qu'il est plein de génie, notre Claude... Et je ne m'emballe pas. C'est l'avis unanime.

— Je le sais mieux que personne, parrain. Mais je ne suis pas complimenteuse.

— Et alors?...

— Alors, quoi...

— Vous ne vous déciderez jamais?... Je te demande pardon, ma chérie... C'est tellement bête, votre situation, et je le vois, lui, se faire tant de bile.

Il se mit à marcher, les mains derrière le dos, comme lorsqu'il expliquait quelque chose à ses élèves.

— J'avais fait un rêve, trop beau sans doute, comme tous les rêves... Nous sommes là tous les trois, ensemble, loin de chez nous, dépaysés... Il a un gros succès. Elle est rayonnante. Quelle occasion pour en finir, mettre sa petite main dans celle de cet infortuné qui crève d'amour depuis si longtemps... Ne prends pas cet air fâché, je suis ton parrain, que diable... et je vous adore... Ça me donne des droits sur votre avenir... je suis vieux, je ne veux pas monter au paradis sans vous savoir heureux.

Comme elle ne répondait rien, la figure agitée de mouvements nerveux, il s'approcha d'elle, prit sa jolie tête qu'il appuya d'un geste câlin sur sa poitrine.

— Ne sois pas si scrupuleuse, ma chère fille... Tu l'aimes, ce garçon, je te jure que tu l'aimes. Ça éclate dans tes yeux, quand tu le regardes, dans ton allure, quand tu lui donnes le bras, dans ta joie de ses succès, dans ton impatience quand il parle à une autre... Ne te laisse pas entortiller dans ces labyrinthes de réflexions qui ont fait la gloire de ton père, mais rendent la vie amère et vaine... J'ai été aussi un raisonneur, un coupeur de cheveux, et puis en marchant parmi les hommes, et dans les chambres de malades, j'ai appris la simplicité, le calme moral.

Elle se dégagea, les yeux pleins de larmes. Ce sermon caressant éveillait en elle trop de remords. Mais Vercors, résolu, voulait aller jusqu'au bout.

— Et s'il se lassait de toi... s'il se détournait... le succès va lui venir, l'admiration des femmes. Toutes ne lui seront pas cruelles. Henriette, Henriette... je suis un vieux sage, il est temps de te décider...

Elle fut sur le point de crier : « Mais ne comprends-tu pas que c'est impossible? »

Elle se retint. L'heure n'était pas venue d'une confession atroce et douce, si celle-ci jamais devait délier son âme. Elle se contenta de gémir : « Ne me tourmente pas davantage, je t'en prie. »

Le vieux dirigea sur elle son profond regard de diagnostiqueur. La possibilité d'un affreux secret frôla son imagination habituée à tant de surprises, qu'aucune faiblesse humaine ne l'étonnait plus. Il eut un soupir de résignation et sortit sans insister, sous l'étreinte d'une angoisse brumeuse.

Quatre journées suivirent cette scène, étranges et brèves, d'une douceur cruelle. La jalousie torturait Claude, sombre, tenace, divinatoire. Il flairait l'ennemi rôdant, insaisissable, autour de celle qu'il s'était donné comme tâche de sauver. D'autre part, sa renommée naissante, que célébrait la presse anglaise, lui infusait une énergie neuve ; la gloire vient en aide à l'amour. Elle l'entoure de son auréole. Henriette observait son ami. Elle voyait avec terreur le soupçon prendre chez lui la forme obsédante. Il entrait dans sa chambre à l'improviste. Il surveillait les enveloppes des lettres. Elle sentait sur elle ces regards, brûlants d'une inquiétude passionnée, cette intelligence aiguisée par la crainte et l'attente. En elle, amenée par l'instinct, montait lentement le goût de la ruse. Le malheureux ne comprenait pas qu'il faisait le jeu de cet adversaire, sur les sapes et contre-mines duquel il épuisait ses conjectures. Le désespoir et la confiance se succédaient dans son cœur, comme dans le cœur de celle qu'il ne renonçait pourtant pas à conquérir.

Vercors désormais gardait le silence, mais ne les quittait pas des yeux.

Ils passèrent de longues heures, tous trois, au British Museum, dans la grande salle des Antiques, devant les *Parques* et les Frises du Parthénon.

Leur science égalant leur goût, ils parlaient peu, obéissaient à ces chefs-d'œuvre où le mouvement est saisi sans effort, à son point le plus rare et le plus expressif.

Claude se laissait aller à une de ces remarques où Henriette, émue, attentive, écoutait l'écho et la prolongation de ses propres pensées. Il saisissait les mystérieux rapports de ces splendeurs figées à la musique moderne, et de Phidias à Beethoven, comme si le son, effritant la pierre, recueillait d'elle des formes classiques, en prévision d'un plus grand miracle. Sur les chevaux cabrés des cortèges, il évoquait les cris des Walkyries.

— Voyez-vous, patron, les légendes sont le haut langage de l'imagination. Elle le signifie par tous les arts.. C'est votre avis, n'est-ce pas, Henriette? Mais cet autre alphabet, l'orchestre, est d'invention relativement récente. Aussi son formulaire est-il d'une richesse incomparable.

Quand il était content d'une remarque, il en faisait hommage à son amie. A ces moments-là, ce qui les séparait s'écartait comme un rideau de brume. Ils étaient tels que deux bons miroirs qui se renvoient sans trêve la lumière.

Jamais Henriette n'avait éprouvé un tel bouillonnement de l'âme. Cette ambiguïté, qui désolait Claude, lui ouvrait les deux fenêtres de la vie : celle qui donne sur l'intelligence et celle qui donne sur le sensible, avec leurs horizons, leurs perspectives et la variété de leurs mélanges.

Par analogie avec son double amour, lequel, comme une section, partageait son être moral tout entier, elle se prêtait à ces deux courants qui enserrent les îlots de l'art, baignent, de leurs ondes alternées, une végétation riche et changeante. Elle distinguait le rêve du réalisé et la volonté du désir. La force qui entraîne et celle qui retient n'avaient plus de secrets pour elle ; elle voyait dans l'une le hasard, dans l'autre la fatalité. Toutes deux lui semblaient également puissantes.

Elle atteignait ainsi, par l'âpre succession du sentiment et de la sensualité, aux plus hautes régions de l'alternative. Cette griserie métaphysique lui procurait la paix des cimes, un songe éveillé de chevrière qui comprend le parfum de la fleur, le murmure de la source et le chant de l'oiseau, parcelles vivantes de sa rêverie.

Ces stades heureux rassuraient Claude. La réceptivité universelle, la faculté de métamorphose donnaient aux prunelles de sa compagne une pureté seconde qu'il interprétait comme une délivrance définitive.

Mais il suffisait, dans ces salles froides, d'un geste ardent du plâtre ou du marbre pour ramener la jeune fille aux choses terrestres, aux régions où rôde la convoitise ; son regard, devenu trop humain, ressuscitait les terreurs de son ami.

La nuit tombant de bonne heure, ils rentraient à l'hôtel prendre le thé et les *muffins*, dans ces cérémonieux salons où des dames au visage sévère feuillettent des journaux illustrés, tandis que le mari, à longue tête glabre, cireuse, somnole dans un fauteuil, les pieds étendus et croisés.

— Sont-ils laids! ronchonnait Vercors. Ils ont tous l'air d'avoir macéré dans des infusions. Et quelle absence de grâce chez les femmes!

— Peut-être, ripostait Henriette, mais ils ont de jolis enfants.

Le petit garçon du maître d'hôtel, un blondin de six à huit ans aux yeux bleus, l'avait prise en affection et venait se faire caresser par elle. La couleur de ses regards irritait Claude ainsi que la façon voluptueuse, incertaine dont elle flattait ses boucles soyeuses avec un demi-sourire singulier.

Le vieux dirigea vers elle son profond regard de diagnostiqueur.

Recherchait-elle une analogie, l'illusion d'une autre tendresse?

Cependant, quand elle dit de sa voix la plus indulgente :

— Il est adorable, ce petit... Claude, il faut aimer les enfants. Ils sont la parure de l'humanité!

Il se sentit apaisé, confus et répliqua, guetté par Vercors :

— Chez la femme cet amour est inné, Henriette, chez l'homme il découle d'un autre amour qu'il légitime et parachève... Je chérirai mon fils, je crois que je l'élèverai bien, selon le meilleur de moi-même.

— L'imagines-tu quelquefois, ce fils? interrogea le vieux savant en frottant ses lunettes.

— Sans doute...

— Eh bien?... son portrait...

— Ah, patron, vous m'en demandez trop, je ne présage pas l'avenir.

— Je lui souhaite seulement, mon petit, d'être un aussi brave gas que toi. Moins l'homme a en lui de la femme et plus il a de chances d'être loyal et ferme dans sa destinée. La faiblesse chez le mâle ne vaut rien. Elle fait les caractères en pente, les chiffes, sur lesquelles tout glisse et fiche le camp. Ça n'est pas ton avis, Henriette?

— Certes, parrain, fit-elle, soucieuse.

Claude et Vercors visitaient un hôpital en compagnie des membres du congrès. Deux heures restaient avant le déjeuner. Henriette résolut d'acheter quelques fleurs pour remplacer celles qui se fanaient dans les vases de leur petit salon.

Elle descendit. Un soleil d'arrière-automne égayait le brouillard blanc, volatil, mélancolique. Les roues caoutchoutées des voitures faisaient un bruit de luxe, doux et voilé, conforme à l'ambiance. Elle s'efforçait de ne penser à rien, de vivre dans la seconde, comme une nomade, lorsque tout à coup, au tournant de la rue, elle eut un grand frisson de douleur et de joie.

C'était Maurice.

Vêtu de brun, coiffé d'un feutre mou, légèrement incliné sur le visage, mais très reconnaissable, il s'approcha d'elle, obliquement, vivement, à la manière féline, murmurant cette excuse :

— Je ne pouvais plus vivre sans toi... Viens.

Et elle le suivit.

A l'abri dans le cab, la vitre rabattue, emportés à travers un labyrinthe d'avenues et de carrefours, ils se turent tout d'abord, savourant la surprise d'être ensemble, lui et elle hallucinés, joints en apparence par le bout des doigts, mais en réalité par toute la chair où battaient leurs artères fiévreuses.

— Ah, mon Dieu, que je suis malheureuse! murmura d'une voix sombre Henriette, sans lâcher cette main qui la captivait... et dont la pression se fit plus tendre... Où me mènes-tu?

— De l'autre côté de la ville... sois sans terreur, nous serons bien cachés... A Margaret Crescent...

— Ou au suicide... Comment as-tu donc su?

Ses yeux bleus brillèrent d'une audace subtile. Elle affectait d'être sévère, pensant qu'il valait bien la peine de mourir pour eux. Il répondit, serrant ses jambes entre les siennes :

— Je me suis informé... Tes regards, la dernière fois, étaient couleur de fuite... Et tu avais envie de pleurer, chérie!

— Pourquoi... pourquoi?

Avec adresse il la ramenait de son émoi à la circonstance, comme si la chose était toute simple.

— J'ai fait une traversée affreuse avant-hier, au milieu de malades... pouah...

— Mais qui t'a indiqué notre hôtel?

— Ne m'appelles-tu pas le *débrouillard?* Et quand il s'agit de te retrouver!.. Oh, le délicieux costume bleu! je ne te le connaissais pas. Que tu dois être à ton aise là-dedans!

Après bien des détours, ils arrivèrent à une de ces rues montantes, fréquentes à Londres, où les maisons, toutes de même style, semblent un décor de carton rouge. Selon son habitude, Maurice avait pris les plus minutieuses précautions. On ne rencontra nul serviteur. La petite chambre était charmante, meublée avec goût et toute fleurie.

— Brume, sois bénie, s'écria-t-il en entrant, et fermant la fenêtre à guillotine par où passaient des flocons blanchâtres... Tu nous enveloppes, mon Henriette et moi... Tu nous caches à tous les regards!

Elle soupirait encore :

— C'est mal, ce que tu fais... Tu seras cause d'un malheur...

— Un malheur, notre amour, la joie d'être comme en ce moment.

— Il fallait me laisser me guérir de toi... puisque tu ne veux pas être mon mari.

— Oh, le vilain mot de médecin... Ce sont tes amis qui te corrompent.

Il interrompait sa plainte par des baisers, mais celle-ci se faisait persistante, tellement qu'il en eut un peu d'aigreur. Ses yeux plongèrent dans les yeux clairs.

— Et cependant tu m'as suivi!

— Parce que mon corps est lié à ton corps et que je rêve de ton haleine. Ah, cette fois enfin tu me regardes en face.

— Mais ton esprit appartient à Claude... C'est bien ainsi, n'est-ce pas?

Pour la première fois il prononçait ce nom crûment, avec une nuance de jalousie. Henriette en eut plaisir et colère.

— Claude m'aime plus que toi, car il me sacrifie sa vie... son honneur.

— Il sait donc...

— Que t'importe?...

Elle lui parut hostile et fermée. Il se tut, rentrant dans sa nature sauvage. Le peu de pitié, de vraie tendresse qu'elle lui avait inspirée par son abandon, venait de s'éteindre brusquement.

Leur volupté, qui n'allait pas sans quelque haine, n'en fut que plus profonde et véhémente. Le fier visage d'Henriette devint tel que d'une déesse souillée, flétri, raviné soudain par le mauvais souffle de la luxure. Dans son regard à lui brillaient des lueurs cruelles. Ils formaient un groupe déchiré de désir, frémissant et maussade, dans le mystère central de cette brumeuse ruelle londonienne.

Des voix aigres et rythmées s'élevèrent qu'accompagnait le son du banjo. C'était une compagnie de *minstrels* qui célébrait ainsi la débauche, sur un mode d'une fausseté criarde.

Songeant à l'orgue mélancolique de la rue Géronet, Henriette détesta cette pente de la joie sensuelle.. du sourire hélas à la grimace et des premières délices à la torture, par ces contractions qui désillusionnent et souillent l'ardeur en l'exaspérant.

Elle ressaisit sa volonté.

— Il faut que je me sauve, on m'attend...

— Où cela?

— Où tu m'as prise. A l'hôtel ..

Elle accentua le mot *prise*. Il était allongé, la tête sur son coude, l'air ironique et las. Elle commençait à le détester.

— Je ne te reverrai plus jamais, n'est-ce pas, Henriette?... Soit... C'est bien...

Il avait une physionomie telle qu'elle s'effraya.

— Ne me trouves-tu pas assez prisonnière... de tes bras... mon pauvre Maurice?..

— Ah, tu peux me plaindre, va, je n'ai que toi, et...

— Et...

— Tu ne cherches qu'à m'échapper, qu'à m'oublier, qu'à devenir la chose d'un autre.

Ses yeux prirent une fixité âpre. Puis il ferma les paupières; sa pâleur et ses traits détendus lui donnaient le masque de la mort. Seul, veillait, au coin de la lèvre, son pli désenchanté. Combien il avait dû souffrir!

— Maurice.... Maurice.... Ce n'est pas ma faute...

Elle s'excusait comme une enfant, entourait sa tête de ses bras purs, serrait contre lui son corps de Diane. Elle lui murmurait à l'oreille, de sa petite voix pénétrante, toute la compassion qui gonflait son cœur. En même temps, elle épiait son sourire et le retour à la confiance. Pour le déterminer plus sûrement :

— Ecoute... une très grande folie... Le 15 janvier... le 15... mon père part en Egypte pour longtemps... Claude et Vercors vont en Russie... près d'un malade... Je serai libre... Veux-tu que nous partions ensemble n'importe où... le Midi par exemple... puisque tu l'aimes?...

Il se dressa contre elle, ranimé, vainqueur.

— Tu ferais cela?...

— Puisque je le propose...

Et elle eut la joie folle de sentir de vraies larmes, reconnaissantes et tièdes, qui mouillaient son cou, sa poitrine, déliaient une âme si chère de l'hypocrisie et de la dureté.

— Tu as l'air souffrant, ma petite, dit Vercors à sa filleule.

Ils étaient prêts pour une grande promenade dans la banlieue de Londres, attendant Claude sur le perron de l'hôtel.

— J'ai mal dormi... Ce n'est rien... Ça passera à l'air.

— Claude est comme toi d'ailleurs. Ce matin, je lui trouvais si mauvaise mine que nous nous sommes arrêtés devant un bar et je l'ai forcé à prendre deux petites verres d'alcool... Ah, le voilà!

Le jeune homme avait sa figure douloureuse. Henriette le dévisageait avec inquiétude. Il s'excusa.

— C'est idiot... J'éprouve quelque chose de bizarre... Un état de vertige, une anxiété insupportable... Bah, il n'y faut pas faire attention. En route!

Le trajet parut à Henriette interminable. Elle avait pris rendez-vous avec Maurice pour le surlendemain et elle cherchait le moyen de se rendre libre, sans attirer l'attention. L'esprit de ruse était en elle, surexcité encore par la quête perpétuelle de Varnier, ses regards noirs et perspicaces qui l'entouraient d'un cercle de soupçon.

Elle voulait sembler indifférente, intéressée par la belle campagne sur qui mordait l'hiver en rouge, en noir tacheté de jaune, en pourpre éclairé de lueurs, selon les vallonnements et les arbres. La nature était sans la moindre brise, dans un assoupissement complet des fermes grisâtres, des prairies brunes, des coteaux bitumineux ou cuivrés.

Pour fuir des images trop précises et qui que. Suivant la direction de ses yeux, elle vit qu'ils s'attachaient à la broche de Maurice qu'elle portait à son corsage, sans bravade et sans gêne, car telle était sa foi dans le risque.

— Ce bijou vous fascine. Claude. Je l'ai retrouvé au fond d'un coffret.

— La croix de roses est très originale. C'est ce qui le distingue du mien.

HENRIETTE RESOLUT D'ACHETER QUELQUES FLEURS.

n'avaient rien de champêtre, elle parlait d'Emily Bronte, l'admirable et malheureuse fille qui écrivit, dans un accès de génie, ce sombre livre : *les Hauteurs battues par le vent.*

— Cette contrée lui appartient, disait-elle. Elle en a même fixé les aventures, ces plis de terrain qui correspondent aux replis de caractère. Son analyse a le tourment de ces ravins et de ces collines.

Mais son ami ne lui donnait pas la réplique.

— Je porte le vôtre à l'ordinaire, j'ai mis celui-là pour changer.

Après un silence elle ajouta :

— Je voudrais dénicher une chaîne de même style, un peu longue, pour ma montre...

— Permettez que je...

— Non, je désire me l'offrir moi-même... N'avez-vous pas séance après-demain ?

— De trois à cinq, hélas, gémit Vercors. Je parlerai peut-être, d'ailleurs.

— Eh bien, reprit la jeune fille. je profiterai de votre absence à tous deux, pour faire le tour des joailliers, des brocanteurs.

— On te volera, dit Vercors.

Elle se mit à rire.

— Ma personne ou mon porte-monnaie, parrain?

— Peut-être les deux, murmura Claude, très bas entre ses dents.

Elle avait parfaitement entendu, mais elle prit la chose en plaisanterie.

— Je suis trop grande. Mon ravisseur ne saurait que faire de moi. C'est la banlieue de Londres, c'est *Olivier Twist* qui vous suggère des craintes pareilles. O puissance de la littérature!

Et elle se promit d'être très prudente, de multiplier les précautions.

— Depuis que tu m'as parlé de ce voyage, dit Maurice, je ne pense plus qu'à cela. Quelles délices!

Henriette eut un sourire douloureux :

— Nous aurons, pendant quelques jours, l'illusion du mariage. Nous pourrons nous croire heureux.

— Nous le serons, ma chérie, et sans les déceptions, les ennuis, les sottises de l'esclavage. Profite donc des joies que tu tiens. Pourquoi toujours regretter quelque chose?

Elle soupira :

— C'est vrai, pourquoi?... L'égoïsme est un bon oreiller.

— Henriette, vis-à-vis de toi, je ne me sens pas égoïste. Je te l'avouerais, tu n'en doutes pas. Tes baisers si vifs et si forts forcent en moi la confession... mieux que cela, l'inspiration, le talent. Ton amour me révèle des forces créatrices que je ne me connaissais pas. Ecoute...

Un petit clavecin était dans la pièce : très sonore, très doux, il évoqua, sous les doigts du jeune homme, dès que ceux-ci l'eurent frôlé, des élégances mortes, des caprices défunts, des heures enfuies.

Henriette écoutait, attentive, les yeux humides, touchée par cette musique jusqu'aux profondeurs de son être. Une délicieuse mélancolie parfumait cette œuvrette de Maurice, comme si toutes les grâces de la rencontre, de la destinée, de la fuite impossible et de la perpétuelle reprise s'associaient là, déliées et cruelles, en un assemblage de notes émouvantes.

— Quel titre? demanda-t-il, se tournant vers elle.

— J'AI FAIT UNE TRAVERSÉE AFFREUSE AU MILIEU DE MALADES.

Elle répondit extasiée :

— *Le Charme des yeux bleus.*

Et, comme elle baisait les charmeurs, la mélodie continuait encore...

Quand il eut achevé :

— Doutes-tu maintenant de ton pouvoir, ô mon éveilleuse?... Que ne t'ai-je rencontrée plus tôt!

— Mais il est temps, arrache-toi. Romps tes chaînes, je t'aiderai.

Il comprit bien que, par ce dernier mot,

elle lui offrait une aide complète, effective, nécessaire à un homme sans fortune, pour les frais de libération. Il devint rouge, étant fier, la remercia d'un long soupir.

— Impossible, Henriette, impossible.

Puis il dit, la main sur le front, avec une douce gravité :

— Ne crois pas que je veuille ton angoisse. Je comprends que, de ton côté, bien des choses, que tu ne me dis pas, te retiennent et te désespèrent. Quelquefois, dans tes yeux si beaux, je lis comme un remords qui n'est pas pour moi. Alors, je me jure d'aider à notre séparation, de te laisser tranquille, de t'abandonner, de t'éviter même... Mais bientôt...

— Bientôt...

Elle avait sa tempe à sa tempe. Leurs deux visages n'en faisaient plus qu'un. Ils s'entendaient, se touchaient sans se voir.

— Ah, le désir est plus fort que moi ! Et j'irais jusqu'à mon Henriette, à travers les flammes et la mort.

Cette concordance les brisa, comme le dernier piège de la volupté. Rien ne vaut pour les amoureux que le sentiment de l'étreinte, de l'irréparable et du fatal. L'aspect lointain de Claude, leur victime, leur fut, en ce moment, *également* cher.

— VOUS VERREZ QUE LA HOLLANDE VOUS PLAIRA BEAUCOUP.

VII

— Vous savez, Claude, comme ma femme l'écrivait à Henriette, nous n'admettrons aucune excuse... Et vous verrez que la Hollande plaira beaucoup à la rectitude de votre esprit... Puis le printemps y est admirable, par la verdure et les champs de fleurs...

Charles d'Aprileux parlait ainsi à son ami Varnier, dans le cabinet de travail de Jérôme Herrant, lequel n'était pas encore rentré. Le jardin de la rue de Monsieur blanchissait sous une rafale de neige.

Le romancier avait le teint reposé, les yeux brillants. Il se félicitait de son exil volontaire.

— Au point de vue du travail, c'est incomparable. J'ai achevé mon roman l'*Indigne*, qui va paraître dans quelques jours, sitôt que les livres dorés du premier de l'an auront quitté les étalages... Je commence un drame... Jeanne a bien fait un peu la moue les premiers temps... Son amie surtout lui manquait. Puis elle s'est résignée à cette vie tranquille. Dans l'avenir, nous réaliserons là une petite colonie à frais communs ; ce sera délicieux.

Tout en bavardant, le subtil Charles examinait le visage amaigri, fiévreux de son interlocuteur. Son imagination, éveillée par les récits et les suppositions de Jeanne, les allures bizarres d'Henriette et les avances de Maurice Dellenoy, flottait autour de la vérité, sans la tenir encore positivement. Il y avait là un problème moral qui suscitait au plus haut point son esprit de recherche. La curiosité, chez lui, l'emportait sur tout autre sentiment.

Il continua, sans attendre la réponse du jeune homme :

— J'ai lu, dans les feuilles, vos succès au congrès de Londres. Je vous félicite. Vercors d'ailleurs m'avait fixé sur la haute valeur de vos découvertes.

— Oh, le patron, tout ce que j'entreprends lui...

— Pas du tout. Il est sévère, avec son obstination d'homme du Centre. Et Henriette doit être joliment contente...

— Elle le dit...

— ... Parce qu'elle le sent... Brave petite Henriette! Je ne regrettais qu'elle et vous de nos relations. C'est positif, à vous deux, vous tenez mon cœur.

Claude, ému, lui prit la main, qu'il serra fortement.

— A part ça, poursuivit Charles, rien ne m'a l'air changé ni modifié dans ce domaine. Jérôme, le grand philosophe, travaille toujours dans sa coque d'égoïsme lyrique. Mme de Nauverai continue d'apprivoiser la faible sentimentalité de ce monstre génial.

— Ils partent dans quelques jours pour l'Egypte, tandis que Vercors et moi nous irons soigner un diabétique à Moscou.

— Je sais... Et notre Prupru, ce vieux Jamouins, quelles nouvelles?... Il est revenu, n'est-ce pas?

Varnier eut une légère grimace.

— Sans doute... Je ne l'ai aperçu qu'une fois, en passant... Il paraissait satisfait de son voyage. Il amplifiait des histoires de Naples...

— Ah, c'est un joli conteur et un aimable fantaisiste... Vous n'êtes pas très juste à son endroit...

— Je n'aime pas les bohèmes... de l'esprit et du cœur.

— Ce sont des papillons, on les regarde voleter... Vous n'avez pas revu son jeune camarade, le beau Maurice?

— Maurice Dellenoy. — Claude se raidit, eut l'air de chercher dans sa mémoire. — Non, jamais...

— Un drôle de corps, celui-là, insista d'Aprileux avec une bonhomie négligente. J'hésitais un peu, quand il me demanda de l'introduire ici, vous vous rappelez, au mois de juin... le dernier mercredi... Il court sur son compte des histoires...

Claude ne bronchait pas...

— Des histoires assez cocasses... On raconte qu'il est marié, qu'il a un enfant... quelques-uns disent deux enfants et... deux femmes, et des maîtresses... Son talent est, je crois, assez mince... mais on lui accorde la malice sensuelle... malice au sens démoniaque... C'est par là qu'il m'intéresse... avec son regard bleu, si vague... sa fausse nonchalance, sa façon de tripoter sa barbe blonde en *y* pensant toujours... C'est un maniaque de la femme, ce garçon.. un vrai cas.

— Il en a bien l'air, fit Varnier, torturé, mais figé dans sa fausse assurance.

— Il en a même l'odeur... (Bah, songeait Charles en prononçant ces mots affreux, la jalousie se traite au fer rouge.) Il faisait la cour, ces temps derniers, à deux sœurs à la fois... Elles n'étaient pas jumelles... les demoiselles... comment donc... de Vymeux. C'est cela, Rosine et Charlotte, deux jolies brunes, très *rasta*, qu'il recevait, paraît-il, dans le même logis, à des jours différents, l'animal!

— Et si elles s'étaient rencontrées!...

— C'est ce qui advint... toujours d'après la chronique... et le résultat fut un monstrueux crépage de chignons... Ah, ils vont bien dans la musique!...

Claude crut nécessaire de sourire; son cœur défaillait; à ce moment, Henriette et Jeanne d'Aprileux entrèrent, se tenant par la taille, comme deux pensionnaires heureuses de se retrouver après les vacances.

— Eh bien, messieurs, vous nous lâchez. C'est aimable!

— Nous échangions des propos indignes de vos chastes oreilles, mesdames, répliqua Charles en s'inclinant...

— Allons, bon! s'écria Henriette, voici le ton docte qui recommence. Ce que c'est que l'air de la Hollande! Nous venons, Jeanne et moi, de combiner un dîner pour ce soir, à nous quatre, au restaurant. Il nous faut fêter l'an qui vient, n'est-ce pas, Claude?

— Mais je ne demande pas mieux. Je réclame seulement la permission d'aller fermer mon laboratoire... où il doit tomber dix pieds de neige, et je suis ici, dans deux heures.

Quand il fut sorti :

— Ce garçon-là est malade, déclara Charles gravement. Il a une mine inquiétante. Qu'en penses-tu, Jeanne?

— C'est vrai, répondit-elle, les yeux sur Henriette.

— Mes enfants, murmura celle-ci avec une tristesse confidentielle, je vous jure que vous me désolez. Vous me considérez comme un bourreau...

— Eh, eh, il y a de ça...

— Mais non, Charles (elle avait ses beaux yeux implorants et humides), je suis aussi malheureuse que lui. Je donnerais tout au monde pour que mon amour fût à la hauteur de ma tendresse..

— Et vous êtes encore loin de compte?..

— Certains jours, il me semble que non... Alors, je reprends courage... Et lui se rassérène... Puis, est-ce le scrupule, la longue habitude, l'amitié, l'affection presque fraternelle?... Enfin...

— Vous ne vous trouvez pas au point... jeune insensée...

— C'est cela. Est-il donc insensé de vouloir le parfait bonheur, le seul qui soit digne de lui?

— Moi, ma petite Henriette, je passe pour un psychologue, un malin... Eh bien, je ne comprends pas du tout cette histoire-là. J'ai l'air... pour être poli... mais le sentiment intime n'y est pas... Et d'ailleurs ça ne me regarde point... Espérons que ce séjour de Hollande...

La porte s'ouvrit brusquement. Jérôme Herrant parut, beau, chaleureux, les deux mains en avant :

— Ah, ça fait plaisir... chers amis! Henriette était comme une âme en peine... Et vous allez rester longtemps?

— Quinze jours environ, dit Jeanne avec un soupir.

— Alors, nous quitterons cette ville vers la même époque... vous pour le Nord, moi pour l'Egypte. Je suis enchanté, Mme de Nauverai rayonne. Quant à mademoiselle ici présente, elle se fait une joie d'être seule et nourrit les projets les plus divers.

— Dont un séjour près de nous à La Haye.

— Si le vent ne change pas d'ici là. Nous sommes une fantaisiste, n'est-ce pas, mignonne, n'est-ce pas, mon cher grand garçon de fille?

— Remarquez, ajouta malicieusement Henriette, la bonne humeur de papa quand il me quitte.

— Mais je ne suis pas inquiet sur ton compte. Je ne te trouve même que trop cruelle... Tu devines de qui je veux parler...

Herrant arrêta là son allusion et prit d'Aprileux à part pour lui demander quelques renseignements sur les hôtels du Caire, tandis que le romancier songeait : « La philosophie est une belle chose qui bouche les yeux et les oreilles et donne la quiétude à l'esprit quand le feu est à la maison. »

HENRIETTE ET JEANNE D'APRILEUX ENTRÈRENT SE TENANT PAR LA TAILLE.

Le 1er janvier, comme chaque année, un grand déjeuner réunit chez Herrant les habitués du mercredi, les fidèles. Il y avait là, Mme de Nauverai, les d'Aprileux, Claude, Vercors et Jamouins.

Cette fois la fête fut moins gaie que de coutume. La prochaine dislocation du groupe amenait une mélancolie, que renforçaient encore les réflexions de certains convives.

Depuis le récent séjour à Londres, les soupçons de Vercors n'avaient fait que grandir. Il observait, dans les traits d'Henriette, une marque nouvelle, experte et douloureuse, qui le terrifiait. Sachant que son ami Jérôme n'aimait pas à être dérangé dans sa sérénité métaphysique, il avait fait part de son angoisse à Blanche de Nauverai ; celle-ci lui répondit :

— Il y a longtemps, mon pauvre ami, que je suis inquiète. Je me suis même, dès le début, confié à Herrant ; vous le connaissez. Il m'a fait poliment comprendre que j'étais une romanesque indiscrète. Je me le suis tenu pour dit.

Jamouins avait entrepris son voyage à Naples pour fuir sa conscience et ses scrupules. Dès le retour, il rencontrait Dellenoy. L'air embarrassé du jeune homme, sa hâte à rompre l'entretien ne calmaient point les appréhensions du solitaire de Versailles qui n'osait plus regarder en face ni Jérôme Herrant, ni Vercors, ni Mme de Nauverai. Il avait fallu la circonstance solennelle et traditionnelle du premier de l'an pour qu'il acceptât une invitation rue de Monsieur, où, quelques mois auparavant, son couvert était mis chaque semaine. Sa verve semblait éteinte. Il mangeait lentement et parlait peu.

La veille au soir, 31 décembre, Claude, rentrant chez lui rue Soufflot, apercevait Maurice en compagnie tapageuse d'étudiants et de filles. Sans analyser les raisons de sa fureur et de son désespoir, il avait passé une nuit atroce à méditer des projets de vengeance. Tantôt il provoquait son rival, le blessait grièvement et renonçait pour toujours à Henriette, tantôt il se débarrassait de lui lâchement par l'assassinat et la ruse. Depuis quelque temps il s'était remis avec acharnement à l'épée et au pistolet, « pour se reposer, affirmait-il, des travaux du laboratoire ».

Henriette, depuis Londres, résistait peu.

Elle se laissait aller à son instinct avec une résignation fataliste. Elle avait promis à son amant ce petit voyage dans le Midi et elle comptait, à cette occasion, prendre un parti irrévocable. De ce ferme projet résultait pour elle une moindre torture. Elle était dans l'état de ces intoxiqués qui songent : « Bah, je me guérirai demain », et qui, en attendant, s'abandonnent, excusent ainsi leur faiblesse. Ce supplice de l'écartèlement prendrait fin d'une façon ou d'une autre, soit que l'esprit, soit que la chair triomphât. Le tout était d'être très prudente et de gagner du temps. Vercors et Blanche de Nauverai lui étaient, plus que Jamouins, un sujet de trouble : « Se doutent-ils de quelque chose? Leurs soupçons ont-ils des bases sérieuses?... »

IL S'ÉTAIT REMIS AVEC ACHARNEMENT A L'ÉPÉE ET AU PISTOLET.

Elle avait reçu comme étrennes, de Claude un délicieux miroir ancien, de Maurice une petite boîte à poudre.

Elle voyait à Varnier un mauvais regard. Deux ou trois fois, pendant le repas, elle lui adressa la parole sans rien obtenir de lui que des réponses brèves ou insignifiantes. Comme on se séparait, il lui dit :

— Pouvez-vous me recevoir demain matin vers les dix heures? J'ai des choses intéressantes à vous communiquer.

Il fut exact au rendez-vous. Sa figure avait le délabrement de l'insomnie qu'accentuait la fièvre d'une imagination puissante. Il s'assit sur le canapé de la jeune fille, à la place même où elle menait chaque jour des songeries si contradictoires. Dans le cadre de la fenêtre, le linceul de neige sur les arbres et les pelouses du jardin faisait une blancheur de silence.

— Vous allez me gronder encore.

— Oh, Henriette, nous avons dépassé cela, comme dit votre père. Je désire, avant mon départ pour Moscou, être fixé sur mon sort... sur notre sort. Chère Henriette, je suis à bout de forces, je succombe...

Comme elle inclinait sa tête pensive, blonde et svelte, et morose, ainsi qu'une rêveuse de légende, il continua :

— Je vous ferais frémir, je vous indignerais si je vous contais les cruelles, les atroces suppositions qui sont maintenant le pain empoisonné de mon esprit. Il me semble que cet homme rôde sans cesse autour de vous, avec ses yeux de convoitise.. A Londres, je croyais le voir dans la foule, dans chaque passant. Votre évident et perpétuel malaise, que j'attribue à son absence, me le rend par là même toujours présent. Oui, son fantôme est entre nous. C'est une chose affreuse...Henriette.

Elle répondit, après un silence où tournaient la pitié, la prière et la ruse:

— Mon Claude, vous avez eu raison de venir me parler ce matin... Les formes de votre angoisse me sont connues. Il faut y mettre un terme... Ecoutez...

Elle s'assit près de lui, prit sa main brûlante et sèche :

— Ecoutez sans colère, sans rancune, les yeux uniquement tournés vers l'avenir, avec votre bon sourire... C'est cela .. Je vous aime ainsi... Mme de Nauverai et mon père s'absentent... pour quelques mois... Vous, vous suivez Vercors pendant une quinzaine... Je veux faire, de cette séparation forcée, l'épreuve décisive de mon cœur et de mon droit à vous le donner pour toujours... Ne vous écartez pas... Comprenez-moi jusqu'au delà des mots... cher Claude.. impatient et aimant... Il nous faut sortir du labyrinthe.

— Ne soyez pas ambiguë.. Ne jouez pas autour de vos pensées... Henriette, *le* voyez-vous encore?

Elle ferma les yeux douloureusement, puis les rouvrit pleins de mansuétude.

— Mon ami, jusqu'au jour où je mettrai ma main dans la vôtre, et où alors vous pourrez me croire, je ne répondrai à aucune de vos folles questions... Elles risqueraient, si elles me pénétraient, de provoquer en moi ce qui vous épouvante... puisque, hélas, j'ai une nature rebelle à toute contrainte... Ah, comme à certaines heures je regrette l'esclavage et la faculté de soumission !... Ce sera pour notre vieillesse.

Il la regardait, pâle, frémissant, doutant d'elle, de lui-même et de tout, essayant en vain de retrouver son ancienne confiance, alors qu'il acceptait ses paroles à la source limpide de son âme.

Elle leva tristement le visage, charmant et défait dans la lueur d'hiver.

— Vous ne me croyez plus?

— Quand je ne vous croirai plus, Henriette, tout sera fini. J'hésite entre plusieurs sens trop sagaces que peuvent avoir vos consolations. Vous êtes devenue un piège pour vous-même.

Ses paupières s'humectèrent. Elle reprit d'une voix plus basse :

— Qui donc m'encouragera, si vous perdez courage?... Au nom de notre tendresse, Claude, laissez-moi ce délai que j'implore.

— Et où irez-vous, pendant ce... délai?

— Dans le Midi, certainement.

— Seule?

— Seule. J'ai déjà choisi ma retraite.

Elle ne mentait point. Elle comptait qu'après le départ de Maurice, qui serait de toutes façons un moment décisif, elle se retirerait auprès de Toulouse, à la Baume de Tavan, dans un petit couvent isolé, où vivait en religion une amie d'enfance.

— Et quand vous reviendrez...

— Ce sera pour repartir, avec vous, en Hollande.

— Complètement guérie?

— Mais... je l'espère...

Ce mot évasif renouvela l'irritation de Varnier. Il fit aigrement :

— Soit!

Puis, d'un ton acerbe et dur :

— Vous êtes merveilleusement fidèle au souvenir, quand celui-ci dépasse *mon* domaine... Vous vous figurez peut-être, pauvre Henriette trop généreuse, que tout le monde est semblable à vous.

— Que voulez-vous dire?

Il se leva, d'un air égaré, avec un méchant rictus qui lui plissait la lèvre :

— Que je suis fixé sur le compte de M. Maurice Dellenoy... et de Charlotte et Rosine de Vymeux, les deux sœurs... Car il lui faut les deux à ce garçon...

— Claude, vous êtes insensé...

— Renseigné, seulement... Vous seule d'ailleurs ignorez ces choses qui sont la fable de Paris (la contraction du visage d'Henriette lui était une joie douloureuse). Elles se sont battues dans son antichambre...

Il s'arrêta triomphant. Elle avait maintenant une expression de haine.

— Continuez, Claude... ces calomnies...

— Des calomnies !... De mes yeux, avant-hier soir, je l'ai vu jouer à l'étudiant, à son âge, avec des filles de brasserie... Ah, il se tourmentait moins que vous. Ce n'est pas la moralité qui l'étouffe.

— Mais c'est la sottise qui vous étouffe, vous !... malheureux... Vous prenez là un drôle de moyen...

Déjà dressée, haletante, elle échappait à son geste d'excuse, se glissait hors de la pièce dont elle fermait violemment la porte.

Deux heures après, à une lettre de lui implorant son indulgence, tant il avait hâte de reconnaître ses torts, elle adressait la réponse suivante :

Mon ami,

Vous êtes bien excusable, et il est convenu, une fois pour toutes, que je n'ai pas le droit de vous en vouloir jamais de rien.

Mais des scènes comme celle-là me brisent, vous désolent et n'avancent point nos affaires, n'est-ce pas?

Aussi je crois notre prochaine séparation providentielle; mettons-la à profit, vous pour vous apaiser, moi pour faire définitivement mon examen de conscience, le tour du possible et de l'impossible.

Venez dîner ce soir. Nous irons au théâtre avec les d'Aprileux.

Tendrement, votre

HENRIETTE.

A quatre heures précises, le même jour, Henriette arrivait rue Géronet. Maurice n'était pas là. Elle s'assit fébrile, comptant les minutes. Pour la première fois, elle éprouvait une terrible honte à se trouver ainsi seule et misérable dans ce quartier perdu, dans cette chambre d'hôtel meublé où brûlait un feu maussade. Elle se demandait, devant le miroir : « Est-ce toi, si fière jadis, si digne, que l'on appelait la prude Henriette? Voilà où t'ont menée tes grandes illusions et tes faibles nerfs ! » Et c'était une plaie pour son orgueil que de reconnaître ainsi son erreur.

Quand Dellenoy entra, enfin, avec un *Ah!* de surprise, il vit tout de suite à sa physionomie qu'il se passait quelque chose de grave.

— Oui, c'est moi, je te dérange? Tu attendais sans doute Rosine et Charlotte de Vymeux.

Elle interrompit son geste indigné :

— Inutile... Tu ne me trompes pas..

Ah, je t'ai mal guéri de la fourberie. Elle te remonte...

Il affecta le mépris parfait :

— Je regrette vivement... je ne saisis point...

— Tu saisis fort bien, au contraire. Si tu te voyais en ce moment... Tu n'oses même pas me regarder...

Il persistait dans sa moue de dédain. Henriette fut exaspérée.

— Mais réponds donc, n'importe quoi... un mensonge... lâche...

Puis, pour noyer l'injure :

— Quand je pense à mon amour, à mes folies. Ah, la jolie sotte !... Tu les recevais ici, n'est-ce pas, dans cette même chambre ?... Ça t'est bien égal... tu n'as pas de scrupules, toi.

Elle se mit à pleurer, la figure dans ses mains, belle encore et touchante. Il la laissa se calmer, puis se rapprochant d'elle :

— C'est une vieille histoire, ma chérie, et qui ne date pas de ton temps... On t'a mal instruite... je ne pense plus qu'à toi.

Elle répétait :

— Non, non, non, menteur, secouant la tête comme une enfant. Alors il se fit persuasif, câlin, agenouillé près d'elle.

— Oh, la vilaine, qui se sert de mes aveux pour m'accabler... Si j'avais dû te mentir jamais, t'aurais-je confessé que j'étais fourbe jadis ?... tu peux venir ici chaque jour, quand tu veux, puisque je t'y attends chaque jour... As-tu jamais surpris qui que ce soit ?...

— Tu es si habile...

— Mais non, je ne suis pas habile.

Il ne put s'empêcher de sourire, ajoutant :

— Je t'aime et tu m'aimes, voilà tout, et d'ici quelques jours nous serons seuls tous deux, dans la lumière et dans la joie... mais tes pieds sont gelés, ma mignonne...

Il la déchaussa, raviva le foyer.

— Regarde, il neige... Paris est noir et blanc... Henriette et Maurice peuvent oublier le monde... C'est cela, un peu de poudre... pour effacer les larmes. Elle t'a fait plaisir, ma petite boîte ?... c'est un cadeau bien humble pour toi.

Elle lui caressait, maintenant calmée, le front et les cheveux d'une main frivole dont il admirait la délicatesse. Mais quelque sévérité durait dans ses yeux verts, qu'avaient lavés les larmes :

— Nous avons tort, Maurice... Peut-être bravons-nous la destinée .. Puisque je ne puis être ta femme...

— Pourrais tu jamais renoncer à Claude ?

— Jamais...

Elle dit ce mot, sans hésitation, avec une netteté blessante. Puis, d'un accent moins rude :

— Tu as eu de moi ce que tu souhaitais. Laisse-lui son domaine... Nous aurions dû avoir plus d'énergie... Nous quitter... Si nous arrivions à nous déchirer, à nous haïr...

— Impossible...

— Cela s'est vu pourtant. Je veux garder ton souvenir intact, tel que je te crois en cette minute, fidèle et tendre, le front sur mes genoux... Tais-toi...

Il y avait au dehors l'apaisement ouaté de la neige. Dans la cheminée crépitait le bois. Sur le plancher et sur les murs couraient déjà des lueurs rougeâtres... Leurs âmes indécises et méfiantes saisirent cette accalmie voluptueuse.

Henriette, ce même soir, assise en grand décolleté sur le devant de la loge auprès de Jeanne d'Aprileux, tressaillit tout à coup.

Elle venait de sentir, sur ses épaules nues, un souffle qui lui rappelait le crépuscule.

— Qu'avez-vous, chère petite ? demanda mélancoliquement la voix de Claude.

— Moi, rien, rien.

Et elle songeait avec angoisse :

— Comment ne sont-elles pas visibles, ces marques ardentes du baiser, dont je sens la forme et l'appui ? Comment ne me trahissent-elles pas ?

La voix continuait, presque indistincte :

— Vous m'avez pardonné, n'est-ce pas ?.. j'étais si honteux de ma sottise...

Claude rôde à travers Paris, comme un vagabond, comme un fou. Sous un ciel bas, humide et noir, la neige se convertit en boue glacée. Les chevaux de fiacres marchent au pas. La désolation est sur la ville.

Claude n'a pas la *preuve* qu'Henriette est toujours la maîtresse de cet homme blafard... sa maîtresse... entr'aperçu dans quelle haine ! Mais il en a la *conviction.* Et tout son effort est, puisqu'il ne peut oublier cette chose atroce, de la convertir en pitié, en motif d'abnégation et de bravoure.

Il sait que *pour elle* c'est le lent suicide, si elle s'enlise dans cette déchéance. Avec la netteté du physiologiste il se représente ce caractère de bellâtre hypocrite, faible, chargé de famille, sans scrupule, comme sans remords. Il sait la souplesse de sa victime, sa faculté de métamorphose. Il redoute pour elle la contagion, la sûre corruption par l'échange... Claude rôde à travers Paris. Il ne reconnaît ni les places, ni les carrefours, ni les rues ; il sait seulement qu'elles sont sournoises, toutes ces maisons que l'hiver en-

Alors il se fit persuasif, calin, agenouillé près d'elle.

vironne. qu'elles abritent bien des vices, bien des crimes, bien des amours coupables et que, dans chacune, il peut supposer une Henriette pâmée aux bras d'un Maurice.

Il essaye d'échapper aux images et retombe dans l'alternative. Tantôt il renonce à la lutte et maudit sa propre indignité :

— Abandonne-la. N'as-tu donc pas d'orgueil? Celle que tu as aimée n'est plus. Elle est morte désormais à tout sentiment généreux et pur. Rappelle-toi le changement de son regard et de sa voix. La tare de la ruse est en elle. Qui te dit que ton désespoir n'est pas un piment pour son aventure, qu'elle ne t'offre pas à son amant. comme un trophée de victoire. comme un captif? Qui te dit que ton obstination même ne l'entretient pas dans son erreur. ne la garantit pas d'une suprême détresse, laquelle peut-être la sauverait? Quant à lui, le ravisseur, tu l'amuses et tu le rassures à la fois. N'es-tu pas là comme pis-aller, comme garantie d'un plaisir sans peur, sans responsabilité lourde?... Oublie et fuis, pauvre naïf, avant que ton amie te méprise.

Tantôt il retrouve l'espérance, au tournant d'une douleur trop vive :

— Rien n'est perdu quand la vie demeure. Et Henriette a dix vies en elle. Soit. Elle a faibli. Qui te prouve qu'elle ait continué d'être faible, qu'elle n'ait pas lutté victorieusement contre son désir, en ta faveur? Ce que tu lis sur son visage n'est que la marque de ces combats. Ne la connais-tu pas sincère? La fourberie ne l'entame pas. C'est même son excès de franchise qui fait ton éternelle angoisse.

Tantôt il s'incrimine :

— Que n'es-tu adroit et rusé, toi aussi? Que n'imites-tu ton adversaire? Elle-même t'a indiqué souvent les moindres défauts de la cuirasse et tu n'as pas su en profiter. Que ne retiens-tu ta colère, ta méfiance? Le soupçon empoisonne, elle te l'a dit. Il corrompt, mieux qu'un séducteur. Il détruit les meilleures conquêtes.

Claude est épuisé par ces états contraires qui se succèdent suivant un rythme régulier, dont il pourrait noter la cadence. Aucune pensée ne lui est un abri, aucun souvenir ne lui est un baume. Henriette est si profondément en lui que ce qui flétrit Henriette, ce qui déchire sa douce effigie, flétrit et déchire tout le bonheur, toute l'harmonieuse trame de la joie. Nul jadis n'avait plus d'entrain, de verve et de courage. Nul ne relevait mieux la science d'un tour pittoresque et hardi. Aujourd'hui sa raison chancelle. Il est ivre de fiel. Il trébuche.

Il ne peut se fier à Vercors. Il ne peut se fier à Herrant. ces deux appuis lui manquent, en son heure la plus grave, qui jusqu'alors l'ont soutenu, redressé, guidé. Il ne peut se fier à sa mère... Il ne peut se fier à personne.

La solitude, aux cœurs ennoblis, est une extase et un martyre.

Il appelle à lui ces cuirasses que l'égoïsme prête aux sursensibles quand ils sont rassasiés d'outrages. L'égoïsme ne lui répond pas. Et, quant à sa fierté, elle ne vaut pas pour Henriette. Toujours elle céda devant les yeux verts et la fièvre des longues mains.

Et, tout au bout d'une avenue bordée de supplices affreux et divers, le jeune homme aperçoit la mort qui lui fait des signes enchantés : « Viens... je tiens la nuit et l'oubli... La science t'a désappris la prière... Mais elle mène à moi dans un rêve. »

8 heures du soir.

A bientôt, Claude; ayons de l'espoir. Il faut que notre essai soit définitif et loyal.

Soyons courageux. Je ne vous écrirai pas et je vous défends de m'écrire. Mes lettres vous sembleraient ambiguës, si elles décevaient votre attente. Vos reproches tourneraient contre vous.

Je resterai au moins deux mois absente, peut-être davantage, le temps nécessaire.

J'emporte votre petit miroir pour juger des progrès de la guérison.

Pardonnez, mon ami, le mal involontaire que je vous ai fait. Confiance en notre destinée qui sera peut-être un jour, après tous ces déchirements, belle et complète... et méritée.

Votre

HENRIETTE.

Elle cacheta la lettre et sonna Rose.

— Ceci à porter chez M. Varnier, rue Soufflot... tout de suite. Ma malle est prête?

— Oui, mademoiselle.

— Il faudra, Rose, demain matin, me réveiller à sept heures précises. Je prends le train, gare d'Orléans, à huit heures et demie. Prévenez le cocher que je partirai d'ici à huit heures moins cinq.

— Est-ce que j'accompagne mademoiselle?

— Inutile, merci. Pendant mon absence et celle de mon père, c'est vous, comme d'ordinaire, qui garderez la maison.

Une fois seule, la jeune fille resta longtemps pensive sur une chaise basse, près de sa valise ouverte, à faire et défaire des projets anxieux. Depuis quelques jours, elle se croyait enceinte.

LE RAPIDE QUITTAIT LA GARE DANS UN TUMULTE PESANT ET CADENCÉ.

VIII

— Ah, je suis libre ! se dit Henriette comme le rapide quittait la gare dans un tumulte pesant et cadencé.

Elle n'avait, dans son coupé-lit, qu'une compagne de voyage, étrangère, âgée, d'aspect bienveillant. Elle ne dépendait plus de personne. Nul n'avait le droit de s'occuper d'elle. Et ce serait ainsi jusqu'à Orléans où Maurice l'attendait et monterait dans le train. Il eût été trop imprudent de partir de Paris ensemble.

Elle s'était juré de ne point penser à Claude, de chasser toute préoccupation étrangère, tant qu'elle serait avec Maurice. Elle comptait bien d'ailleurs que l'image, longtemps bannie, de Claude reviendrait avec d'autant plus de force au moment même où celle de Maurice perdrait, par l'assouvissement, de sa vigueur. Et cela ferait peut-être définitivement pencher la balance en faveur de Claude, ce que souhaitait la jeune fille dans les profondeurs de sa conscience. Car elle gardait une vue claire et juste au milieu de ses pires ardeurs ; cette loucherie de la raison et de l'instinct était, depuis le début de son aventure, le plus grand supplice.

— Si je porte en moi un enfant de Maurice, songeait-elle, c'est que la destinée ne veut pas de Claude. Cela, c'est le risque, la réponse de la nature à mon défi. Je n'aurais plus qu'à m'incliner. Je tâcherais d'éviter tout scandale. Je resterais dans le Midi jusqu'à l'événement. J'avertirais Vercors et mon père... Quelle honte !... Puis j'élèverais cet enfant moi-même, avec amour, afin qu'il m'aimât et ne souffrît pas de sa naissance. Et je m'arrangerais pour que Maurice n'éprouvât aucun ennui matériel par ce surcroît de responsabilité. Il faut bien sortir de l'alternative : soit par la vie, soit par la mort.

Or, cette alternative, à laquelle elle désirait échapper, la ressaisissait ici même. Tantôt elle se représentait l'existence calme, régulière auprès de Varnier, tantôt les ruses, le secret, le mystère qu'entraînerait une grossesse illicite.

— Bah ! Nous verrons bien... Pour l'instant, filons de la corde.

Elle avait soigneusement réglé le détail des précautions usuelles. Son courrier, où pouvaient se trouver des nouvelles importantes concernant Claude, Vercors, son père, les d'Aprileux, lui serait adressé à Montauban, poste restante, sous son véritable nom. Elle s'appelait actuellement Mme Tansard, femme légitime de M. Maurice Tansard, et elle s'appellerait ainsi toute la durée de l'escapade.

— Récapitulons. Père et Mme de Nauverai sont actuellement sur le paquebot... contents eux aussi de leur indépendance... Vercors et Claude traversent la Champagne en route pour Moscou. Tel que je le connais, parrain essayera de confesser son élève... mais... impossible... mon Claude est discret... Si le vieux tient un jour la vérité, ce ne sera que de ma bouche, lorsque je voudrai libérer mon âme... Jamouins est au calme à Versailles ; quand il constatera l'absence de Maurice, coïncidant avec la mienne, il sera terrifié... Charles d'Aprileux a retrouvé La Haye, sa tranquillité, son travail et Jeanne subit cet égoïsme... Eh mais, tout cela coïncide assez bien pour me donner l'illusion de la solitude... Seule au monde, avec mon amant !

Le petit déjeuner qu'elle prit au wagon-restaurant, en face de la dame étrangère, lui parut exquis. Sa sensibilité, fouettée par le péril et l'amour, acquérait une finesse merveilleuse. Elle jugeait son propre cas, nettement.

— Claude a raison, je suis une lyrique, mais une lyrique moderne. Je suis aussi une scrupuleuse. J'hésite longtemps devant mon désir, puis je me livre à lui tout à coup, sans retourner la tête, comme on se suicide... Je ne suis pas méchante... J'ai horreur de peiner qui j'aime. Mais il y a en moi, dans ma surabondance de vie, une forme de cruauté instinctive qui peut me jouer de mauvais tours. C'est cette surabondance qui fait mon don de métamorphose... En ce moment même je suis une petite dame très raisonnable qui va retrouver son mari à Orléans. Mlle Herrant a disparu... Je la retrouverai avec plaisir... Bien que parfois elle me fatigue avec ses soliloques et ses conciliabules....

Le goût des idées générales, qu'elle tenait du philosophe, étendait le champ de sa réflexion :

— Père n'a pas tort non plus... Le dernier mot de mon aventure, qui doit être fréquente, on n'est jamais un phénomène unique, c'est l'absence de foi dans un tempérament de croyante. L'esprit et la chair, Claude et Maurice... Jadis on hésitait entre le désir et le devoir. On hésite maintenant entre les deux formes du désir... Et pourtant, au fond, je souhaite la paix du cœur et la simplicité. Mon dédoublement m'est cruel... L'idée de Dieu rendait l'âme cohésive, empêchait l'éparpillement, formait le faisceau des forces obscures et leur donnait le nom de *vertu*.

Plus on approchait du rendez-vous, plus sa fièvre augmentait, plus elle se composait un maintien paisible et froid.

Enfin le train entra en gare d'Orléans. Elle mit la tête à la portière.

Maurice attendait, robuste et calme, sur le quai, fumant une cigarette dont le nuage blond seyait à ses cheveux.

Il entra sans hâte, sans trouble dans le compartiment où la troisième place lui était réservée.

— Vous allez bien, chère amie ?

— Et vous-même?... J'avais peur que vous ne fussiez pas là.

La retenue, que leur imposait la présence de la vieille dame, leur parut d'abord délicieuse.

— J'ai laissé notre cousine un peu souffrante, dit Maurice de sa voix fausse, forgeant des circonstances et des parentés imaginaires. Mais le docteur la remettra sans doute... sur pieds...

— Qu'est-ce qu'il lui ordonne ?

— Des sinapismes... partout.

Ils cessèrent la plaisanterie, ressaisis brusquement par le risque de leur équipée, la violence contenue de leur passion, étreints par l'idée mélancolique que leur intimité était une feinte.

La nuit était admirable, nuit de janvier stellaire et froide, quand ils arrivèrent à Toulouse.

Une mauvaise guimbarde les mena presque au pas, le long des rues désertes, jusqu'à l'hôtel de second ordre qu'ils avaient choisi comme moins propice aux rencontres fâcheuses.

— Maintenant, dit Henriette, serrée contre son compagnon... nous nous moquons de tout... La terre peut s'entr'ouvrir... le ciel crouler...

Ils savaient ainsi tous deux mettre de leur côté les chances heureuses, puis s'abandonner, pour le reste, au destin.

Quand ils se réveillèrent, tard, le lendemain, leur chambre parut claire et charmante, large et haute, ornée de vieilles boiseries blanches, comme il est fréquent dans le Midi, et très propre. Elle donnait, par deux fenêtres, sur une rue étroite.

— Nous sommes voués aux cris d'enfants... dit Maurice en prêtant l'oreille.

Elle tressaillit... Fallait-il lui avouer ce qu'elle redoutait et espérait tout ensemble?... Non, le moment n'était pas venu.

Il ajouta :

— C'est tout de même plus gai qu'à Margaret Crescent... Te rappelles-tu ces minstrels?...

— Croyez-vous vraiment, monsieur Tansard, que je n'ai aucune mémoire?.. Mais je me rappelle tout, m'entends-tu... tout... depuis la rue Noizelle... la première fois... depuis notre rencontre... il y a huit mois...

— Huit mois déjà...

— Eh oui, ils sont vécus... perdus, finis, à tout jamais... Ils n'existent plus que là et là.

Une mauvaise guimbarde les mena presque au pas.

Elle toucha leurs deux fronts du même doigt rapide et léger.

— As-tu, Maurice, le souvenir aussi vif, aussi... terrible?

Il réfléchit, puis avec un sourire :

— Moi... non... les choses s'effacent... Il m'en reste le contour, l'algèbre seulement. Je *sais* qu'elles ont été, mais je ne les *sens* plus....

— Tu *sauras* qu'Henriette a été...

La servante entra pour allumer le feu. Elle était moins bavarde que la concierge de la rue Géronet, mais sur sa face régulière brillaient la sympathie et la bienveillance.

La race du soleil aime l'amour manifeste, fit Henriette quand la vieille fut sortie...

— Tu tiens d'elle, ô mon expansive!...Quand je t'ai embrassée dans le cou, devant ce Rousseau... à Sèvres... Je ne peux plus le regarder, ce Rousseau... Il n'est pas de corde vibrante, sous le coup d'archet...

— Qui eût résonné comme ton Henriette... Ah, que c'était puissant et doux! Tu avais vu que je t'adorais...

— Je m'en doutais un peu...

— Grand fat!... Et tu voulais brusquer les choses...

— Dame! Je n'avais point d'intérêt à les retarder.

— Et si j'avais exigé de toi, ensuite, le divorce et le mariage?

Il éluda le problème avec une aisance qui effraya la jeune fille.

— Tu es bien trop fière pour exiger quoi que ce soit... Puis nos cœurs adhéraient déjà.. Rien n'aurait pu les séparer...

— Sais-tu bien, Maurice, soupira Henriette après un silence, que tu es un monstre d'égoïsme... Tu ne penses qu'à toi, qu'à ton plaisir... Ne fais pas ces yeux mécontents... Je ne te reproche rien, je m'amuse à t'analyser.

— Drôle de jeu!... N'es-tu pas comme moi?....

— Non, j'ai de la pitié... La pitié est même ma plus grande faiblesse.... Et tu ne l'ignores point... J'ai des remords... J'ai le goût du dévouement... vis-à-vis de celui que j'aime... bien entendu... les autres ne comptent pas. Mais toi, tu es toujours sur tes gardes, toujours masqué, toujours composé. Je t'assure que c'est effrayant...

Il n'aimait pas à se sentir sous ce jugement lucide. Il essaya de l'interrompre :

— Si nous nous apprêtions... pour un petit tour de ville...

— Attends : quelques mots encore : Rappelle-toi ceci, quand nous serons loin l'un de l'autre : je n'ai été dupe de rien, sauf tout au début... Je ne pouvais deviner tes liens conjugaux, ni ton obstination à les maintenir... Tu n'as jamais pu me tromper, je parle moralement, ni me dérouter. Cependant ta nature a sur moi une prise irrésistible, matoise, indirecte...

Elle cherchait le terme juste, avec un froncement des sourcils :

— En mineur...

Il répliqua :

— Et M. Claude Varnier est en majeur, sans doute..

Ce nom sonnait mal, en cette minute. Henriette frémit, tirée sans ménagement d'un personnage dans l'autre.

— Une fois pour toutes, Maurice, il ne doit jamais être question de Claude entre nous... Jamais. Ce serait presque injurieux...

L'atmosphère hostile se dissipa avec la promenade.

A son émotion discrète et silencieuse, elle vit bien qu'il restait en lui des parties sincères.

— N'aie pas honte de ta tendresse... va... C'est ce qu'il y a de meilleur au monde.

Il faisait un temps rose et or, avec un vent vif et gelé. Henriette portait un manteau de loutre, qui mettait en valeur son teint

Un jardin public d'où l'on a vue sur toute la cité.

merveilleux. Maurice la regardait sans cesse et elle le regardait sans cesse, leurs deux admirations se croisant. Ils allèrent à un jardin public, d'où l'on a vue sur toute la cité, ses quais blêmes et son grand fleuve bleu. Ils couraient, se poursuivaient, se cachaient, s'amusaient de la stupeur du gardien, de son accent, de son bavardage.

Quand ils redescendirent, pleins d'appétit, ce fut pour traverser la Garonne et déjeuner sur l'autre rive.

Maurice chantait, transformé, sans mélancolie ni méfiance, grisé par la nature, l'amour, le soleil, le contact de sa radieuse maîtresse. Elle s'enorgueillissait de cette métamorphose.

— Voilà pourtant comme il serait toujours, s'il acceptait la vie que je lui offre.

— N'y mets-tu tant d'insistance, murmurait en elle une voix profonde, que parce que tu es sûre qu'il n'acceptera pas ? Saurais-tu, toi, oublier Claude ?...

— S'il le fallait... à tout prix.. peut-être ..

Mais la voix répondait : « Menteuse. »

— Oh ! je ne suis pas d'ici, je suis de Beaucaire.

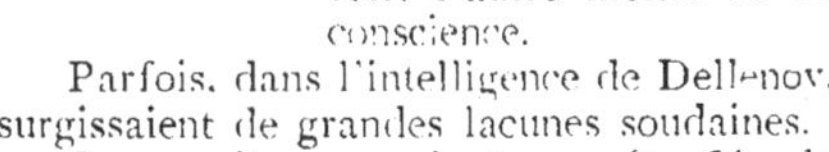

— Jamais, bien aimée, murmurait Maurice, je n'ai connu des heures pareilles. Du déjeuner de Versailles, chez Prudent, aux bords de la Garonne. Ah, nous avons fait du chemin !... Et ta broche ?...

— Elle est là, sous mon manteau...

— Tant mieux. J'aime que les circonstances revivent, que le passé se mêle au présent... Je suis, comme toi, un traditionnel .. C'est pourquoi je méprise la science, qui prétend renouveler le monde et ne fait que le bouleverser.

Elle flaira l'allusion à Claude, dernier écho de la matinée, et répliqua vivement :

— Les vrais savants respectent la tradition. Ils savent qu'elle est le grand répertoire humain, la source héréditaire et le garant de toute découverte.

— Comme tu t'exprimes bien !

Dans le fond, il la trouvait un peu trop instruite... Elle cependant menait plus loin sa pensée rapide, mais la gardait captive de ses lèvres, songeant : « Ceci est le domaine de Claude. Je crois qu'il sera de mon avis. »

Relevant les yeux, elle rencontra ceux de son amant, clairs et perspicaces, et rougit. Il avait repris sa lèvre amère et ne daignait pas l'interrompre.

Puis les heures passèrent comme en rêve, dans un délire sensuel qu'activait l'image de la séparation, car Maurice ne pouvait s'absenter plus d'une quinzaine de jours.

A son contact, Henriette éprouvait en tout son être une joie âpre de renaissance, de renouvellement. Sa curiosité s'attachait sans trêve à cet homme jeune et charmant, qui gardait en lui tant de mystères que les baisers n'éclaircissaient point, que les caresses ne déliaient pas. Aucune étreinte n'atteignait, n'emprisonnait cette âme indécise que la jeune fille sentait frissonnante, mais qui, pour un rien, un mot, un geste, un regard, se rétractait et se glaçait. Ceci la changeait de Varnier, lequel lui apparaissait comme un miroir, l'autre moitié de sa conscience.

Parfois, dans l'intelligence de Dellenoy, surgissaient de grandes lacunes soudaines.

Comme ils revenaient, emmitouflés de fourrures, d'une longue course en *victoria* à travers la campagne provençale :

— Délicieuse saison, déclara Maurice, qui savait saisir l'heure et le plaisir... Le froid surexcite l'esprit...

Il ajouta :

— C'est ce qui rend les gravures d'Albert Durer si intenses. Ce vieux maître voyait tout, comme nous en ce moment, dans l'allégresse et le désir. Les lignes de l'horizon, les lignes de sève dans l'arbre, les eaux du fleuve, les muscles du chien et des chasseurs ont le même bondissement, la même courbe abrégée et active, le même sens.

— C'est vrai, soupira Henriette avec une sombreur voluptueuse.

— Oh, que tes yeux sont étranges au crépuscule d'hiver, ma jolie !... Arrêtez, cocher, un instant... Je veux me rendre compte, tu comprends... Là, vous pouvez repartir... J'y suis... Ils ne sont verts que par reflet... Mais, quand le jour baisse, ils deviennent deux diamants noirs. Tu permets que je les embrasse... Un petit acompte avant la nuit.

On préparait le couvert dans leur chambre, ce qui leur rappelait la rue Géronet. Eux, *pour ne pas perdre de temps*, allaient flâner par les ruelles ténébreuses aux cailloux pointus, qu'éclairaient mal de rares réverbères.

Ils adoraient ces lueurs rougeâtres qui révèlent la vie des petits commerçants, un coin d'épicerie, l'échoppe d'un cordonnier, un bazar à odeur de cire. Grâce au maréchal ferrant, le dieu Vulcain n'est jamais mort. L'antiquité le légua aux paisibles cités provinciales avec ses bras robustes, sa forge à l'haleine de feu, son marteau père des étincelles.

Ils appréciaient tous deux le rythme et l'harmonie, qui rendent la beauté assimilable, éveillent, dans la mémoire, le peuple mobile des souvenirs.

— On ne peut pas nous reprocher d'être des gâcheurs, affirmait Maurice en souriant.

Il soulignait, d'une remarque juste et brève, les aspects singuliers ou comiques, les attitudes, les grimaces. Mais les sons surtout l'émouvaient, cloches que remue le vent du soir, sonnailles lointaines, voix de femmes et plaintes de marmots. Sa porosité était extraordinaire.

Quel bonheur pour Henriette de pouvoir l'admirer, de parcourir à son bras ce domaine du réel où Claude lui paraissait moins expert, moins aigu, plus novice par sa promptitude extrême à généraliser.

Ils entraient dans les boutiques et marchandaient de menus objets pour le plaisir d'entendre l'accent, les locutions.

Une observation de Dellenoy ramena sa compagne à ses terreurs :

— C'est curieux comme les sages-femmes abondent en cette contrée... Et quel symbole !... Mme Couchette !

Comme ils passaient, au tournant d'une ruelle obscure, devant un antique et majestueux hôtel, dont ils admiraient la grille en fer forgé :

— Oh ! c'est trop fort ! fit Henriette. Ecoute...

Quelqu'un jouait la sonate pathétique qui leur rappelait, dans quelle confidence, le début de leur amour. Il s'élevait, le vieil air sublime, parfumé de tendresse, au-dessus des toits de la ville noire dont il rejoignait les fumées. La jeune fille, émue, avait en lui un des très rares points de jonction où se mêlaient Claude et Maurice.

— J'ai froid, dit-elle, rentrons.

La grande chambre leur parut joyeuse. La table était mise près du feu clair de branches et de pommes de pin. Et les bonnes choses qu'on leur montait des cuisines : viandes réduites, gibier au sarment, fleurant les aromates, salade assaisonnée, pâtisseries. Ceci chauffé d'une bouteille de Château-Margaux.

— Ah, si d'Aprileux voyait ces gourmandises, disait Henriette, il s'écrierait solennellement : « Bravo, pour notre aimable hôtesse ! »

— Mais c'est aussi notre clameur, répliqua Maurice en levant son verre.

— Merci bien, monsieur.

La vieille qui les servait, s'inclina.

— Comment vous appelez-vous, madame ? demanda Maurice.

— Audiberte Mourgues. Oh, je ne suis pas d'ici. Je suis de Beaucaire.

— La distance est grande.

— Assez tout de même pour tuer un cheval.

Les amants rirent de bon cœur. Audiberte les menaça du doigt gentiment.

— Moquez-vous de moi, allons... Quand vous aurez mon âge, vous serez encore bien galants, bien proprets, et le bon Dieu vous donnera vacances.

Elle disparut sur cette prédiction.

— Merveilleuse race, affirma Henriette. Elégante, polie, subtile... Ah, vivre ici, dans ce pays, toujours l'un près de l'autre, y vieillir, y mourir... comme dans les complaintes amoureuses.

— On habiterait une maison près des coteaux dorés... le jardin où poussent les aubergines et les tomates... la treille... un pied d'olivier comme une poussière d'argent... Ce serait doux de regarder le soir venir...

— Il y aurait un petit Maurice ou une petite Henriette qui jouerait dans les plates-bandes.

— Qu'on enverrait à l'école...

— Il ou elle emporterait tous les prix. Ça ferait des livres dorés qui traîneraient sur les bancs et sur les tables.

Henriette poussa un lent soupir.

— Ce serait trop beau... ces bonheurs-là n'arrivent jamais...

— Ne rien regretter, se laisser porter par la vie... Cueillir ses joies posément, soigneusement, en bons vendangeurs.

— Cela t'est facile... Tu es un homme. Nous autres femmes attendons toujours, les yeux sur la pendule, le cœur inquiet... Qu'est-ce qu'il y a de meilleur au monde, selon toi ?...

Il réfléchit quelques minutes, puis, les yeux vers l'âme :

— La musique, la femme et la mer...

— Trois choses mobiles...

— Prudentes et dangereuses... On ne s'y confie pas sans risque... En mon Henriette il y a la caresse ardente et la blessure des lieds de Schuhmann.

Elle se leva, vint derrière sa chaise, lui renversa doucement le visage. Les lueurs des bougies se perdaient dans le bleu des prunelles, comme les projets, les nuances sentimentales.

— Est-ce l'instant ? pensait-elle . Dois-je lui avouer mon tendre tourment ?... ne serai-je pas déçue ?

Une angoisse la tenait au bord de son secret, comme devant un abîme. Cette fois encore elle n'osa point.

Il y eut un jour de pluie glaciale et de bourrasque pendant lequel ils restèrent enfermés. La rue déserte, sous leurs fenêtres, semblait un corridor grisâtre où s'engouffrait un ouragan. On entendait, sur Toulouse, le grincement aigu des girouettes.

Henriette s'amusa à se costumer. Elle était, à ce jeu, d'une adresse infinie et Maurice l'aidait de conseils ingénieux, ajustant les fichus et les écharpes, modifiant les coiffures, donnant aux transformations, d'un simple coup de doigt, le tour définitif et hardi.

Il s'émerveillait de sa souplesse, de sa grâce eurythmique, de sa chair tiède et blonde qui prenait toutes les inflexions.

Leur double habileté trouvait là son issue la plus innocente. Quand une découverte les séduisait davantage, par sa naïveté et sa justesse, ils échangeaient des regards violents.

— En Muse... Non pas cela... Mon foulard de soie blanche, dans l'armoire, à gauche...

— Laisse que je donne le pli.

— Moins rond. J'ai l'air d'une femme d'Alger.

— Eh bien, tu seras en Muse algérienne. Oh, tu as raison, c'est vulgaire... je le retire.

Comme le soir venait, ce divertissement parut mélancolique. La jeune fille refusa les lumières.

— Restons un peu dans ces demi-ténèbres. C'est ainsi qu'il faudrait mourir... ce serait délicieux.

Elle avait les yeux dilatés, le nez aminci, les lèvres sèches, la respiration courte. Son admirable chevelure flottait jusqu'à ses reins nerveux, comme un rets de désir inépuisable aux mailles d'or sombre. La tempête au dehors haletait. Ils s'assoupirent l'un contre l'autre.

Henriette eut un songe :

Deux forces la déchiraient, dont elle n'ignorait pas les noms contradictoires. Et cependant elle était seule, étendue dans une immense prairie couverte de fleurs et d'arbres verts. Et tout à coup, par l'influence d'un souffle diabolique et mortel, les branches se consumaient, les tiges se corrompaient, les couleurs s'éteignaient. Elle sentait, avec cette mystérieuse netteté des rêves, que ce dessèchement tenait à son débat intime, que le *partage* brûlait la nature.

Janvier finissait.

Deux jours seulement les séparaient du départ.

— Il faut cependant que je le prévienne... songeait Henriette.

Ils marchaient tous deux, dans la campagne brillante et fraîche, sur la route sonore.

Maurice adorait les routiers, les vagabonds de toute sorte et il faisait partager ce goût à son amie.

— Mon père était plus souvent colporteur que libraire. Je l'imagine avec son ballot, sur les chemins de France, comme un personnage du jeu de l'oie et cela m'attendrit. Songe à ce qu'une pièce de quarante sous représente pour un de ces pauvres diables... tel que celui-ci par exemple... Eh là, mon brave !...

L'homme s'approcha. Il était vieux et déjeté, avec une barbe pouilleuse, des yeux vifs sous les paupières plissées, une guenille de laine marron...

— Le froid pique .. Entrez donc vous chauffer quelque part...

Il regarda la pièce dans sa main noire et dure, le donateur, puis soulevant son chapeau de fumier jaune :

— Merci, mon cher cœur...

Et continua sa route anxieuse.

— Aucune science n'enseigne cela, ma chérie, qu'il faut se mettre à la place des gens. Moi, je gèle avec le facteur, je peine avec le charretier, je m'indigne avec le buveur, je sue avec le forgeron... sans effort... sans le vouloir... Je m'incline et j'entre sans frapper dans les tempéraments que je rencontre... J'aime les artistes qui eurent ce pli, en littérature, peinture, sculpture et musique.

— Oui, tu es infiniment souple...

— Presque autant que ma douce Henriette.

Elle s'arrêta, rose et décidée, dans la nature que crispait l'hiver, mit sa main légère sur l'épaule de son compagnon :

— Quelque chose me pèse, depuis le début de ce voyage... Ne l'as-tu pas remarqué?

— Non...

— Il est probable que tu m'as rendue mère...

Ce ne fut qu'un éclair, car il se remit vite, mais pas assez pour qu'elle oubliât sa grimace.

— Eh bien... cela t'étonne?...

— Nullement... mais es-tu bien sûre?...

Elle exagéra sa certitude :

— Autant qu'on peut l'être... au début. Que me conseilles-tu?

Avec quelle angoisse elle épiait ce visage fuyant, où aucune empreinte ne paraissait stable, où elle discernait toujours la tendance à se composer, à se grimer, à glisser vers la défaillance. Elle entrait en lui, dans sa faiblesse, ardemment, cruellement, comme la guêpe dans le fruit trop mûr. Il parut réfléchir, puis d'un ton très calme :

— Il faut que personne ne se doute de rien. Nous trouverons un abri sûr et discret... je viendrai près de toi... Nous nous occuperons d'un médecin... d'une nourrice... Est-ce pour bientôt?..

— Tu as le temps de te décider... rassure-toi...

Après cette phrase ambiguë, il y eut un silence. La décision qu'elle attendait, c'était la promesse d'une union définitive, victorieuse de tous les obstacles, de toutes les hésitations, de tous les scrupules, un sursaut de l'enthousiasme et de l'amour.

Ils se remirent à marcher avec plus de lenteur. Elle ajouta :

— Ne t'inquiète pas... mes précautions sont prises déjà... J'ai l'abri sûr et discret... Tu penses bien que ma tendresse saura t'épargner le moindre souci.

Il avait cru vaguement d'abord à quelque épreuve ; il comprit qu'elle avait dit vrai et il se sentit honteux. Mais il ne voulait pas s'aventurer dans un serment trompeur.

Les yeux d'Henriette étaient pleins de larmes... Le paysage lui semblait soudain hideux et hostile. Elle se trouvait perdue, abandonnée de tous... sauf d'un seul dont l'image grandissait de ce que venait de perdre irrémédiablement Maurice. Vers son généreux, son dévoué Claude, elle tendait une âme suppliante par-dessus la distance et l'erreur, la méconnaissance, le remords.

— Si tu étais là, ô mon Claude, tu me pardonnerais encore, car tu t'oublies, toi, dans l'amour d'Henriette...

Comme il arrive aux êtres fiers, Maurice s'obstinait dans son attitude. Entre elle et lui il distinguait l'abîme et d'autant plus feignait l'insouciance. La supposition que sa maîtresse le méprisait l'aurait rendu capable de toutes les infamies.

Il essaya pourtant de renouer le fil, mais elle le cassa d'une voix brève :

— Ne parlons plus de cela, veux-tu?

Rentrée à l'hôtel, elle fit comme si rien ne s'était passé ; ses regards avaient repris leur éclat ; elle riait, plaisantait, mangeait de bon appétit...

Comme ils allaient s'endormir, elle lui dit ceci, tout bas, à l'oreille, dans un baiser brûlant :

— Ne proteste pas.. Deux jours nous restent... jouissons-en pleinement, sans penser à rien... Puis ce sera le grand adieu.

— Bah, se dit le jeune homme, c'est la troisième fois...

C'EST UNE SIMPLE, MAIS SPACIEUSE MAISON BLANCHE A L'ENTRÉE DU BOURG.

IX

FRAGMENTS DU JOURNAL D'HENRIETTE

La Baume de Tavan, 6 février.

Je ne suis ici que depuis trois jours et il me paraît que j'ai changé d'âme, tant les atmosphères m'impressionnent.

J'habite dans le petit couvent si original, si propre, si net, accueillant aux pauvres et aux misérables, qui rappelle la période joyeuse du christianisme et les prédications de sainte Claire.

C'est une simple mais spacieuse maison blanche, à l'entrée du bourg, proche de l'église, non loin des collines. Au rez-de-chaussée il y a une salle de réception, une chapelle, un réfectoire, un dispensaire avec une lingerie .. Les communs sont en arrière, séparés par une courette.

Au premier étage logent sur le même palier que moi sœur Sainte-Marthe, qui a mon âge, jadis Louise Andlot, une ancienne amie d'enfance, sœur Sainte-Rose et sœur Sainte-Marie-Madeleine.

Mon amie n'est pas jolie, mais elle a l'air bon. Elle est entrée en religion à la suite de chagrins sur lesquels je suis mal fixée. Sœur Sainte-Rose est de grande famille, avec des manières distinguées, douces, un beau regard. Sœur Sainte-Marie-Madeleine, la plus âgée de la communauté, a un visage ridé, bienveillant, qu'éclaire un sourire d'indulgence.

Nous sommes à quelques lieues de Toulouse, à quatre de Montauban, où je puis envoyer chercher les lettres et télégrammes qui m'arrivent à la poste restante.

Je mène la vie que je souhaitais, calme, régulière, au milieu de ces êtres candides. On est rempli d'attentions envers moi. On me gâte et on me dorlote. On me considère comme une jeune personne très raisonnable, que fatiguent le scepticisme et l'existence mondaine et qui veut essayer de la retraite.

Déjeuner à onze heures. Dîner à six heures. Coucher à neuf heures.

Ma chambre n'a rien d'une cellule ; elle est grande, confortable, avec une admirable vue sur la campagne. Je puis y lire et y travailler.

J'ai apporté ma broderie, Montaigne et l'*Imitation* de Jésus-Christ.

Ces deux pôles de la pensée humaine, le nomade et le sédentaire.

Nous avons quelquefois la visite du curé, gros homme assez insignifiant, celle du docteur Albin, vieillard excellent et traditionnel — lunettes, grand chapeau, longue redingote, petite voiture

J'ai, sur ma cheminée, quatre photographies, pas davantage : mon père, Vercors, Claude, Jeanne d'Aprileux. J'ai retiré le portrait de Maurice du fond de ma boîte à couture. Je compte le brûler, quand j'en aurai le courage, en holocauste à ma mémoire. Sa boîte à poudre est sur ma table de toilette, à côté du miroir de Claude.

Je suis résolue à sortir de l'impasse, à commencer une vie nouvelle, dont je noterai, au jour le jour, les progrès — cela même si je suis enceinte.

9 février.

Le destin m'enlève une grande joie, une grande honte, peut-être une grande désillusion. Je ne serai pas mère d'un enfant de Maurice... Mais l'alerte aura été vive, et la leçon doit me profiter.

Une étrange amertume se mêle à ma délivrance.

Je garde le lit. Le docteur Albin m'a considérée d'un drôle d'air. Il a été sur le point de m'interroger, puis s'est tu, respectueusement.

Depuis lors, sa sympathie à mon endroit me prouve qu'il a quelque scrupule de ses soupçons.

Quel rôle il eût joué dans ma vie, ce brave homme à l'air rustique et cordial, si j'eusse dû lui avouer ma faute!

11 février.

Ivresse et renouveau! Malgré le gel, je suis sortie à pied, bien couverte, heureuse de ma liberté reconquise. Je vois maintenant, avec une netteté affreuse, à quelles tortures diverses j'ai échappé.

Le visage de Maurice, à la première annonce d'une paternité possible, n'était point trompeur, l'autre semaine. Il pesait les charges futures, les affronts, les responsabilités, non pour moi certes, mais pour lui. Le sourire du Bois de Boulogne s'achevait sur la route toulousaine en grimace.

Quel mépris il m'a inspiré en ce moment-là! Il ne saura jamais les choses atroces et vraies que j'avais au bord des lèvres et dont ma seule pitié préserva ses oreilles.

J'ai eu par-dessus tout pitié de notre amour. Je n'ai pas voulu que s'achevât dans les injures basses et la boue notre aventure passionnée, si douce et si cruelle. Je n'ai pas voulu salir à jamais tant de beaux souvenirs, tant d'heures voluptueuses.

L'*homme*, dans son égoïsme, son hésitation, sa veulerie, je l'ai tenu, sans fard, là, devant moi, tel que le modèle la dure nécessité. Le regard menteur, la voix fausse, le geste glissant. Comme il vaut mieux dans la violence! Et comme les plis et les contours des caractères sont choses inguérissables. Maurice Dellenoy ou l'enfance malheureuse, ou l'enfance contrefaite, tel est le titre de sa destinée...

Jamais je ne reverrai plus Maurice. Il faut que je me répète ce mot *jamais* assez souvent, que je me le représente assez vivement pour qu'il descende dans ma conscience, pour qu'il entre dans ma volonté et devienne un obstacle infranchissable à mon désir.

Car je me connais. Mon désir renaîtra. Il prendra mille biais, mille costumes, mille apparences pour mieux me tromper et m'envahir. Il se fera parfum, mélodie et lumière. Il appellera la compassion, la vanité, l'orgueil. Je serai sur la claie, mais je résisterai.

J'avais la prescience de cette lutte quand j'ai choisi ce lieu de retraite. Un instinct obscur m'avertissait que mon amour perdrait sa fleur, ne me laisserait plus que son poison. Les circonstances m'ont servie. La rupture est venue au-devant de moi, sans tracasserie ni dérèglement, sans bavures. Ah, notre dernier baiser! De tout le corps, je puis le dire, sans qu'il y eût rien de l'âme. Un arrachement de la chair blessée. Cela avait ce goût farouche qui m'a dès l'abord tant séduite, sous les sourires et les caresses. Ah, Maurice, trop ingénieux félin, être de caprice, de câlinerie, de sauvagerie inconsciente, pourvu que la vie te préserve et t'évite les grandes déchéances!

Je cherchais à distraire ma pensée. Je regardais autour de moi.

Ce village de la Baume de Tavan est une curiosité, tant par son emplacement près de contreforts montagneux que par ses ruelles étroites, ses maisons hautes, la citadelle ruinée qui le domine, débris des guerres de religion.

Il était cinq heures. Le soir venait furtivement, comme un chat rôdeur. Il tâtonnait le long des vieilles pierres, des enclos abandonnés où pousse un olivier tordu, des puits à la margelle usée. Il se glissait contre les murailles jaunâtres, polies, onctueuses, dans les cours spacieuses transformées en marchés, en étalages, sous les auvents, les toitures et les porches.

J'arrivai à une sorte de carrefour, d'où partaient crucialement quatre impasses caillouteuses, creusées comme des conduits entre d'anciens hôtels seigneuriaux, dont subsistaient les balcons rouillés. Je m'engageai dans une, au hasard, glissant sur les détritus de toute sorte, poursuivant ce spectre de l'histoire, qui s'évanouit dès qu'on l'approche, enchante les endroits, dépayse les êtres, donne aux cris des enfants, aux appels irrités des femmes, l'inflexion des clameurs guerrières.

UN PETIT CHAT PLAINTIF VINT SE FROLER A MES JUPES.

Par chaque baie, chaque porte, chaque fenêtre, je voyais à travers le temps et la vie. Le familier s'appliquait au grandiose comme la paille collée aux ferrures, le sabot oublié sous le heurtoir, l'échoppe derrière les grilles aux défenses aiguës. Les mioches se talochaient sur l'emplacement des meurtres et des sacrifices héroïques. Cela sentait, âprement, le cuir, la fumée et la vermine.

Au dehors de nous, comme au dedans, tout n'est que vestiges et superpositions de vestige. Là où se tenait notre orgueil, habite aujourd'hui notre pitié. Ce qui abritait la passion héberge aujourd'hui l'intérêt. Partout traînent des misères, ou, pires encore, d'anciennes joies. Une empreinte heurtée ou touchée fait vibrer la série antérieure.

Je gravis les ruines du château fort par une série de pentes et de marches grossièrement taillées. Je m'assis dans l'éboulis d'un créneau. C'était l'heure où les ménagères préparent le repas du soir. Le bourg entier était au-dessous de moi, avec ses toits de briques grises ou ocreuses, sur qui glissaient des fumées bleues avant de monter vers le ciel froid.

Un petit chat plaintif vint se frôler à mes jupes, ainsi que cela m'arrive souvent. Il ouvrait une minuscule gueule rose et nettement articulait ceci : « Eh bien? » avec une insistance douloureuse.

— *Eh bien?* Je me le répétais à moi-même, mon pauvre matou des ruines... *Eh bien?* Où en suis-je? Où vais-je? Qu'adviendra-t-il de tout cela? Mes questions vaines, mes secrets frissons, mes espérances rejoignent les fumées du village.

12 février.

— Comme vous êtes laborieuse, mademoiselle Henriette!

Sœur Sainte-Rose me parle ainsi, dirigeant sur moi la flamme assoupie de ses grands yeux noirs. Nous venons de dîner. Je travaille à ma broderie, sous la lampe, dans le modeste salon du couvent.

— Elle a toujours été un modèle, ajoute sœur Sainte-Marthe. Autrefois, nous l'avions surnommée : *Henriette, ou l'enfant sage.*

Je souris et réponds :

— Peut-être, mais j'ai bien changé.

— Pas tant que ça, proteste mon amie. Je vous retrouve dans vos moindres gestes, votre façon de vous asseoir, de vous lever vivement, de réfléchir, le menton dans la main. Je vous assure que vous avez, au contraire, gardé beaucoup de choses dans la prime jeunesse. Ces dames l'appelaient encore : *la meilleure mémoire* du couvent.

— Hélas oui, cela est vrai, j'ai une redoutable mémoire.

Puis la conversation continue sur Jeanne d'Aprileux, que sœur Sainte-Marthe a connue, comme moi, toute petite et qu'elle désirerait tant revoir.

— Quand vous serez chez elle, à La Haye, n'oubliez pas...

Je ne sais ce que je ne dois oublier, mais l'idée d'être à La Haye dans deux mois et demi, auprès de Claude et des d'Aprileux, m'épouvante. Je suis si bien ici, si loin de tout.

Cet enclos de cœurs chastes et délicats m'amène lentement à la sérénité. La succession des heures n'a été jusqu'à présent, depuis quelques mois surtout, qu'un aiguillon pour mon impatience. Maintenant elle m'apaise, comme un décor somptueux et fragile qui se déroule hors de mon âme et n'atteint pas à ses mouvements.

J'écoute, avec intérêt, les récits étroits de ces vies recluses, une recette pour les confitures, les manies innocentes du curé, du docteur, les habitudes patriarcales des voisins. Ma facilité d'adaptation au milieu me sert plus que jamais. J'ai besoin de la sympathie qui m'environne. Elle m'est un autre foyer, clair et vif, comme celui de ma chambre où je brûle des billets trop brûlants, le dangereux matériel du souvenir.

Montée chez moi à neuf heures, je ne me couche pas. Une bonne lampe m'éclaire. Les pommes de pin et le bois sec craquent dans la cheminée. Je m'assieds devant ma table, j'écris ceci. Au dehors, au dedans, partout un admirable silence où la réflexion, le drame intérieur peuvent prendre toutes les formes, tous les visages.

Couchée, je médite encore ou je lis une page de Montaigne, un court chapitre de l'*Imitation.* Or les phrases, harmonieuses ou dures, ne me frappent, ne me pénètrent qu'en tant qu'elles sont des allusions lointaines à mon tourment, à mon épreuve.

Je veux être surtout franche avec moi-même. Maurice m'a envahie tout entière, comme un mal irrésistible et soudain. Mais c'était un mal délicieux. Je le retrouve dans chaque battement de mon cœur, dans chaque frémissement de ma chair, dans chaque déplacement de mes membres las.

Cela débute par une intonation de lui, brève, rapide, abrupte, ou par un regard, froid et bleu, car notre adieu fut, en somme cruel. De là, je remonte vers la douceur, le charme, la volupté, par des stades dont la chaîne est régulière, dont les épisodes sont prévus. Je ne résiste pas, je me prête. La contrainte accumulerait en moi ces forces dont je sais la détente, qui jusqu'à présent m'ont damnée. Je me laisse aller aux images. Je dois avoir, en ces instants, cet air halluciné auquel mon Claude ne se trompait point et qui le faisait tant souffrir.

Tout a été dit sur l'amour et rien n'a été dit sur l'amour. Il est mille fois encore plus impérieux et plus mêlé que dans les récits et les poèmes. Il y a des caresses qui durent, il est des étreintes qui s'effacent. Selon que mon amant me tenait en état de grâce ou de sécheresse, il est devenu la chair de ma chair, ou s'est évanoui comme un songe.

Parfois de grandes lacunes m'étonnent. Il passe des brouillards et des nuées sur des horizons jadis lumineux. Cela ne va pas sans souffrance.

Parfois l'évocation est plus intense, plus précise que la chose évoquée. Ma bouche a le goût de sa bouche. Mes yeux tiennent la lueur de ses yeux. Je suis captivante et captive.

Parfois il tombe un fanal sur un point d'ombre ou de pénombre. Je jette un soupir d'illumination. Telle tare morale était en lui, que je n'avais pas encore comprise. Alors ainsi il me mentait, sous le masque d'une sincérité fiévreuse.

Les endroits, les circonstances, les rideaux bleus, la perspective de la rue Noizelle, les jardins de la rue Géronet, les minstrels de Margaret Crescent, les ruelles de Toulouse, tout ceci m'entoure d'une ronde furtive, aux méandres capricieux.

Si je m'endors sur ces mirages, il arrive qu'un rêve les prolonge ou bien les brise dans les ténèbres.

14 février.

Depuis deux jours, je souffre à crier. Maurice me manque et Claude me manque. Ils se battent au creux ardent de ma mémoire comme leurs destins luttaient dans ma vie.

Une lettre de mon père, une lettre de Vercors arrivées en même temps ont déterminé cette nouvelle crise. Mon père est en Egypte et son voyage l'enchante. Mais il ne m'en parle presque pas. Soumis à l'influence plus directe de Blanche de Nauverai, il s'inquiète de moi davantage, de mon avenir, de mes fiançailles. Il me presse, me conjure et m'adjure. Ses arguments sont les miens d'ailleurs et je les connais mieux que lui. Ah, faiblesse et sottise du conseil ! Mon père est Jérôme Herrant, c'est-à-dire un grand philosophe, un apôtre de la vision nette, et il m'a près de lui, et je viens de passer huit mois entre le ciel et l'enfer et il n'a rien deviné, rien compris, et les faibles lueurs qu'il tient d'une femme experte, que je n'ai pu dérouter complètement, ne servent qu'à l'aveugler.

Quant à Vercors, il songe à son retour, qu'ont retardé des raisons médicales, m'écrit que Varnier y songe plus que lui, que leur malade moscovite est presque guéri ; puis, aussi peu adroitement que mon père, mon cher parrain m'admoneste.

Résultat : je n'y vois plus clair. Il est impossible que j'épouse Varnier d'ici longtemps, si jamais je dois l'épouser. Il est impossible que je renonce à lui. Il est impossible que j'oublie complètement Maurice.

Je me heurte, comme un papillon, à toutes les hypothèses les plus folles, aux projets les plus saugrenus.

Ceci pourtant ressort de mes transes : comment, entre mon futur mari et moi, sera admissible une pareille zone de terreur, inconnue de lui, trop connue d'Henriette ? Vers ce tentant et désolant mystère il tendra une convoitise désespérée, qu'il sera de mon devoir de détruire. Aurai-je le courage de la détruire ? C'est un tel piège que la confidence, que le besoin de confession ! C'est un tel poids qu'un demi-secret ! Je m'en aperçois ici mieux que jamais. Cette hypocrisie d'attitudes correctes et froides, que m'impose la vie conventuelle, m'est par moments aussi douloureuse qu'elle m'est bienfaisante. J'ai envie de hurler mon angoisse. Il me faut toute mon énergie pour ne pas ouvrir mon cœur et ses souillures devant Sainte-Marthe ou Sainte-Marie-Madeleine. Il faut que je me représente leur dégoût, l'inutilité d'une semblable honte.

Ma peau me brûle. Mon esprit me brûle. Chaque foyer sensuel allume aussitôt un foyer moral, et les deux flammes sont implacables.

Je ne ferai que parcourir les lettres, je ne les lirai plus. Claude heureusement tient sa promesse de ne pas m'écrire.

15 février.

Je viens de déchirer, sans en prendre connaissance, au seul vu de la signature, un télégramme de Maurice. Il essaye de l'ancien système. Plus tard il tentera des voies nouvelles. Je connais sa méthode et ses ruses... et je les déjouerai.

Une longue lettre de Jeanne, sur la reprise de leur vie hollandaise, m'apporte quelque distraction. Charles est mécontent de son roman qui allait paraître et en refait, sur épreuves, les derniers chapitres. Jeanne a peur qu'il ne soit atteint de cette terrible maladie du scrupule qu'il a tant de fois et si bien décrite. Ce mal, hélas, ne m'est pas inconnu.

Mon amie se réjouit de mon prochain séjour à La Haye, en pleine saison des fleurs. *Nous nous retrouverons, car il me semble que nous nous sommes perdus.* Chère petite Jeanne, elle ne se trompe guère! Ce qui a précédé mon aventure n'a ni couleur, ni consistance. Je n'ai réellement commencé de vivre qu'en ce matin clair du Bois de Boulogne où m'est apparu mon bourreau.

17 février.

Maurice, Maurice, mon bien-aimé, ma vie, où es-tu?... je suis sortie du village. Le temps était doux, le ciel gris. La mer semblait proche et l'air salé. Tout avait le goût de la partance. J'ai suivi la route des collines volcaniques qui font célèbre la Baume de Tavan. Elle monte, comme un serpent, entre des ravins jaunes et un cataclysme de roches blanches. En se retournant, on voit le bourg, le château fort et les terrasses. Les choses ont le recul du temps.

Le paysage change à chaque pas. La torsion du chemin dévoile des aspects nouveaux et farouches. C'est un labyrinthe de pierres, une coulée de laves refroidies, le jeu du destin et du hasard. Cette immobilité dure, pâle ou ocreuse en plein relief, donne l'idée du mouvement, de l'instable, d'un point d'arrêt dans une chute monstrueuse.

LA TORSION DU CHEMIN DÉVOILE DES ASPECTS NOUVEAUX ET FAROUCHES.

En ce désert je me suis assise. Le chaos prend l'aspect d'une immense écriture hiéroglyphique et figurée. Les yeux saisis par ce relief, ivre d'amour, je croyais entendre, dans l'air mat et morne, l'appel de cor qui ronge Tristan sur la terrasse de Caréol. Il y avait une correspondance sourde, amère, entre mon désir et ces terrains bouleversés.

Ah, que n'ai-je appris la prière! Que ne puis-je détourner mon angoisse vers quelque au-delà surnaturel, m'arracher à l'atroce réalité! Sœur Sainte-Marthe, sœur Sainte-Rose, sœur Sainte-Marie-Madeleine, douces conseillères de la pécheresse, que ne savez-vous lui ouvrir la foi!

Il y a en moi de la révolte, de l'appétence et du remords. J'ai *son* dernier baiser sur l'âme. Il se répand, m'enveloppe... un liquide enflammé. J'entr'ouvre les lèvres... je murmure *son* nom, je cherche *son* haleine dans l'air. Je crois qu'il entend mon appel, le grand cri muet de mon espérance, qu'il va se dresser là-haut, entre les roches, avec son sourire mélancolique... Maurice!

En face de lui, de l'autre côté du ravin, apparaît Claude, creusé, fiévreux, qui me fait signe. Il invoque mon esprit frère du sien, et mes hautes pensées qui tendent vers lui, oiseaux fidèles.

Auquel obéir?

Je pleure, je m'étends sur le sol, telle qu'une pastoure abandonnée. Un *manque*, un vide immense me dissolvent. En vain le crépuscule m'enveloppe de ses ombres. J'ai l'oppression de ces rocs impassibles, de ces vagues figées qui ne déferlent point, de cette solitude, de ce silence. Je suis en proie à ma mémoire, double, adverse, à deux goûts, déchirante...

Je me suis levée, comme une blessée. Une lune de frimas, pâle et bulbeuse, était déjà sur l'horizon.

J'ai repris le chemin du couvent, de l'abri, de la résignation.

22 février.

— Sœur Marie-Madeleine, que faut-il faire pour avoir la foi ?

— La demander à Dieu, mon enfant.

Nous sommes seules dans le dispensaire. C'est le matin. Une cloche tinte.

— Et si l'on ne voit pas Dieu clairement ?

— Il vous entendra tout de même.

Le vieux visage m'apparaît beau, éclairé du dedans, plein de noblesse.

Je suis remontée dans ma chambre. J'ai fermé Montaigne. Je me suis plongée tout le jour dans l'étude de l'*Imitation*.

Ce livre est sublime, mais trop âpre, trop austère. Il faut être déjà une ascète pour se soumettre à sa dure loi. Il ne baisse aucun pont-levis. Il laisse à franchir les talus, les ronces, les fossés dangereux. Je retrouve en lui les grands espaces qui déjà me séparent du miracle.

Avec quelle ferveur cependant je l'implore du Maître caché, ce miracle, dont Claude m'entretenait souvent.

J'essaye de me représenter l'heure bénie où le souvenir ne me damnera plus, où mes sens maudits n'auront plus de prise, où je pourrai fermer les yeux sans être assaillie par ces légions qui ne m'épargnent nulle torture. Il n'est pas une parcelle de mon être qui n'ait sa parcelle de Maurice, pas une fibre qui ne tressaille en son honneur. Son fantôme ne m'abandonne pas. Et toujours, toujours ma volupté se change peu à peu en douleur cuisante. Sur les ruines de ma pudeur, de mes scrupules, j'aperçois Claude désespéré.

Tout mon effort est d'observation. Je me sens si distante de tout que j'ai peur d'une bévue, d'une distraction qui livrerait, à mes compagnes épouvantées, un lambeau de mon affreux secret. J'arrive à répondre aux questions, à sourire quand il faut. Cette autre forme du dédoublement me pèse.

Mon journal me soulage. Quand je me lève de ma table de travail, j'ai généralement quelques heures de calme.

SŒUR SAINTE-MARTHE.

25 février.

Je suis les conseils des saintes femmes et je m'exerce à la prière.

Je m'agenouille au pied de mon lit, matin et soir, et je commence. L'habitude met les mots dans l'ordre sur mes lèvres, mais l'entendement n'y est pour rien. Je m'acharne, je reprends patiemment ces formules où tient toute l'espérance humaine, avec ses effusions, ses défaillances ; il ne semble pas que cette gymnastique arrive à un grand résultat.

J'ai assisté plusieurs fois à la messe, que dit le gros et jovial curé, dans la petite église. Certes, je suis de sang catholique. La beauté des symboles entre en moi. La mansuétude des Evangiles me transporte d'enthousiasme. Mais. .

J'interroge sœur Sainte-Marthe, mon amie :

— Etiez-vous croyante, toute petite ?

— Comme les enfants, par tradition. Le malheur m'a ouvert les yeux.

— Brusquement ? .

— Par secousses de plus en plus rapprochées. Je ne puis mieux comparer cela qu'à la façon dont naît le langage. Des balbutiements, des semblants de mots, quelques jonctions, puis tout à coup une phrase entière... Ce fut la clarté de l'évidence.

— Clarté joyeuse ?..

— Ineffable... Le cœur inondé d'allégresse, de lumière. . Et le reste dans les ténèbres. Cela se passe toujours ainsi... Le chemin de Damas... l'amulette de Pascal, et toutes les conversions.

— Oui, c'est la grande métamorphose.

Elle ne me dit point les raisons. Je soupçonne quelque histoire d'amour. Oh l'amour... porte du martyre !..

26 février.

Le temps moderne est dangereux. Non

point tant par son apport immoral que par ce qu'il désaffecte en nous. Trop de régions sensibles sont vides et désertes, que la croyance peuplait jadis. Sur ces ruines poussent des ronces blessantes et empoisonnées.

Tous les penseurs sans religion, comme mon père, sont plus ou moins des apostats. Cela se voit jusque dans leur rire, dans leur ironie sans lisières. Ils détruisent plus qu'ils n'inaugurent.

Je me rends compte du frein admirable que la religion mettait au désir... Elle adaptait l'homme et la femme à l'infini. Elle mesurait l'envergure aux forces... Pour moi, hélas, il est trop tard. J'ai goûté le dernier venin, qui est de renoncer à l'analyse, sans pour cela devenir croyante. Je ne rachèterai pas mon âme, j'en ai peur.

— Il ne faut jamais renoncer, dit sœur Sainte-Marthe.

Celle-là est la plus intelligente, la plus mystérieuse aussi. Je suis troublée quand elle dirige sur moi ses prunelles ardentes et perspicaces. Elle parle peu, mais ce qu'elle dit a une saveur intense et rare. Que connaissons-nous des êtres, quand notre propre conscience est si trouble?

Il me semble que je vais un peu mieux, que je retrouve un peu de cette paix qui suivit tout d'abord le dépaysement de l'arrivée.

Les images s'écartent et se mêlent. Elles m'assaillent encore, avec des armes moins tranchantes. J'ose à peine constater ceci, car je sais trop les terribles rechutes et comment l'hallucination s'installe à nouveau dans son empire. Ah, si ma pauvre broderie d'enfant sage pouvait parler, si elle racontait les brûlures qui accompagnèrent son point, qui se trouvent mêlées à sa trame.

Ce qui, dans le cas de Claude, a le plus nui à Claude, c'est que je ne me suis jamais représenté avec netteté son départ, son définitif abandon. J'ai trop de foi dans la persistance de son amour.

3 mars.

Un mois déjà que je suis ici! Les choses me sont devenues familières.

J'ai à peine parcouru un nouveau paquet de lettres de mon père, de Mme de Nauverai, de Jeanne et Charles d'Aprileux. Ils vont bien tous. C'est le principal. Le voyage en Egypte aura été, pour les deux amoureux, un regain de jeunesse et d'affection. Je sais indirectement que Vercors et Claude sont rentrés à Paris.

Maurice s'est découragé, car il ne donne plus signe de vie. Jamouins ne m'a pas écrit une seule fois. Sans doute il s'obstine dans son remords.

J'affectionne maintenant ce cercle de roches et de ravins où la vie prend pour moi un goût de genèse, où ma sensibilité surexcitée, solitaire, oscille entre le rire et les larmes. J'emporte un livre que je ne lis pas et je m'installe sur une pierre plate ou dans une anfractuosité.

Le froid pique, mais je suis embobelinée dans mes fourrures.

Il y a certainement un accord profond entre cet endroit et mon être. Ma force est doublée par la nature. J'arrive à supprimer le temps. L'histoire de mon amour pour Maurice m'apparaît comme une tapisserie dont le fond serait le paysage, et j'embrasse, d'un seul regard, les modes de ma souffrance et de ma joie, et je n'ai plus l'horreur successive, et j'atteins à une sorte de sagesse.

Je me juge.

En moi l'imagination est maîtresse souveraine. Je suis une solution instable qui se cristallise au moindre choc, dans le sens du choc et dans sa forme originelle. Je prends feu de la tête aux pieds.

Maurice m'a conquise par son regard, comme Claude m'a conquise par sa pensée. Nous ne sommes qu'un tourbillon de l'esprit à la chair, de la chair à l'esprit. Mais la première voie est plus lente que la seconde. Chez Henriette les deux invasions se sont rencontrées, entre-croisées.

Le monde dessine en nous une trame secrète. Cette trame est, chez Henriette, un double système de mailles ingénieuses... et cruelles.

Ma mémoire est telle qu'un étang où les images plongent, puis remontent. Celles qui reviennent des profondeurs en rencontrent d'autres qui s'enfonçaient. Il en résulte des bigarrures, des morcellements, des doubles vestiges. Ce sont surfaces moirées, lourdes, huileuses, mordorées et changeantes, aisément dissociables.

Voici la musique et les rêves, légers, diaphanes, en harmonieuse ascension. Voici de pesants souvenirs sensuels qui descendent. Voici la joie, la fantaisie, puis les écailles de la douleur, la prise des heures mélancoliques. Chaque vagabonde a deux visages.

C'est une *fissure de transition* qu'a creusée en moi l'ambiguïté. J'ai trouvé cette formule, non sans orgueil, vers le soir, comme la nuit, grand sculpteur, touchait les pierres et les abîmes de son ébauchoir à phantasmes.

C'est une fissure de transition par où je dissocie mon propre mystère. Il me semble que, si j'y voyais clair en moi-même, ce qui m'obsède s'évanouirait. Un chant lointain m'annonce l'aube.

Maurice aura été mon ferment. Il aura fait lever mon destin.

Que ne suis-je une créatrice! Que ne puis-je exprimer ce qui se passe en moi!

Ma souffrance, mon désir, mon regret deviennent des personnages tragiques. J'assiste à leurs conciliabules. Ils se détachent de ma propre conscience. Ils peuvent en sortir comme d'un tréteau. Cela s'agite en moi comme s'agite l'enfant dans la mère.

Claude, mon cher Claude, auras-tu assez de courage pour recevoir un jour en confidence le meilleur de ma pensée, le suc qui coule de ma blessure?

Pendant que je fais la raisonneuse, les magnificences de la Baume de Tavan entrent dans ma mémoire à leur tour. Tout mon être est ainsi une plaie vive que le bonheur même ferait crier et saigner. Seule ne le déchire point l'accalmie des ténèbres.

6 mars.

Le mieux persiste. Ma gaieté enchante mes compagnes.

Elles sont gaies aussi, à leur manière; c'est contagieux. Sœur Sainte-Marthe par enfantillage, sœur Sainte-Rose par acceptation, sœur Sainte-Marie-Madeleine par sincérité. Ah, que cela fait du bien de rire!

Nous rions de tout et pour tout, comme des échappées de couvent. Le chat a mis sa patte dans les confitures, le sonneur a sonné trop tard, la blanchisseuse a éternué, le docteur Albin et le curé prolongent outre mesure une discussion sans utilité.

Elles s'activent assez, les saintes femmes, pour que quelque récréation leur soit permise. Entre les remèdes donnés aux malades, aux vagabonds, aux enfants, les leçons de catéchisme, de lecture et de couture, les soucis ménagers et matériels de la petite communauté; les soins spirituels et les offices, je me demande comment elles ont le temps d'être encore alertes et bienveillantes, empressées auprès d'une pensionnaire qui abuse de leur hospitalité.

Chaque fois que je fais, sans conviction d'ailleurs, allusion à mon prochain départ, elles se récrient :

— Ah mais non, mademoiselle Henriette, vous n'allez pas nous quitter ainsi. Ce serait très mal.

— Ma mère, j'ai promis aux d'Aprileux d'aller les retrouver en Hollande.

— Les d'Aprileux patienteront. La patience est une grande vertu. D'ailleurs, notre climat vous convient. Vous avez bien meilleure mine qu'à l'arrivée.

— Elle est rose... comme une rose!

— Et puis, il faut achever la broderie du maître-autel; que dirait M. le curé?

— Et vous avez promis un bonnet grec au docteur!

Je les aime de tout mon cœur, ces trois charmantes femmes. Je leur devrai ma convalescence. Elles ont apaisé ma lourde détresse par la mansuétude qui émane d'elles, de leurs paroles affectueuses et jusque de leur silence. Elles n'ont pas de curiosité. Elles n'interrogent point. Elles laissent ainsi fleurir la confiance. Il m'est évident que la quête du divin fait germer des vertus divines.

10 mars.

Je me suis armée de toute mon énergie. J'ai emporté la photographie de Maurice et choisi l'heure du crépuscule, l'heure des fumées montantes du village.

Tout était rose, d'un rose frangé de noir : les maisons, les ruines, la route montante. J'avais mon idée à la fois enfantine et vaillante. Je voulais accomplir un sacrifice païen.

Je suis arrivée, sans penser, à la terrasse du château fort. J'ai bu avidement, largement l'air du soir; puis j'ai mis le portrait sur la pierre et dans l'herbe sèche, la face de mon amant dissimulée, j'ai tiré de ma poche une boîte d'allumettes et guetté la flamme implacable.

Elle a rongé lentement celui-là qu'il n'est point dans mon cœur d'envoûter, mais dont *je veux* perdre la mémoire. Et je sais qu'un pareil holocauste impressionnera en moi la superstitieuse, créera une *date* dans ma destinée.

J'ai frissonné par la nuit froide en répétant le nom de Claude, telle qu'une sorcière moderne et consciente. J'ai laissé les cendres maléficieuses refroidir.

Puis je suis rentrée à tout petits pas, par les ruelles guerrières assombries, étrangement émue, accompagnée d'un oiseau noir qui gémissait au-dessus de ma tête.

Le soir j'avais la fièvre. Je me suis couchée de bonne heure. Sœur Sainte-Rose m'a apporté de la tisane, une pilule de sulfate de quinine.

BIBLIOTHÈQUE NATIONALE B.F. IMPRIMÉS

— Il faut faire attention, ma petite, et bien vous couvrir quand vous sortez. Il rôde, sur les hauteurs, des brouillards malsains.

15 mars.

Je ne suis pas complètement guérie, mais j'ai une âme de convalescente. Le goût de la vie ne m'a point quittée. Il reprend en moi des formes allègres. Je voudrais chanter et danser. L'autre jour, seule dans la campagne, je me suis surprise à courir. Serait-ce enfin que le poison s'est décidé à quitter mes veines?

Suivant l'usage, Claude a gagné le terrain qu'a perdu Maurice. Il m'apparaît charmant et vainqueur. Je ne distingue plus que nos heures sereines, où nos esprits font une natte si parfaite que nous ne reconnaissons pas nos limites. Rien de morne n'obscurcit ma vision.

Mais mon inquiétude a ses détours. C'est l'avenir maintenant qui me préoccupe. Un terrible espace peuplé de fantômes me séparera de mon ami. Ne sera-ce pas une situation au-dessus des forces humaines? Quel déchirement affreux si la haine, après tant d'épreuves, allait se glisser entre nous! Je fuirais jusqu'au bout du monde et ne pourrais me fuir moi-même.

Au sortir d'une pareille crise, bien des sentiments se confondent. J'ai, à l'égard de Maurice, moins de pitié et plus de mépris.

Pourtant, je ne regrette rien.

ILS LAISSAIENT FAIRE LEURS REGARDS,
L'INSTINCT DE L'AMOUR ET LEUR TENDRESSE

X

— Claude, je vous trouve changé, considérablement.

— A mon avantage ?..

— Parbleu... sans cela je ne vous le dirais pas. Vous êtes moins crispé, moins fiévreux, beaucoup plus gentil... Vous me plaisez bien.

Henriette et son ami, arrivés ensemble de Paris la veille, se promenaient dans le bois de La Haye. Avril commençait. Toute la jeune verdure frissonnait du premier printemps.

Les deux jeunes gens s'étaient retrouvés avec joie, après une si longue absence. Ils n'avaient, dans leur double retenue, touché aucune question essentielle. Ils laissaient faire leurs regards, l'instinct de l'amour et leur tendresse.

Depuis sa grande désillusion quant à Maurice, depuis les heures bienfaisantes de la Baume de Tavan, Henriette n'était plus la même. Elle se sentait légère et heureuse et voyait le monde transfiguré.

Elle n'avait fait que traverser Paris. Rue de Monsieur ne l'attendait aucune nouvelle de son amant. Pour la première fois ce silence et cette résignation la laissaient vraiment indifférente.

— Pensiez-vous un peu à moi, tandis que vous soigniez ce riche diabétique à Moscou ?.. Parrain vous parlait-il de sa filleule ?...

Claude sourit.

— Il n'était question que de vous... vous le savez bien...

— Mais j'aime à l'entendre répéter. Alors, qu'avez-vous remarqué d'intéressant en Russie ?

Il réfléchit avec gravité.

— Rien... rien du tout... ma tête était restée à Paris... ou à la Baume... Et vous, mademoiselle, quels graves problèmes agitiez-vous avec sœurs Sainte-Marthe et Sainte-Rose ?

— Nous traitions de recettes de ménage... Vous goûterez de mes confitures.

Ils arrivaient à un carrefour charmant et majestueux. De grands jets de soleil coulaient entre les hêtres aux troncs polis.

Elle remarqua :

— C'est tout différent de Fontainebleau ici... bien plus Louis quatorzien.. malgré les mêmes essences...

— Ah, Fontainebleau !...

Claude s'arrêta net, craignant de trop parler. Il voulait jouer serré maintenant. D'ailleurs Vercors, pendant leur voyage, l'avait stylé.

La petite voix douce, irrésistible, continua :

— Vous viendrez à *la Sagesse*, je suppose .. cette année .. en septembre ?... car nous irons tard... à cause de papa.

— Cela dépendra... de mes travaux et des exigences du patron... Quand votre père et Mme de Nauverai reviennent-ils ?

— Fin mai...

Il y eut un silence. Henriette avait le

cœur gros. Elle trouvait son ami bien pondéré, soudain, presque distant.

— Eh, Henriette... réveillons-nous !

L'appel affectueux, l'intonation connue rendirent sa gaieté à la promeneuse. Elle prit le bras de son compagnon ; en elle tressaillait quelque chose de neuf, de limpide, pour quoi elle ne trouvait pas encore de paroles. Ils marchèrent au pas l'un contre l'autre, fredonnant une marche militaire. Ils croisaient de paisibles Hollandais qui les regardaient avec stupeur, puis, devant tant de hâte et de sans-gêne, se répétaient à l'oreille : *Des Français.*

— C'est égal... dit la jeune fille, Charles est un rude égoïste... Il tient sa femme éloignée de Paris. Il travaille tout le temps...

— Qu'importe, s'ils sont heureux...

— Hum ! je confesserai Jeanne. Je suis sûre que son exil lui pèse, qu'elle regrette nos promenades sur les boulevards, quand nous trottions ainsi, comme deux grenadiers.

— Je crois tout de même, Henriette, que, si jamais nos destinées s'unissent, nous ferons bien aussi d'aller nous retremper, nous refaire dans un isolement quelconque...

— Où cela, par exemple ?...

Combien cette reprise de leurs projets était douce au cœur d'Henriette ! Une émotion telle l'envahit qu'elle s'arrêta, rose, essoufflée, la bouche crispée par ce pli récent où se joignaient le rire et les larmes.

Claude cherchait ingénument :

— Voyons, l'Anjou... connu et trop près... les Pyrénées, trop de monde... le Midi, voulez-vous ?...

— Oh, non !

Elle devint pâle. Il n'insista pas, pensant que le souvenir de sa mère déterminait cet étrange refus.

— Soit... Nous inventerons autre chose... Mais voilà nos hôtes qui viennent au-devant de nous.

Charles d'Aprileux n'avait pas changé, alerte, élégant, empressé. Ce roux aux yeux clairs ne vieillissait point. Sa femme par contre avait pris vite un biais de timidité provinciale, qui se dissipait au contact d'Henriette.

— Que c'est joli, ce bois, dans cette lumière ! s'écria celle-ci.

— Lumière et bois de Residence, répliqua Charles... Nous sommes fiers, monsieur et mademoiselle, de vous posséder en ce bocage... On compte vous y garder longtemps.

Il avait dit à sa femme :

— On saura où ils en sont rien qu'aux premiers mots d'Henriette, car elle a ce privilège de toujours colorer son langage avec sa préoccupation du moment.

Et la jeune fille eut cet élan naïf :

— L'air de La Haye convient à Claude. Il n'a jamais été si gentil.

La maison des d'Aprileux, située sur un joli canal, aux portes de la ville, apparaissait de style nettement hollandais, avec ses deux étages trapus, son toit à pignon et ses larges fenêtres à guillotine. Elle avait été aménagée par Charles et Jeanne avec un goût parfait, car le romancier possédait au plus haut point le don de choisir et d'harmoniser les meubles et les étoffes. Il détestait en tout le modern-style, ses fauteuils où l'on ne peut s'asseoir, ses tables que l'on ne peut dresser, ses étagères que l'on ne peut garnir. Ses axiomes favoris étaient : *J'ai l'horreur de la couleur locale. — Il faut mépriser l'étrange et l'exceptionnel. — Ne sont admissibles, en matière d'installation, que les beautés dont on ne se lasse pas.*

Les pièces étaient grandes et confortables. Quelques très belles eaux-fortes de Rembrandt. De curieuses tapisseries des Flandres. La chambre d'Henriette et celle de Claude étaient voisines, sur le même palier que leurs hôtes, le long d'un corridor aux dalles rouges et luisantes, éclairé par le fond, comme dans les tableaux de Pierre de Hoogh.

On laissait à chacun la plus complète liberté, quant à l'emploi du temps, aux excursions et aux promenades. Charles avait des habitudes de vie et de conduite régulières auxquelles rien ne pouvait l'arracher. Le soir, on faisait de la musique.

Rarement se montrait un *visiteur* : tantôt un compatriote de passage, généralement pressé d'apprendre la Hollande en cinq minutes pour la faire ensuite connaître aux autres, tantôt un professeur d'université, savant et modeste comme on l'est en ce pays, visage placide aux yeux perçants.

Charles, Henriette, Jeanne et Claude étaient réunis au salon après le dîner. On causait :

— Henriette, dit le romancier, cette robe noire est un chef-d'œuvre de simplicité et de grâce. Vous avez un goût irréprochable...

La jeune fille s'inclina.

— Ce don de toute réalité que vous possédez au plus haut point, poursuivit le romancier...

— Eh là-bas, gare au ton docte...

— Tant pis, je reste docte... Ce don de réalité vous procurera dans la vie les très grandes souffrances et les très grandes joies...

— Merci, pour l'horoscope...

— La réalité est blessante. On revient d'elle couvert de plaies. J'en sais quelque chose. Mais son contact plein, nu, vif, sans fard, vaut la peine de tenter l'entreprise.

— Henriette est pourtant très discrète, observa Claude...

— C'est le repos des scrupuleuses. Mais cela n'empêche rien. Et souvent elle feint la distraction, quand elle redoute de *laisser voir*.

Henriette allait répondre quand la porte s'ouvrit et le valet de chambre lui tendit, sur un plateau, deux lettres. La première enveloppe portait l'écriture de son père, la seconde celles de Maurice et de Rose réunies ; car la femme de chambre avait *fait suivre* de la rue de Monsieur à La Haye.

— Vous permettez... de Rose et de papa...

Elle lut vite et sans trouble :

Ma bien-aimée, où es-tu, que deviens-tu?... Oh, ces deux longs mois!... Je suis inquiet de ton silence, de ton absence, de nos adieux. Mon cœur est toujours plein de toi... Mon corps a l'empreinte de ton corps. Donne-moi de tes nouvelles, je t'en supplie... et de notre double crainte qui renferme une double espérance.

Je baise tes lèvres et tes yeux, dix, vingt fois, comme dans nos nuits folles où tu pleurais de joie entre mes bras.

MAURICE.

Henriette sentait sur elle les yeux inquiets de Claude et subtils de Charles. Elle dit négligemment :

— Rien de nouveau chez nous, à Paris. La maison se porte bien... Au tour de la prose du philosophe... Je la parcours seulement... *Bonne santé*... parfait... *Mlle de Nauverai va t'écrire... Voyage admirable et fécond... Beaucoup de notes... Nos tendres souvenirs à Charles, Jeanne et Claude... T'embrasse*... Cher papa, il me semble que, cette fois-ci, il use moins de son droit de me morigéner.

— C'est un bien grand homme, répliqua d'Aprileux qui avait fait ses observations... Je m'en aperçois un peu plus tous les jours... Ce n'est pas étonnant, mademoiselle, que vous soyez une personne lyrique...

— A la fois d'analyse et de légende, déclara Claude... Elle *se* connaît, et elle suit ses ancêtres. C'est ce qui crée son harmonie profonde, n'est-ce pas?

La jeune fille le remercia d'un sourire sincère. Elle était heureuse et respirait librement.

Cette lettre de Maurice ne l'avait point bouleversée, comme il arrivait jadis quand elle s'enfermait à clef dans sa chambre, pour lire et relire le précieux billet sans crainte d'être dérangée.

— Le brûlerai-je tout à l'heure, songea-t-elle, ou dois-je le garder comme un témoin de mon mépris? .. Il m'a semblé que l'écriture avait quelque chose d'encore plus veule...

Comme il arrive à ceux qui sortent d'un désir, d'une fièvre ou d'une habitude, elle s'étonnait d'avoir succombé, d'avoir été si faible et si imprudente.

— Moi, moi, je me suis donnée comme une fille!

Un grand cri la réveilla. C'était Charles qui, debout devant elle, lui demandait, pour la quatrième fois, sans parvenir à se faire entendre, de jouer certain prélude de Chopin. Jeanne et Claude riaient de bon cœur.

— Oh, non, Chopin ne me *chante* pas. Ça, si vous voulez...

Elle courut au piano. La plainte mystérieuse du cor, qui suscite la mémoire de Tristan mourant, commença, sous ses doigts légers, de répandre son sortilège.

Elle revit la Baume de Tavan, les ruelles rosâtres au crépuscule, les fumées montantes du village et le cirque des pierres farouches ; elle revit les heures pâles du jour, rangées en cercle autour de l'horizon, cadran de terreur, d'angoisse et d'espérance, que la projection de sa vie intérieure déchirait parfois en lambeaux furieux. Le petit chat *Eh bien* se frôlait à ses jupes...

Tel qu'une cantilène de sorcière, ce chant du pâtre évoquait pour elle les marches ardentes de sa passion, les courts instants d'extase sensuelle entre leurs landes moroses d'hier et de demain ; ainsi qu'à la croissance instantanée d'une plante de fakir, elle assistait à la genèse de ce dédoublement monstrueux, l'esprit pour Claude, le reste pour Maurice. Les mailles d'un si étrange réseau lui devenaient intensément visibles.

Elle s'arrêta épuisée. Ses auditeurs étaient dans l'enthousiasme.

— La musique est pour vous un déguisement, s'écria Charles. Il est clair que vous la drapez sur votre propre mélancolie... Ah, ma chère, avec cet air-là, vous ressusciteriez Lazare, dans ses limbes d'or à la Rembrandt.

— Tu as encore progressé dans l'expression... murmura Jeanne.

Quant à Claude, il avait les yeux pleins de larmes. Par la singulière concordance qui l'unissait à son amie, il avait accompli un trajet parallèle, à travers sa propre souffrance et ses doutes. Il eut honte de cette émotion, leva le doigt et avança le menton, son profil régulier en pleine lumière.

- Henriette est une nostalgique et cet air-là libère son âme.

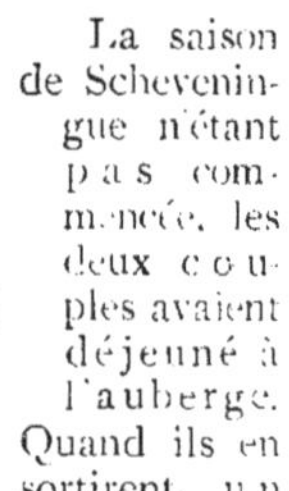

LE VALET DE CHAMBRE LUI TENDIT, SUR UN PLATEAU, DEUX LETTRES.

La saison de Scheveningue n'étant pas commencée, les deux couples avaient déjeuné à l'auberge. Quand ils en sortirent, un ciel gris de Hollande enveloppait la mer huileuse. Aussi loin que courait le regard, on apercevait les côtes frangées d'écume.

Claude et Henriette marchaient en avant. Il y avait dans l'air quelque chose de salubre et d'allègre.

— Claude, fit de sa voix confidentielle la jeune fille, vous rappelez-vous cette route où vous me disiez, l'autre année, des paroles si généreuses, si réconfortantes?

— Mais oui... ma douce amie... je me souviens... le cheval buta contre un mur.

— Il a repris son allure ensuite... Les pensez-vous encore... ces paroles généreuses?

— Mon cœur n'a pas changé, Henriette... Les neiges de Russie l'ont préservé... J'ai beaucoup réfléchi... Maintes fois la haute flamme de l'espérance s'est obscurcie ; jamais elle ne s'est éteinte...

— C'est absolument vrai, n'est-ce pas, *mon* Claude? — Elle s'arrêta, longue, fine et pâle sur l'horizon brumeux où s'essayait un soleil timide. Les d'Aprileux n'avaient pas rejoint. Eh bien, je puis vous avouer à mon tour qu'un grand bouleversement se fait en moi...

Il se rappela les conseils de Vercors et, malgré son trouble, demeura calme.

— En ce cas, Henriette, ne dérangeons pas le miracle et courbons la tête.

Elle comprit, baissa le visage, sentant, contre ses tempes fiévreuses, la fraîcheur d'un souffle auguste et sacré. Lui tenait ses yeux sur la mer où danse et miroite l'illusion humaine. Le silence était lourd d'avenir.

— Trouvez-vous beaucoup de coquillages? demanda Charles avec un grand sérieux. Il y en a d'extraordinaires, pour lesquels Dieu s'est donné du mal... Feux célestes, que la science m'embête avec ses dénominations! Les cuistres prononcent un mot, latin ou grec, puis ils grimacent sous leurs lunettes...

— Vous avez rudement raison, s'écria Claude.

Il eût trouvé en cet instant que le diable lui-même *avait rudement raison*. Il se demandait s'il rêvait.

— Cours-moi après, dit Henriette à Jeanne. Tant pis si le sable entre dans nos souliers. On se déchaussera.

Elles partirent, gracieuses et légères ; Charles prit Claude par le bras.

— Il me semble, mon ami, excusez l'intrus, que vos affaires ne vont pas mal.

— Heu, heu, fit Claude hypocritement.

— Cette chère Henriette, continua le romancier, m'intéresse par-dessus toutes les autres. Jamais, je ne cesserai de le répéter, on ne rencontrera une femme plus femme. Et jamais femme plus femme n'aura été, nous exceptés, moins comprise par son entourage. Tenez, l'heure est belle, la mer admirable : décor charmant pour un aveu : Jérôme Herrant est à la fois un homme de génie et une gourde... je maintiens le mot, une gourde. Ça ne sera pas de sa faute si sa fille ne lui éclate pas dans la main. Heureusement que vous êtes là.

— Oh, moi...

— Vous.. si... parfaitement. Vous êtes son fanal et son guide... Un fanal qui n'empêche pas les écueils.. Un guide qui n'empêche pas les écarts... Mais vous êtes là... ça suffit...

Et après un silence :

— Sans vous, d'ailleurs, malgré toute mon amitié pour Henriette, toute mon admiration pour Herrant, j'aurais coupé, oh avec peine, cette grande tendresse de ma femme... Je suis un méthodique... et j'y vois... Les atmosphères troubles sont dangereuses... Les voisinages aussi... Jeanne est aisément influençable... La femme est un poison pour la femme...

Il répéta cette dernière formule qui le

satisfaisait, puis, craignant d'avoir chagriné le jeune homme :

— Heureusement que tout va bien et que vous serez mariés l'année prochaine... Ne niez pas, vous nieriez mal...

Claude admirait cette sûreté de vue et de décision dans la vie, tandis que Charles, alerte et tranquille, suivait, sur la grève rose, les pas rapprochés des coureuses.

Une autre fois, on alla passer la journée à Amsterdam, car la Hollande est, comme la Grèce, petite et remplie de merveilles.

— Elle est, affirmait Charles, le pays le moins compris d'Europe. Une vie intense y circule dans des chairs d'apparence massive. Ici la réalité trouva peut-être sa plus haute et stricte formule.

Il tenait ces propos, au Musée royal, devant *la Ronde de nuit*. Henriette préférait *les Drapiers*.

— Oh, moi, objectait-il, j'aime mieux ce qui est manifeste et vainqueur. La pudeur sentimentale est un joli degré. Mais il y a un degré au-dessus, le libre déchaînement, ce qui avoue, ce qui débride, ce qui soulage. N'est-ce pas, Claude?...

— C'est bon, l'aveu, murmura le jeune homme.

ELLE S'ARRÊTA, LONGUE, FIÈRE ET PÂLE, SUR L'HORIZON BRUMEUX.

Henriette frémit. Chaque détour de la vie, chaque circonstance faisait lever des allusions. Tant qu'elle avait été dans la lutte, elle avait pris goût au mystère. Maintenant qu'elle se rapprochait de Claude, les détails de son secret lui pesaient davantage. En vain se répétait-elle que les soupçons de son ami étaient, pour sa conscience à elle, une libération suffisante. Elle n'arrivait pas à se persuader, à apaiser son cuisant scrupule. Elle envisageait avec terreur une existence de bonheur confiant qui se jouerait autour d'un mensonge ou d'une redoutable prétérition. Car enfin, depuis la terrasse de Saint-Blaise, Claude ne savait rien de positif... et ce voyage à Toulouse !...

Comme s'il eût suivi sa pensée, d'Aprileux conclut de son ton péremptoire :

— Il est cependant des vérités qu'il faut taire et qu'il est indispensable de garder pour soi.

Le soir de ce même jour, la ville était en fête. On était venu de la campagne, des bourgades les plus reculées. Il y avait des paysans de Marken, des pêcheurs, des paysannes à grosses jupes lourdes et circulaires, à coiffes de métal. Ils se promenaient bras dessus, bras dessous par les rues, en groupes compacts, bruyants et timides, qui tenaient toute la largeur de la chaussée, interrompaient la marche des tramways débonnaires. Ce spectacle enchantait le romancier.

— Une race ne change pas. Une race ne se transforme guère. Ces gaillards-là ont les visages cirés et prudents, la démarche économe de leurs portraitistes fameux... A propos, mademoiselle Herrant, et vous, monsieur Varnier, qu'est devenu ce travail en commun sur les *métamorphoses?*

— Nous l'avons un peu négligé, c'est dommage, répondit Claude, car c'était un fameux sujet.

— Je vous crois ! Quand vous le reprendrez, n'oubliez pas le chapitre Ier : *Des transplantations.* Je vous livrerai mes propres remarques.

— Il faut, songeait Henriette, que j'aie la tête solide. En quelques mois, l'Anjou, aveux et remords, Fontainebleau et faute, Londres et faute, Toulouse et crime. La Baume de Tavan, La Haye... Je trouve, continua-t-elle à voix haute, que celui qui change de place, est comme celui qui se retourne dans son lit. Il cherche une position meilleure. C'est le vain artifice des scrupuleux.

— Henriette, murmura Claude, oubliant ses résolutions, tout bas, près d'elle... je vous adore.

— Venez, perdons-nous dans la foule, tous les deux... Adieu vous autres. Dans une heure, au restaurant..

Elle l'entraîna, les joues roses, les yeux brillants, à travers la joie populaire ; ils se sentaient éperdument libres. Ce piétinement du troupeau des hommes autour d'eux ne les gênait pas plus que la vague de Scheveningue. La nuit ensorcelait Amsterdam, faisait surgir les toits *à redans*, les aspects moyen âge, l'architecture guerrière, maritime et commerçante de la fière cité des épices, qui vainquit les tyrans et les bourreaux.

Les faîtes dentelés, crénelés, séparés ou aigus, couleur de fusain, de charbon à cassure bleuâtre et de bitume, montaient dans un ciel glacé de violet sombre.

Des lueurs s'allumaient à tous les étages, à toutes les fenêtres, aux réverbères, reflétées par les canaux droits où s'engourdissaient les bateaux noirs. Elles étaient rouges, d'un jaune éclatant, quelquefois incertaines et pâles. Elles éveillaient des idées de prière, de luxure, de fuite et de mort. Elles éclairaient les rangées d'arbres, les premières verdures et les bourgeons, les voiles juxtaposées, les vergues pointantes.

Henriette résuma d'un mot :

— Il y a de l'héroïsme dans l'air...

Puis :

— Comme nous sommes adaptés, vous et moi, pour traverser les choses... ensemble.

— Puis :

— Votre parole de tout à l'heure m'a remué l'âme délicieusement. Avez-vous bien réfléchi ?... Ne suis-je pas... diminuée à vos yeux ?

— Il y a deux puretés, Henriette, celle d'avant le péché, celle d'après le péché. Je tiens la seconde pour plus haute et plus grande, parce qu'elle est consciente d'elle-même.. Cette phrase est digne d'un réformiste... L'influence de la ville sans doute.

Ils s'arrêtèrent au bord d'un canal, tournant le dos à la foule ; accoudés au parapet, ils se souriaient avec des yeux humides. Leur horizon était un quai, un petit pont, un vieux chaland vert sombre.

Elle gémit, presque dans un souffle tiède, qui rejoignait l'haleine du printemps :

— Alors... quand notre heure bienheureuse sonnera, vous me donnerez l'absolution générale... Claude ?

Il inclina la tête. Elle lui prit la main, l'appuya sur la pierre, de sorte qu'il sentit le froid et le chaud. Elle pleurait sans ciller, lentement, la tête droite. Les larmes quittaient ses beaux yeux rêveurs, descendaient le long du nez fin, s'arrêtaient à la pente

La nuit ensorcelait Amsterdam, faisait surgir les toits « a redans ».

des lèvres qui les aspiraient sans contrainte, comme un breuvage amer et sain. Elle était, dans les ténèbres incomplètes, admirable de grâce et de fragilité...

— Je t'assure, répétait Jeanne d'Aprileux à son mari, que tu te trompes. Henriette est profondément honnête. Elle a *flirté* avec Maurice Dellenoy, voilà tout. Et puis elle a pris peur, voyagé pour l'oublier, et maintenant c'est fait.

Le romancier, songeur, tortillait sa moustache :

— Pour moi, tout a eu lieu... *tout*. L'état actuel... c'est différent... remords, agitation, trouble, désir de revenir sur ses pas... Henriette n'est pas une flirteuse. Elle joue bon jeu, bon argent... Une réaliste doublée d'une métaphysicienne... Voluptueuse et casse-cou... je n'en démords pas. Le cas de Claude est plus complexe... Sait-il ou ignore-t-il? s'il ignore, c'est un rude naïf... S'il sait... un héros... ou un serin.

— Comme tu arranges les choses!

— En tout cas, je ne les dérange point. En dehors de l'affection qui me lie aux protagonistes... lesquels valent la peine qu'on s'intéresse à eux, il y a ici l'attrait d'un des plus singuliers problèmes... Ah, chers pères jésuites, trop dédaignés, vous seuls connûtes les cas de conscience, et ce monstre à peau douce, la femme!... As-tu remarqué qu'on ne parle jamais de Jamouins?... Deux ou trois fois j'ai lancé le nom ; il est retombé sur la nappe... .

— Taquin!...

— Non pas... curieux... Et je remarque que cette dramatique aventure leur a donné du ton à tous, même à ceux qui n'y voient que du feu... Seule la passion crée ces atmosphères... Herrant devient plus humain... Il a un *regain* vers Blanche de Nauverai. Celle-ci est plus subtile, moins guindée... Vercors devient presque un poète. J'ai lu ses derniers travaux avec stupeur, à ce point de vue... Quant à Claude, chaque jour il grandit, s'affine, se spiritualise... Cette petite diablesse les hisse tous à son diapason...

La saison s'avançait. Mai déliait la Hollande des frimas dans les fleurs et dans la lumière.

Afin de revivre des heures écoulées, Claude et Henriette avaient loué une charrette anglaise et un petit cheval.

La jeune fille portait, pour la première fois, une robe mauve d'étoffe légère qui la faisait sœur des jacinthes.

Celles-ci, jusqu'à l'extrême horizon, alternaient avec les tulipes par carrés et plates-bandes régulières, lesquelles jouaient, sous le ciel diaphane, un immense damier de couleur. Il en était de tachetées, de violettes, de soufrées, de roses. Et ces nuances diverses s'harmonisaient, se rejoignaient en une odeur unique que semblaient brasser les moulins de leurs grandes ailes aux voiles claquantes.

— Comme on respire bien! s'écria la promeneuse.

Les rênes flottaient sur l'encolure du cheval qui marchait au pas.

Claude était d'une beauté réfléchie, pénétrante. Il jouissait de cette nature si riche, aromatique, qui enchantait ces lisières de l'être où les sens préparent du destin, élaborent la joie et la peine, en déroutant la vie intérieure. Il dénombrait ces formes chatoyantes, polychromes, à des points divers de maturité, par groupes et par grappes, depuis le petit œuf brillant jusqu'au fier calice épanoui.

Une multitude d'images et d'espérances papillotait dans son esprit, miroir moral des fleurs vivantes.

A un moment, il se tourna vers Henriette. Leurs regards se croisèrent à travers le silence embaumé. Il leur apparut que ce paysage de toutes nuances n'était qu'une projection de leurs forces profondes, un reflet de leurs propres cœurs, où germaient, dans quelle suavité, tous les aspects de la tendresse, de la confiance jumelle, de l'extase. Leurs visages, en se rapprochant, leur montrèrent un autre horizon. Bientôt, leurs lèvres se joignirent.

C'était là pour tous deux, une dangereuse épreuve. Ils en sortirent victorieux, après avoir confronté leurs âmes.

Le soir, Henriette trouva cette lettre mise bien en évidence sur sa table :

Ma chérie,

Nous pourrons être heureux. Vous me l'avez dit aujourd'hui sans paroles.

Mais, jusqu'à ce que nous le soyons complètement, il vaut mieux ne pas demeurer l'un près de l'autre.

Mes forces respectueuses ont leurs limites. Ma passion pour vous n'a pas de limites.

J'attendrai donc que vous m'appeliez, quand il n'y aura plus ni mémoire, ni scrupule, ni réticence, ni inquiétude d'aucun genre, quand vous aurez barré les heures mortes.

Le temps commencera pour nous deux du

moment même où, mettant votre main dans la mienne, vous me direz : « Mon cher mari. »

Le cœur de votre ami est pour jamais contre votre cœur.

C.

Le calcul de Claude était juste. Henriette, à cette lecture, éprouva nettement ce frisson, cette irritation de l'absence, ce désir contrarié qui, chez elle, annonçaient l'amour et la défaite de la volonté.

Elle se leva pour embrasser son père.

— Où en sont vos projets avec Claude ?

XI

— Et maintenant, mademoiselle ma fille, à votre tour de me dire ce que fut votre état d'âme pendant ces quatre mois et demi.

Jérôme Herrant, alerte, robuste et rajeuni par son voyage, parlait ainsi à Henriette.

Ils étaient assis, l'un à côté de l'autre, dans le grand cabinet de travail de la rue de Monsieur. Le soleil venu du jardin, la nouvelle parure des arbres et des parterres rappelaient à la jeune fille émue qu'on était au début de juin, que c'était presque l'*anniversaire* de son aventure douce et terrible.

— Comment est-il possible, songeait-elle, qu'un pareil drame demeure secret !

Elle répondit, de sa voix grave, fixant son père de ses yeux limpides :

— J'ai réfléchi... longtemps... j'ai eu des heures troubles, inquiètes, d'autres consolantes... La Baume de Tavan m'a été salutaire... Là je t'ai maintes fois regretté. Quel décor pour un philosophe !

— Je connais... je connais... répéta Jérôme, hochant sa tête solide et réfléchie. — Une lointaine mélancolie traversait ses regards. — J'ai visité ces roches avec ta mère... jadis... C'est un paysage de révolte, qui peut devenir de résignation.

Puis, changeant d'idées, brusquement :

— Où en sont vos projets avec Claude ? Pardonne-moi de t'interroger ainsi, mais, depuis mon retour, je ne l'ai vu que quelques minutes. Il m'est apparu *différent*, sans que je sache où est la différence.

Henriette attendait cette question. A sa propre surprise, elle ne fit point la réponse préparée.

— Nous avons convenu d'un grand répit, d'un laps nécessaire à notre décision définitive. Tu tombes en plein pacte.

— Ah... ah... Fort bien... C'est assez sage en effet.

Puis, après un silence :

— Tu voudrais l'aimer autant qu'il te paraît possible d'aimer, n'est-ce pas, fillette ?

— Oui.

— Mais quel est ton point de repère... puisque... tu n'as jamais aimé ?

Dans les prunelles noires de Herrant elle aperçut le soupçon qui rôde. Ceci la soulagea et la mit en défense.

— Je n'ai pas besoin d'un objet pour connaître ma puissance d'amour. Je n'ai qu'à confronter mon désir avec sa réalisation...

— Claude n'est pas jaloux ?...

— De qui, de quoi ?...

— De tout et de rien. Prends garde

qu'une fois ton mari, s'il devient ton mari, il n'ait, en ses heures de dépression, de la colère rétrospective... de la rancune...

— A quel sujet ?...

— Sans sujet... parce qu'il aura trop attendu... Enfin...

Le philosophe semblait retenir avec peine les paroles, les objurgations qui gonflaient sa poitrine. Il prit la main d'Henriette, que cette tendresse soudaine étonna.

— Il est vrai, ma chérie, que je me reproche parfois d'avoir été un père négligent. Je le disais, récemment encore, à Mme de Nauverai. Il y a aussi de la timidité, du scrupule dans mon cas. Je respecte ta liberté profonde, j'évite de t'appliquer ma vision. N'accuse pas seulement mon égoïsme, cet égoïsme qu'on jette toujours, comme une pierre, à la tête des vieux métaphysiciens.

Il continua, non sans émotion :

— Je connais trop les êtres pour ignorer qu'on n'empêche rien, qu'on n'entrave pas la destinée... J'ai l'horreur des bons dieux en chambre, de ceux qui se croient toute intrusion permise et qui jugent leur science infaillible. Je sais une seule chose, Henriette, c'est qu'il y a en toi beaucoup de noblesse. Cela évite les déchéances, les erreurs basses, les non-vertus, lesquelles m'apparaissent pires que le vice.

De nouveau se dressa devant Henriette la tentation de l'aveu. Elle regarda *son maître*, ce visage altier, résolu, dont la bravoure était la dominante, les grosses moustaches, les lèvres ironiques, les yeux enfoncés et guetteurs. Elle s'imagina la grimace anxieuse qu'amènerait la révélation, le changement de ce masque hautain. La pudeur fut plus forte : elle se tut, mais, avec une grâce spontanée, se leva pour embrasser son père.

Quand ils se détachèrent, Herrant, un peu honteux de s'être *laissé aller*, reprit, de sa voix nette :

— Ce qu'il faut, c'est que ce garçon, au cas improbable où tu opterais pour la négative, retrouve sa tranquillité d'esprit. Le pacte d'éloignement volontaire est, en ce cas, un bon moyen... Vercors m'a dit que son étude sur l'arthritisme prenait des proportions imprévues... Tant mieux ! Je lui souhaite l'amour et la gloire...

— Il les aura, fit Henriette à voix basse.

— Et Jamouins... Il m'a fait une visite bien courte... Qu'est-ce qui se passe donc dans cette caboche-là, depuis l'année dernière ?...

La jeune fille eut un geste évasif. Herrant continua, comme pour lui-même :

— Je l'ai peut-être froissé sans le savoir ; il est si susceptible. C'est bête... Un vieux camarade. Il ne te gâte pas, toi non plus.

— Oh ! certes non... Une lettre par-ci, par-là, pour demander de mes nouvelles, comme s'il accomplissait une corvée. N'a-t-il pas toujours été lunatique ?

— Sans doute, mais il était affectueux... Bah ! les hommes changent. Il faut les accepter comme ils sont, se détacher de qui se détache... Tu es une grande fille maintenant, poursuivit le philosophe avec un sourire, et le retour nous met en veine de confidence... Je n'ai jamais souffert d'une rupture sentimentale, en amitié ni ailleurs... L'oubli d'autrui provoque chez moi l'oubli, son indifférence mon indifférence.

— Ah, cher père, donne-moi la recette.

Herrant leva le doigt et d'un ton docte :

— Elle tient en un seul mot : l'*orgueil*... C'est un bouclier et un glaive. Crois-moi, mon écolière...

— Cette armure-là ne vaut point pour la femme, répliqua l'écolière avec un grand soupir.

Depuis son retour de Hollande, Henriette n'avait vu Claude que deux fois, pendant quelques minutes. Elle en souffrait, mais sentait que c'était mieux ainsi. L'éclair d'amour vainqueur, sur les champs de tulipes, lui brûlait encore la mémoire.

Ce dernier séjour chez les d'Aprileux, dans la tendresse et la confiance, était venu à son heure, après la solitude de la Baume de Tavan.

Charles lui avait écrit cette lettre :

La Haye, 2 juin.

Ma chère amie,

Permettez-moi de me mêler un instant de ce qui ne me regarde point. Je ne connais sans doute pas tout *le problème, mais le peu que j'en sais suffit à me passionner et me porte à vous donner un petit conseil.. lequel s'appliquerait à Claude comme à vous.*

D'après ce que j'ai observé dans nos délicieuses journées en commun, vous vous crispez trop l'un et l'autre sur ce que vous appelez votre avenir. Lui par amour, vous par tendresse, reculez au lieu d'avancer, dans la conscience de votre hâte.

Le départ de Claude fut une chose excellente. Chère Henriette, il vous faut moins de sécurité. Je crois, de toute mon âme, que ce brave ami est le seul qui puisse faire votre bonheur. Jeanne croit, de toute son âme, que seule vous ferez son bonheur à lui. Mais nous pouvons nous tromper. La vie est courbe et fuyante. En tout cas l'horizon et l'espace vous sont, à tous deux, nécessaires. Ne gâchez point une amitié admirable qui, si la passion double n'arrive point à se réaliser, suffira à faire votre joie et la nôtre, créera de la beauté autour d'elle.

Encore pardon, ma chère Henriette, je ne suis guère un sermonneur. Mais Jeanne m'incite à vous écrire et partage absolument mon avis.

Votre ami, lequel vous admire,

Charles D'APRILEUX.

De Maurice Dellenoy, évidemment averti de son retour, elle recevait, presque chaque matin, un mot ardent ou un télégramme. Il avait changé de tactique, soit qu'il préférât une autre méthode, soit qu'il obéît à son impulsion. Il la harcelait de prières, de cris de désir et de regret.

Elle n'avait plus, en ouvrant ces billets, l'émotion délicieuse de jadis. Elle n'était pas cependant capable de les déchirer sans les lire, comme elle le croyait à la Baume. La curiosité lui restait. Les cendres du portrait brûlé dans les roches n'avaient point emporté le souvenir.

Elle cherchait à gagner du temps, à laisser s'assoupir les images.

Elle avait formellement défendu à Maurice de rôder autour de la rue de Monsieur ; mais, par précaution, elle faisait en voiture ses courses et ses visites et, quand elle allait marcher au Bois ou sur les boulevards, priait une amie de l'accompagner. Le hasard jusqu'à présent la servait, en lui évitant une émotion dont elle jugeait l'épreuve redoutable.

Elle dormait surtout, pour fuir la vie.

Une année de douleurs et de joies, de fatigues et de délices, d'attentes et de veilles prolongées lui avait fait un arriéré de sommeil qu'elle rattrapait avec volupté.

Elle s'installait sur un canapé, dans sa chambre fraîche, les rideaux ne laissant filtrer qu'un peu de lumière rose et calme. Un délicieux silence tenait la maison, le jardin, le quartier. Henriette avait un livre à la main. Peu à peu les caractères se brouillaient, chevauchaient, empiétaient sur les marges. Elle se laissait aller. Aucun rêve. L'abîme profond, enfantin, que souhaitent les criminels et les malades.

Elle sortait de ces longs repos rassérénée, affermie dans sa résolution. Une vigueur neuve et naïve s'accumulait en elle, la séparait du monde, lui refaisait une conscience individuelle.

Car ç'avait été son principal tourment, pendant cette longue période ambiguë, de se sentir tellement poreuse que l'ambiance lui tenait lieu de personnalité, lui imposait ses changements brusques. Un cheval abattu, un chien blessé soulevaient en elle les tourbillons d'une tristesse disproportionnée, que dissipaient, trop vite, un rayon de soleil, un visage heureux.

Les voix et les regards surtout l'*attaquaient* avec une intensité maladive. Elle tenait, en sa terrible mémoire, comme dans une armoire à poisons, la série des intonations de Maurice, la brusque, la caressante, l'irritée, la soupçonneuse... et les silences suspensifs, crépusculaires de Margaret Crescent et de Toulouse... Elle tenait la série des regards, tendres, pâmés, mélancoliques, inquiets, fiévreux, lourds de désir, mal satisfaits et menaçants.

Or, chaque son, chaque couleur, chaque geste reconstituait son cadre et son moment, cela dans une lumière crue, implacable, une torturante clarté d'analyse.

Mais la main du sommeil, bienfaisante et maternelle, pansait ces plaies à vif, estompait les reliefs et dégradait les teintes, donnait aux voix leur valeur d'échos, aux yeux leur valeur de reflets, embarquait l'âme reconnaissante sur les eaux tranquilles de l'oubli.

La date anniversaire du 29 juin approchait.

Chaque lettre de Maurice insistait là-dessus, implorait, pour cette grande journée, une suprême rencontre. Il n'ignorait pas le pouvoir des commémorations sur l'esprit traditionnel d'Henriette.

Elle était résolue à ne point céder. Elle devinait la ruse et la déjouerait. Pourtant cette pensée se glissait en elle : « S'il est maladroit, s'il s'obstine, c'est que, pour la première fois, l'amour l'emporte sur la tactique, c'est qu'il n'est plus le maître de sa volonté. Et justement je lui échappe. Le malheureux ! »

Elle se donna comme besogne distrayante la rédaction de son *journal*. Elle reprit ces feuillets couverts d'une écriture hâtive et nerveuse. Dans les appuis et les échappées elle retrouvait tant d'émotions, mais avec le goût du passé, la marque apaisante de l'accomplissement ! Certaines réflexions lui semblaient naïves, d'autres biaisées, forcées ou amoindries. Elle saisissait là sur le vif, grâce à sa merveilleuse sincérité, cette profonde hypocrisie de notre cœur qui, jusqu'en ses confessions secrètes, le pousse à travestir et à orner, tant le *vrai* est chose redoutable.

— Et l'on ment même à son miroir.

La simple énumération des faits lui montrait, avec netteté, la courbe de son *empoisonnement*. Ce qui paraissait le plus singulier dans son cas, c'était, au c e n t r e ardent d'une passion déchaînée, la froide connaissance du péril, la froide volonté de guérir.

— Suis-je une exception? songeait-elle. Mais qui donc est une exception? N'est-il pas plus simple de supposer que mon aventure est fréquente à d'autres degrés, d'autres niveaux sociaux, que souvent le désir bifurque, la sentimentalité louche, que le « distinguo » catholique entre la chair et l'esprit rencontra souvent ses protagonistes. La foi était un grand capitaine. À sa mort l'empire se démembra. L'instinct, le vouloir, le destin, le hasard tirent chacun de son côté, nous écartèlent.

HENRIETTE AVAIT UN LIVRE A LA MAIN.

Elle se demandait si le mystère n'avait pas grandement favorisé cette liaison étrange, imprévue... A certaines heures elle avait souffert de cette existence ténébreuse, de ces hôtels meublés, de ces rendez-vous hâtifs. Elle avait connu l'enfer de l'amour, sa honte et ses craintes. Mais il n'était pas douteux qu'une pareille existence avait eu son attrait bas, dramatique et malsain, pour une âme aventureuse, amie du risque et, sous la culture, presque sauvage.

Elle n'avait pu se confier à personne. Chaque fois que cette idée du soulagement par l'aveu s'était présentée à son esprit, elle l'avait chassée avec violence. Mme de Nauverai demeurait pour elle une étrangère, sympathique certes et même plus affectueuse que jamais depuis son retour d'Egypte ; mais la jeune fille eût craint de trouver en elle trop d'indulgence et pour des raisons trop vulgaires, car l'illicite excuse l'illicite. Jamouins n'était pas brave, il fuyait les responsabilités, les charges morales. Jeanne d'Aprileux s'épouvantait aisément, confiait tout à son mari, et d'Aprileux, soucieux du moindre contact impur, eût peut-être coupé court les relations.

Pour son père enfin elle redoutait un choc trop rude, une de ces désillusions amères et profondes qui creusent et corrodent la tendresse.

Restait Vercors. Bon au delà de la bonté, prudent et sage, il semblait désigné pour une pareille confidence.

Peu à peu la nécessité de libérer son âme, de demander un suprême conseil à son parrain, s'imposa à l'intelligence d'Henriette.

Deux jours seulement la séparaient du 29 juin. La supplication de Maurice ne cessait pas, se faisait insidieuse et pressante. Sous la fascination de ces lettres subtiles, la jeune fille se sentait faiblir. Elle commençait à se débattre, à mal dormir ; le poison de nouveau brûlait ses veines.

Elle rassembla tout son courage...

Les salons du célèbre docteur étaient remplis de monde quand elle arriva rue de l'Université, car c'était l'heure de la consultation. Il pleuvait, comme jadis, à Sèvres, après le baiser dans le jardin.

— Je veux voir mon parrain tout de suite, dit Henriette au vieux domestique. J'ai absolument besoin de lui parler.

Aussitôt introduite, elle trouva Vercors debout derrière sa table encombrée, les mains tendues vers elle ; sa figure robuste et candide, sous les cheveux blancs et plats, inspirait confiance.

— Qu'est-ce qu'il y a pour ton service, ma petite chérie?... C'est extraordinaire d'avoir ta visite ici dans la journée.

Il tenait sur elle ses yeux gris perçants ;

il la vit pâle et défaillante, admirablement belle, mince, blonde et courbée, comme la pécheresse aux pieds de la croix. Il la fit asseoir, prit sa tête fiévreuse contre sa large poitrine où le cœur battait seulement plus fort, ainsi qu'un bon ouvrier dont rien n'interrompt le travail. Puis il lui dit : « Je t'écoute. Parle. » et n'entr'ouvrit les bras que l'affreux récit achevé.

Henriette se redressa, le visage humide.

Les larges joues de son parrain tremblaient. Une pitié infinie était dans ses regards.

— Comme tu as dû souffrir....

Ce furent ses premiers mots. Puis, devant la jeune fille anxieuse, il réfléchit longuement, le menton dans la main, comme lorsqu'il formulait une ordonnance. Enfin, d'une voix pénétrante :

— L'aimes-tu encore... l'autre?

— Beaucoup moins... Mais je ne suis pas absolument détachée de lui.

— Et le pauvre Claude?

— Je l'adore.

— Lequel choisirais-tu devant la mort?

— Claude.

— Un an de cela, dans quelques jours, dis-tu?

Elle inclina la tête. Le savant, à nouveau, se tut, puis, avec un accent indéfinissable, comme pour lui-même, murmura :

— Ce que Claude sait... et il est loin de savoir tout... suffirait à décourager un autre homme... Mais il l'aime tant... et elle l'aimera tant... Aux heures de dépression sans doute, le passé réapparaîtra... Mais ils sont jeunes... ils pourront oublier.

Alors, s'adressant à sa filleule :

— Petite, voici le point suprême et décisif... Une très faible chance te reste d'échapper à la résignation, à l'abominable résignation qui serait ta déchéance morale... Si, sous un prétexte quelconque — la voix se fit grave et sentencieuse — tu m'entends bien, *quelconque*, tu cèdes une seule fois, c'est fini, tu es perdue... La fuite, en l'état actuel, ne serait qu'un expédient... Tu as dépassé cette phase de lutte. Il s'agit maintenant de te vaincre avec sérénité, de brûler avec joie, devant l'avenir, les vestiges dangereux du passé. Il faut dormir, à tout prix, même avec du chloral. Il faut manger et beaucoup. Il faut faire de l'exercice et de l'hydrothérapie froide. Enfin libère ta mémoire et pour cela ne la brusque pas, ne cherche pas à la distraire. Laisse-la s'user par elle-même et dans sa propre contemplation... Maintenant, l'aveu que tu viens de me faire va te soulager, te calmer. Répète-toi à satiété que je suis là, que je sais tout, et, si tu sens la tentation trop forte, viens me voir, le jour ou la nuit... Cette crise sensuelle fut, chez toi, organique. Elle disparaîtra, comme elle est venue, soudainement. Derrière ses brumes et ses souillures, tu distingueras, tu distingues déjà le véritable amour de ta vie, lequel est ton amour pour Claude... Si ce drame avait d'autres acteurs que vous deux, je jugerais le mariage impossible. Mais je vous connais bien. Vous avez, toi et lui, une égale énergie sensible, une égale faculté de métamorphose, un égal privilège de refaire la substance. Et ce qui vous lie l'un à l'autre est indélébile... Au reste, la grande épreuve a eu lieu. Du moment qu'après la scène de la révélation à St-Blaise Claude ne t'a pas abandonnée à ton sort, avec mépris, c'est qu'il ne doit t'abandonner jamais. Tu as de la chance, ma mignonne, d'avoir inspiré une indulgence pareille.

Il prit sa tête fiévreuse contre sa large poitrine.

Lorsque Henriette sortit de chez son parrain, elle avait repris courage.

Elle rentrait de promenade, le lendemain, vers l'heure du dîner, quand, au tournant du pont de la Concorde, elle aperçut, dans la pénombre d'un coupé, Maurice Dellenoy lui-même auprès d'une femme brune, assez jolie. Leurs deux visages avaient cette expression jumelle, égarée et sournoise, qui ne trompe pas. Leurs mains, mal dissimulées, se serraient.

La jeune fille ressentit une douleur à crier. Elle s'accouda, comme une vagabonde, au parapet du pont, les yeux sur la Seine violette et rapide, sur la ville poudreuse d'un soir d'été. Tout le fiel de la vie lui soulevait le cœur.

Pourtant elle avait renoncé à Maurice, elle s'était juré, par un grand serment, qu'elle ne le reverrait jamais, qu'elle oublierait jusqu'à son nom. Elle avait sans doute prévu des rencontres dans cette immense cité où tout se coudoie, l'oubli et le remords, la tendresse défunte et la haine.

Mais la réalité l'avait saisie dans son filet aux mailles blessantes. *Ils* allaient peut-être rue Noizeile, l'un contre l'autre, par ce beau crépuscule doré. Ils ne parlaient pas, brûlés par l'attente du baiser, de l'étreinte. Ils se désiraient en silence.

Henriette entrevit, en cet instant, l'affreux supplice de Claude. La compassion couvrit sa colère.

Celle-ci réapparut lorsque, rentrant chez elle, rue de Monsieur, elle trouva sur la table de sa chambre un télégramme de Maurice, du traître, du parjure :

C'est demain le 29 juin. Je vous attendrai rue Géronet, avec la même passion folle, la même angoisse qu'il y a un an.

Le ciel était orageux et sombre.

Les choses et les gens avaient cette netteté, ce relief morose et blafard des jours d'orage.

Henriette poussa d'une main fébrile la petite barrière à claire-voie de l'hôtel meublé, ce qui fit tinter une clochette. Maurice la vit monter l'escalier d'un pas lourd, hésitant, et elle s'appuyait à la rampe.

Quand ils furent seuls, la porte fermée, elle ne permit pas qu'il la prît dans ses bras, mais, s'asseyant, elle commença d'une voix grave où réapparaissait par moments la lointaine mélodie amoureuse :

— Je suis venue pour te dire adieu, en ce jour anniversaire, pour *bien finir.*

— Ah !

Le visage du jeune homme devint froid et dur. Déjà il était *en défense.* Elle continua, avec mélancolie :

— Ne t'indigne pas... Tu ne m'aimes plus, ou tu m'aimes moins... Moi aussi, je t'aime moins... Et cette simple constatation doit nous rendre désormais étrangers l'un à l'autre. Oh, je ne me fais pas plus forte que je ne suis. J'ai eu un mauvais moment hier, quand je t'ai rencontré place de la Concorde... avec cette femme... Ne mens pas, ce n'est plus la peine.

— Est-ce que je te soupçonne ou t'accuse, quand on te rencontre avec Claude Varnier ?

— Ce n'est pas la même chose, tu le sais bien. Laissons cela... Je voulais te voir une fois encore, te rassurer... je ne serai pas mère... te demander les quelques lettres que tu as de moi et le portrait que je t'ai donné.

— Tu as confiance !...

— Ce n'est pas par crainte... va... Je ne veux point que ces petits souvenirs s'égarent en des mains étrangères... Oui, tu es soigneux... mais la vie nous change et nous surprend... Et il vaut mieux la prévenir...

— Je n'ai point ces choses... là... sous la main... Je te les renverrai.

— Merci... Et maintenant, adieu, mon cher, cher Maurice. Par toi, j'ai connu la passion, ce qu'il y a de meilleur et de plus cruel ici-bas. Je t'ai aimé de tout mon être.

— C'est vrai que nous nous sommes bien aimés, murmura douloureusement Dellenoy.

Sa fierté, son hypocrisie même étaient vaincues. Ils se tenaient debout, en face l'un de l'autre, cherchant, dans leurs regards, les flammes anciennes de joie, de convoitise, d'extase double et d'apaisement. Entre eux vibrait la dernière corde, avant de se rompre, pour une ultime harmonie.

— Te rappelles-tu cette allée du Bois, l'air chaud et doux, ta jolie toilette blanche ?

— J'entends ta canne frôlant le gravier... j'entends la voix de Jamouins... *Je vous présente...*

— Le rayon de soleil à Versailles.

— Et quand je jouai la *Pathétique.*

— Le tableau de Rousseau... Ah, tu courais dans mon jardin comme une petite fille qui saute à la corde... Henriette.

— Maurice...

— C'est *là* que je veux t'embrasser encore une fois, avant de te quitter pour toujours.

Elle tendit le cou, et tressaillante reçut, *à la place même*, ce baiser d'adieu où chantait tout le poème de leurs brèves amours.

Il l'espérait insatiable et avait compté sur la reprise. Mais elle se domina. Déjà elle se glissait hors de ses bras, avec sa souplesse irrésistible. La suprême vision fut d'une Henriette droite et rebelle, au sourire mouillé, envoyant un baiser du bout de ses doigts fins.

L'endroit admirable qu'est la forêt de Fontainebleau.

XII

JOURNAL D'HENRIETTE

Fontainebleau. — *La Sagesse*, septembre.

Il me semble qu'après une exaspération de toute la vie en moi, qui m'a rapprochée des états troubles et primordiaux de la nature, je retrouve ma personnalité.

Je la retrouve dans l'endroit admirable qu'est, en cette saison, Fontainebleau. La forêt me sert de refuge. Je mêle mes frissons à ses frissons, mes souvenirs à ses feuilles innombrables, mon oubli à ses perspectives.

L'*oubli*, mot merveilleux, nuit profonde des choses et des êtres qui monte de notre cœur vers le monde, abri, genèse et renaissance. Dans les ténèbres, où rôde la prescience d'invisibles fantômes, je me perds avec gratitude. Parfois une brève lueur m'épouvante, mais je ferme les yeux de l'âme. A force de s'exercer en ce point, ma volonté a pris racine. Elle ne laisse plus arriver à moi que des images touchantes et sans venin.

Je n'ai plus cet appétit de sommeil qui me tourmentait à Paris, mais j'ai perdu la notion du temps. Tantôt les heures me semblent se mouvoir avec une lenteur infinie, tantôt leur rapidité m'éblouit comme un passage trop prompt du jour à la nuit et de la nuit au jour.

Mme de Nauverai est absente, auprès d'une amie malade. Je suis seule avec mon père ; cela m'est infiniment doux. Nous apprenons à nous connaître. Il me témoigne, depuis son retour, une tendre confiance qui suscite la mienne.

Vercors prend, comme chaque année, ses vacances à Marlotte, tandis que Claude le remplace à Paris.

Mon parrain m'est encore devenu plus cher depuis que je me suis confessée à lui. Il dirige sur moi, quand il pense que je ne le vois pas, des yeux d'une mélancolie, d'une finesse merveilleuses.

Je n'ai aucune nouvelle de Maurice. Il ne m'a renvoyé ni lettres ni portrait.

Claude est venu trois fois, depuis que nous sommes installés ici. Ses visites ont été courtes. Il évitait de se trouver seul avec moi, et, quand cela arrivait, mettait la conversation sur des choses indifférentes ou scientifiques. J'en éprouvais même quelque irritation. Je n'ose l'interroger à mon tour, lui demander s'il m'aime encore.

M'aime-t-il encore? Cette question est devenue mon grand supplice. Il serait tout naturel qu'il fût las d'une si longue poursuite, que la douleur eût tué l'amour. A cette pensée, une amertume accompagnée de remords m'envahit. Comment ai-je pu ainsi gâcher ma destinée! Voilà que j'ai vingt-six ans et demi. Claude était mon unique espoir, mon seul compagnon possible sur la route brève ou longue de l'existence.

C'est ce que je disais l'autre jour à Vercors :

— Tu supposes bien que je suis demeurée honnête fille, au sens profond du mot, et que cet entraînement incroyable me fait horreur. J'aimerais mieux mourir que de recommencer une aventure pareille. Tu ne souris point. Tu me connais, toi ; je ne m'excuse pas, je ne cherche pas à pallier ma faute. La passion m'a envahie, recouverte et roulée, ainsi qu'un flot irrésistible. Je crois que ma pruderie même et mon scrupule ont aidé à ma chute par la résistance. Dès que celle-ci faiblit, elle fut emportée d'un coup.

— Evidemment, m'a répondu parrain, tu as été victime d'une intoxication soudaine et complète. Je te croyais néanmoins plus énergique.

— As-tu aimé, toi, une fois dans ta vie, jusqu'à en perdre la raison?

Il a secoué tristement la tête.

— Jamais. Je connais le désir, la tendresse, je ne connais point la passion. Je sais qu'elle existe. J'en ai eu, hélas, la preuve par ma chère filleule. C'est tout.

Beaucoup d'êtres, sans doute, accomplissent ainsi leur destinée, sans éprouver jamais ce qui donne son prix à l'univers. Mais que de tortures ils évitent!

Jeanne d'Aprileux m'écrit régulièrement. Charles lui promet que, si son drame est achevé, ils reviendront à Paris en décembre. Elle abandonnera La Haye sans regret. Combien je serai heureuse de retrouver cette amie irréprochable, droite et sereine dans son simple bonheur!

Il n'est plus jamais question de Jamouins. Avant de quitter Paris, autant pour avoir le cœur net de cette rupture que pour juger de ma guérison, je suis allée le surprendre à Versailles, vers l'heure du déjeuner. Il était absent.

La servante m'a reçue, dans le salon clos, où pénétrait, comme jadis, un grand rayon de soleil. Rien n'avait changé. Tout le décor était à la même place. Je suis restée là debout quelques minutes, fermant les yeux, évoquant Beethoven et ma folie naissante. Quand je les ai rouverts, ils étaient pleins de larmes.

J'ai voulu revenir immédiatement. J'ai acheté, chez un boulanger, deux petits pains, du chocolat et j'ai déjeuné dans le train, cherchant à distraire ma pensée, acceptant la mort de ce qui est mort.

Je suis les conseils de parrain quant à la cure d'exercice physique.

Chaque jour je fais une grande promenade à pied, en voiture ou à bicyclette. J'évite généralement la solitude. Il y a près de nous une famille qui ne m'ennuie pas trop : les Tenneson. Deux petites demoiselles bien sages et un grand jeune homme poussé trop vite. Ce sont mes camarades habituels. Leur société distrait ma rêverie sombre et n'empêche point ma rêverie claire.

Hier matin à sept heures, par un joli temps de soleil dans le brouillard, comme je me préparais à sortir, on a frappé à ma porte. C'était papa.

— Veux-tu de *ma société* aujourd'hui, Henriette?

— Mais, avec bonheur.

Nous nous sommes mis en route d'un pas de chasseurs alpins. Jérôme Herrant marche bien. Je le regardais, robuste, élégant, avec son feutre mou, sa grosse canne, ses yeux vifs et sa lèvre ironique. Il est conservé par la pensée continuelle, l'égoïsme que celle-ci entraîne. Comme je le connais bien, je suis dans ses regards la transformation du concret en abstrait, des spectacles de la vie en substance philosophique. C'est ce qu'il appelle *dépouiller*.

Nous avons pris le chemin transversal qui mène à Bouron et Arbonne.

D'abord mon compagnon était silencieux. Puis le grand air, la beauté des futaies roussies par l'automne lui rendirent son éloquence habituelle.

— Je suis venu ici bien jeune, quand je préparais ma licence. C'est amusant de comparer les choses immuables à nos propres transformations.

Je pensai au hêtre majestueux qui me sert de témoin. Il continua :

— Le plus grand dramaturge serait celui qui agrandirait son petit théâtre intérieur de telle façon que le spectacle changeant du monde s'y reflétât sans cesse en lyrisme. Nous ne savons pas bien *composer* notre âme.

— Mais, père, ne serait-ce pas une étrange contrainte que celle supprimant la spontanéité, l'instinct, l'élan, la joie de l'ignorance qui agit?

— Ignorance d'après la science, dit Montaigne. Au delà de la connaissance il est, Henriette, une fraîcheur seconde. Comme, après toute défaillance, il est une vertu seconde à laquelle atteignent seuls les cœurs d'élite.

L'intelligence de mon père est quelque chose de si aigu, de si retors que je redoute toujours ces pointes de réalité qu'il pousse à travers les idées générales. Il a, au plus haut degré, le don de l'allusion.

Comme il avait déjà deviné ma méfiance, il changea de sujet.

— Il est très dommage que Claude, par l'influence souveraine de Vercors, se trouve confiné dans la science. Ce garçon est poète. J'en ai la preuve à chacune de ses visites. Son sens musical est admirable.

— Il se dégagera. On fait toujours ce que l'on doit faire.

— Eh, eh... c'est une question. Après bien des détours et des retards parfois. Ainsi je connais des parties de ma sensibilité que j'ai sottement laissées en friche, qui ne donneront plus rien, parce qu'elles sont engourdies ou paralysées... Henriette...

— Père ?

— Sais-tu ce que je me suis dit souvent ? Elle en aime un autre, mais elle veut rester fidèle à son serment vis-à-vis d'elle-même et de Claude. Tu aurais tort. L'obstination, en ces matières, est désastreuse...

Je ne m'attendais point à une si brusque attaque. Je jouai mal la stupeur indignée.

— Qu'est-ce qui a pu te faire croire ?

— Oh, je parle algébriquement, ma chère fille : l'amour et la volonté, l'amour et l'intention n'ont jamais passé par la même porte, voilà tout. Et je ne veux pas te voir malheureuse. Maintenant, je ferme la parenthèse. Excuse l'indiscrétion... Ah, le brouillard qui s'évapore. Il va faire une journée magnifique.

Notre conscience est chose si étrange que cette petite incursion paternelle dans mon secret m'a soulagée, m'a rendu Claude encore plus cher. L'idée que nos proches ne tiennent pas tant que cela à notre union fait que moi j'y tiens davantage. Seulement je ne suis pas folle et je sais qu'après de pareilles épreuves il faut que de part et d'autre *toutes* les plaies saignantes se cicatrisent.

Fin septembre.

Je viens d'avoir quelques mauvais jours. Je ne m'en plains pas, car c'est la pensée de Claude, non celle de Maurice qui me tourmente.

Dix fois j'ai été sur le point d'écrire à Claude : *M'aimez-vous encore ?* et, en cas de réponse affirmative : *Eh bien, moi, je vous aime aujourd'hui comme vous avez le droit d'être aimé.* Dix fois je me suis arrêtée aux premières lignes de ma lettre. Ce n'est point tant ma fierté de femme et d'amie qu'un scrupule nouveau qui me retient.

J'ai peur, telle est la vérité, que Claude, toujours porté, quand il s'agit de moi, à l'indulgence, ne m'ait supposée plus courageuse que je ne le fus réellement. J'ai peur que sa fatuité d'homme, cette fatuité qui survit aux pires leçons, ne lui laisse croire que mon amour incomplet pour lui suffisait à enrayer mon désir de Maurice.

Oui, si nous entrons dans une vie nouvelle ensemble, héroïquement épris l'un de l'autre, la tête haute et la main dans la main, il faut que ce soit sans arrière-pensée, sans mensonge, sans hypocrisie. Il faut que ce soit en pleine lumière.

Or, au point de tension extrême où nous en sommes, ma confession générale serait, de ma part, un suicide, j'en suis persuadée.

J'aime moins le risque, décidément. Je suis allée confier mes craintes à Vercors.

Je suis arrivée à Marlotte à l'heure du crépuscule. Je l'ai trouvé arrosant ses plantes dans son petit jardin.

— Bonjour, fillette, quoi de neuf ?

L'excellent homme affecte un ton dégagé qui signifie, si je lis bien dans sa pensée, qu'il n'a pas moins d'estime pour moi et qu'il conserve bon espoir. Mais l'inquiétude vire au fond de ses yeux gris.

Il écoute attentivement les raisons de mon dur souci. Ce sont là, pour lui, des problèmes imprévus qui amènent une contraction de son anxieux visage. Nous marchons côte à côte, à tout petits pas, dans les allées de sable fin, roses sous la fuite de la lumière.

— C'est terriblement délicat, ma mignonne... Ne brusque rien. Laisse venir la difficulté, ne te précipite pas au-devant d'elle. Au cours de la grande crise définitive qui vous réunira pour toujours...

— Si nous devons être réunis...

— Oui, superstitieuse. Elle n'ose pas formuler la bonne chance !... Au cours de cette probable crise, il surgira quelque événement, que nous ne pouvons déterminer, qui libérera ta conscience.

— Oh, si cela était !

— D'ailleurs Claude t'aidera. Avant-hier il était ici, dans ce jardin.

Je me sentis pâlir.

— Ah, nous ne l'avons pas vu à *la Sagesse !*

— C'est moi qui lui ai défendu d'y aller. Plus vous laissez d'espace entre vous en ce moment, mieux cela vaut. Rassure-toi, il t'adore.

— Bien vrai, parrain?

Je tremblais. Les moindres détails de l'enclos, le mur jaune, les arbres fruitiers prenaient un aspect de prodige.

Vercors secouait la tête en me regardant :

— Petite insensée! Elle ne te retenait pas, l'image de ton doux et vrai bonheur, à ta place, auprès d'un honnête homme?

— Rien n'aurait pu me retenir.

— Et s'il était arrivé que ta vie, par une troisième vie, se trouvât engagée pour jamais?...

— Cela a failli arriver, pendant que vous étiez à Moscou.

— Ah, mon Dieu, mon Dieu!

Tu l'aurais épousé, en ce cas, *l'autre?*

— Il n'aurait pas voulu.

— C'est donc un monstre?

— C'est un homme. Egoïste, faible et fier.

Nous avons fait encore quelques pas en silence, puis parrain a repris :

— Ne crois-tu point que ton père se doute de quelque chose? Il est venu ici l'autre matin. Il m'a tâté à sa manière. Il a même incidemment, avec négligence, prononcé le nom de l'autre... à propos de Jamouins...

Chaque jour je fais une grande promenade.

— Cela ne m'étonne pas.. Une ou deux fois déjà, parlant à moi-même...

— Tu penses si je me suis bien tenu. J'ai fait la bête. Et puis je possède mon Jérôme Herrant. Théoriquement, tous les courages. Devant les faits, il perd la tête. L'habitude de la philosophie...

— Tu as connu maman, parrain?

— Sans doute. J'allais dîner chez vous chaque semaine, alors comme maintenant. C'était la plus charmante et la meilleure des femmes. Elle avait tes yeux et ta voix... les cheveux plus foncés... Elle était moins grande aussi.

— Et moralement, me ressemblait elle?

— Dans tes qualités, oui, répondit Vercors en souriant. Mais elle était timide et réservée... et puis chaque génération a son apport, ses caractéristiques. Tu tiens de ton père le goût du danger et du risque. C'est un bagage héréditaire que tu aurais pu laisser en consigne.

En rentrant à *la Sagesse*, j'ai trouvé ce billet de Maurice :

Sèvres.

Mon Henriette,

Je vous rendrai vos lettres et votre portrait à vous-même, au jour, à l'heure, à l'endroit que vous m'indiquerez.

Ne cherchez là nul subterfuge, nul traquenard moral.

Mais JE DÉSIRE *vous voir encore une fois. Notre adieu a été trop bref, trop peu conscient. Nous nous sommes quittés comme jadis, quand nous devinions joyeux, sans nous l'avouer, que notre séparation était fictive. C'est la vraie déchirure que je réclame, le sentiment vrai de ta fuite et de ma nuit définitive.*

Après tant de joies, mon Henriette, tu ne peux me refuser ce dernier et cher supplice.

Maurice, *désormais seul.*

Octobre.

Cette lettre a provoqué en moi une véritable irruption du passé.

Cela n'est plus sauvage, immédiat et cruel comme à la *Baume de Tavan*. Cela est d'une puissante mélancolie.

Je pars dans la forêt, et je ne vois point la forêt. Je marche, je marche jusqu'à ce que la fatigue me force à m'asseoir. Je me *réveille*, tantôt en pleine futaie, tantôt au milieu des roches, ou bien devant un horizon

Je marche jusqu'a ce que la fatigue me force a m'asseoir..

immense et libre, qui déferle sur mon cœur comme la mer.

Je mêle maintenant Maurice et Claude.

De ce qui m'attache à l'un et à l'autre, je compose un seul personnage qui est devenu mon compagnon fidèle. Cette fusion ne résulte point d'un effort de ma volonté ; elle s'est faite en moi lentement, par un travail sourd et continu.

De Maurice voici les regards, voici la main souple et nerveuse, dont toute ma chair a le doux frisson. De Claude, voici la voix rassurante, le tumultueux bouillonnement d'idées.

L'auberge de Saint-Blaise et l'hôtel de Toulouse, la rue Noizelle et le laboratoire, nos discussions, ma folie sensuelle se joignent en une idole dangereuse au culte de laquelle je me laisse aller ; ce charme du poison nouveau a pour moi le goût de l'automne et la couleur de ces bois rouges.

J'attends la haute flamme de l'hiver, qui purifiera les mirages.

Je suis, encore une fois, hors du temps, hors de la vie qui nomme et qui juge.

Nous étions en train de goûter à Franchard, moi, les deux demoiselles Tenneson et leur jeune frère, qui me fait discrètement la cour. Tout à coup ma pensée s'envola. C'était un jour de pluie, rue Géronet. Il faisait froid, il faisait noir. Je me serrais contre Maurice. La tempête fouettait les vitres. Je devais rentrer pour dîner. Nous avions du monde à la maison. Et je suppliais mon amant de mettre un terme à cette existence infernale, de se rendre libre ou de m'abandonner. Il m'écoutait avec lassitude, de cet air faux qui ne m'a jamais trompée. Cela me rappelait un abîme aux parois luisantes et humides, dans le Tarn, que nous visitions jadis avec Claude et Vercors. La voix de mon parrain résonnait d'une façon toute particulière : « Prends bien garde, ma petite Henriette. » Je me répétais le conseil, en le changeant de circonstance et d'objet :

— Prends bien garde, ma petite Henriette.

— Que dis-tu? demanda Maurice.

— Que dites-vous, mademoiselle? me demanda le fils Tenneson.

Ainsi, comme il arrive dans les songes, je superposais *deux irréels* et je passais de l'un dans l'autre.

La confiance que j'ai en Claude, la méfiance que j'ai toujours eue de Maurice alternent autour du dominateur que je me suis formé de leurs deux étreintes. J'éprouve là, avec violence, ces attractions, ces répulsions qui sont le *balancé* de l'amour.

L'automne dernier, quelque temps avant le départ pour Londres, nous avions fait la folie, Maurice et moi, de passer la soirée ensemble. Nous étions allés dîner à la campagne, à Meudon, par le gel et le clair de lune.

Que ce double trajet en voiture avait été délicieux ! Il y avait entre nous un commencement de communion morale. Nous avions dépassé ces récits de l'enfance qui formaient, à l'ordinaire, la trame de nos causeries.

Je découvrais, en mon amant, mille choses intimes et délicates que le mystère *acquis* de sa nature m'avait jusqu'alors dérobées. Il m'apparaissait plus orgueilleux encore que moi-même, jaloux de demeurer incompris, de passer à travers les hommes sans rien laisser voir de son prestige. Cette retenue, cette pudeur de ses qualités, illusoire peut-être, forçait mon estime.

Et voici que le clair de lune sur la vallée de la Solle, au cours d'une bruyante partie en break, avec nos aimables voisins, voici que la miraculeuse illumination fait surgir en moi un peuple de fantômes.

Le réel me jette dans le rêve, le rêve me chasse dans le réel.

J'ai essayé de la musique. D'abord, j'ai éprouvé un soulagement. Elle est le cri d'après le langage. Elle mêle l'héroïsme à la luxure. Elle promène le désir sur des cimes immaculées.

Mais la lassitude est venue vite. Mon énergie est une poussière qui fuit à travers mes doigts crispés.

Il y a dix-huit mois, en somme, que je lutte sans répit, que je m'acharne contre moi-même, que j'expie atrocement ma faute. Il y a dix-huit mois que je me débats, que je fais de chaque baiser un remords, de chaque rendez-vous un accès de fièvre.

Et j'ai beau retourner le problème, éviter les complications, le ramener à sa formule simple, je ne vois pas comment, une fois prise dans l'engrenage, je pouvais en sortir sans blessure grave.

J'aimais Claude et j'aimais Maurice.

J'aimai Maurice du jour où je le vis, d'une façon différente, mais irrésistible. A la seconde même où ses yeux bleus rencontrèrent les miens au Bois de Boulogne, je lui appartins aussi violemment que plus tard, dans la volupté la plus âpre.

A ce moment Claude s'effaça.

Sitôt mon premier désir assouvi, il réapparut, dans sa forme, tel que le double de ma conscience, de mon esprit et de mon cœur.

Et l'alternative commença, par ce jeu de reprise et de fuite où j'aurais laissé ma raison, si celle-ci ne s'était retrempée dans la régularité même du supplice.

Nul ne peut comprendre ces choses, s'il ne les a pas éprouvées. Je suis sûre que Vercors lui-même me juge sévèrement et croit que j'aurais pu résister.

Je n'aurais pas pu résister.

Il doit y avoir quelque part, pour la jeune fille la plus chaste et la femme la plus réservée, le *conquérant*, le *ravisseur*, celui qu'elle ne rencontrera peut-être jamais, mais qui, si elle le rencontre, s'emparera d'elle avec un regard, une inflexion de la voix, un geste, un sourire. Par là nous vivons sous une damnation et sous une menace perpétuelles. Mais les sincères, tout au fond d'elles-mêmes, trouveront que cette damnation est un attrait et cette menace une vague espérance.

C'est cela que signifie l'*aventure* : mot merveilleux que comprend la vierge à sa quenouille, comme le comprend l'épouse fidèle sous la lampe familiale, comme le comprend la fille, dans la rue noire et gluante.

L'*aventure*, mot par lequel la race tâtonne, et la destinée s'assouvit sous la forme mensongère du hasard.

Ce grand espace de rêve et d'illusion, qui tient le cerveau trop sonore de la femme, demande à s'emplir de mémoire. Toutes, surtout celles que préservent de bonne heure la fortune, l'éducation, la morale et ses rigides préceptes, toutes nous naissons à l'existence avec le sentiment de l'*impossible*. Il nous semble impossible d'aimer en dehors du mariage, de nous donner en dehors de lui, de céder aux impulsions soudaines.

La religion satisfaisait cette haute tension de la convoitise. Elle offrait une pâture aux rêveries. Elle apaisait notre incessant vertige.

Aujourd'hui que cette barrière suprême devant l'abîme ouvert est levée, tout est bientôt en discussion et tout nous apparaît *possible*.

Nous avons l'art minutieux de tourner peu à peu les obstacles, d'effriter lentement la résistance ; notre culture même aide à notre instinct. . . . .

Que vais-je répondre à Maurice?

Telle est, depuis sa lettre, la question qui me réveille la nuit et me tient machinalement pensive, écoutant dans le silence la palpitation des heures noires.

Confierai-je ma perplexité à parrain et lui demanderai-je de régler, en mon nom, notre dernière et délicate négociation?

Ce serait, il me semble, maladroit et lâche.

Céderai-je à la prière de Maurice?

Ce deuxième parti est le plus sage. Il s'agit seulement d'être sûre de moi.

Je lui donnerai rendez-vous, sans romantisme mais sans faiblesse, à un point quelconque de la forêt, au soir tombant. Il me remettra mon portrait et mes lettres. Ce sera une épreuve de plus, et ma joie sera vive si j'en sors victorieuse.

UNE LETTRE DE CLAUDE...

J'entends bien une voix qui murmure :

— Cette résolution est une fausse bravade. Elle est un détour, un piège de ton désir. Il t'est doux de voir encore une fois Maurice.

Mais je me bouche les oreilles et me donne quatre jours avant d'écrire...

Une lettre de Claude !... Que m'apporte-t-elle? Pourquoi n'est-il pas venu lui-même, s'il a quelque chose d'important à me dire? Je tiens l'enveloppe entre mes doigts tremblants. Cette écriture, nette et vaillante et qui me fut toujours un réconfort, me cause aujourd'hui un trouble affreux.

Enfin je l'ouvre, et cours aux dernières lignes :

A jamais votre

CLAUDE.

Dans quelques jours, vous me verrez à

la Sagesse et lirez, dans mes yeux, la force immuable de mon amour.

Alors, je mets la tête dans mes mains et mes larmes tombent, une à une, sur ces lignes si chères à mon cœur :

Henriette, mon amie, je vous aime encore... je vous aime. Tous ces temps-ci, j'ai évité d'aller à Fontainebleau. Je voulais me recueillir, me juger, me mettre en face de nos projets. Nous ne sommes plus des enfants. Ce long calvaire nous a mûris.

Je puis vous parler avec franchise, comme je l'ai toujours fait, comme je le ferai toujours. Ma réflexion était double; par rapport à vous : Henriette peut-elle encore atteindre, appuyée sur mon bras, ces régions souveraines où elle espérait m'entraîner, et qu'elle a entrevues par un autre? N'a-t-elle pas pris l'habitude, hélas, de voir en moi un inférieur et un vaincu? Mon acharnement, ce qu'elle appelait mon héroïsme, n'a-t-il pas blessé son préjugé de femme, au delà de sa sagesse d'homme et de sa générosité d'amie?

Par rapport à moi : N'ai-je pas accumulé contre elle trop de rancune, qui se ferait issue quelque jour? Aurai-je la force continue d'oublier, de noyer ma mémoire dans un amour constant et tel que ses défaillances demeurent une folle et respectueuse tendresse?

Je suis descendu, douce Henriette, dans des régions troubles, ignorées de moi-même. J'ai passé la revue de ces terribles mois. J'ai découvert ingénument que j'avais eu pour vous, par instants, de la haine, que j'avais souhaité la mort de mon rival, que j'étais sorti de nos conventions. J'ai découvert que certaines phases d'amertume et de lassitude m'avaient mené jusqu'au bord du gouffre, qui serait l'oubli d'Henriette, en conséquence l'oubli de Claude, par un Claude nouveau et sans noblesse.

J'ai vu nos défauts, les vôtres et les miens, ce que votre père appelle nos non-vertus, je me suis supposé meilleur et pire...

J'ai pesé ma propre énergie en face de la vôtre, en lutte et en grâce, en abandon et résurgente.

Je me suis rappelé aussi les gages d'un passé admirable, ce que je vous ai donné, ce que vous m'avez donné, ce que nous possédons en commun, ce que nous pouvons acquérir l'un par l'autre.

Mon scrupule a été plus loin, plus avant, jusqu'à imaginer si ce qui naîtrait de nous porterait la peine et l'empreinte de nos épreuves, ou bénéficierait de la victoire. J'ai consulté ces murmures intimes et divinatoires qui sont les balbutiements de la descendance.

Ma certitude est qu'en cette heure qui, je l'espère, sonne pour vous aussi, nous pouvons, nous devons affronter l'avenir. Je bannis le soupçon et la crainte. Je me ressaisis. Ressaisissez-vous.

A bientôt, Henriette.

Fin octobre.

Par un crépuscule humide, tout trempé d'une vapeur d'argent, je suis arrivée au trot de mon petit cheval, dans ma charrette anglaise, à l'entrée de l'avenue qui conduit au village, après les gorges d'Apremont.

J'ai vu la route de Barbizon et ses coussins jaunes de feuilles mortes dans la pourpre somptueuse de l'automne. Les écorces luisaient comme des colonnes de fonte. Sous la futaie couraient des zigzags noirâtres.

Maurice marchait de long en large, à petits pas, la tête baissée.

Dès qu'il m'aperçut, il la releva, et m'apparut mélancolique et grave. Il vint à ma rencontre sans hâte, me tendit un paquet soigneusement ficelé.

— Voici... Ah, Henriette !... Du Bois de Boulogne à la route de Barbizon... et .. c'est donc ici notre adieu.

— Si vous l'aviez voulu, Maurice, il fut un moment où je pouvais devenir votre femme.

Il leva un bras sans répondre, le laissa retomber pesamment. Autour de nous, en nous tout s'égouttait, filtrait avec lenteur, le brouillard, le temps, la destinée, l'amour.

Il soupira :

— Ma bien-aimée... que je distingue bien votre visage... En pleine lumière... C'est comme cela... Vos yeux et ce petit sourire...

Il tenait mes doigts, qu'il observa avec une attention douloureuse.

— *De mes mains les veines les plus bleues*, comme dit Cléopâtre à Antoine. C'est joli, une main, la vôtre, dans l'automne. Vous permettez...

Son baiser, par mon bras, atteignit jusqu'au cœur. Je sentis qu'un nouveau martyre nous menaçait *tous trois*, si je cédais à la tentation, si je ne suivais le conseil du paysage qui meurt pour se renouveler.

— Très braves, tous deux, ô mon amant ! Non, pas sur une étreinte... Sur un regard, c'est mieux...

Dans l'avenue déserte, et pour jamais, je bus, avec lenteur et courage, le charme inoubliable des yeux bleus. Leur flamme divinisée entra au fond des miens, brûla les heures mauvaises, purifia tout, raviva la fraîche ardeur de l'aube. L'heure basse en fut illuminée.

Puis je remontai en voiture... et partis *seule*, sans me retourner.

Le soir même, comme nous sortions de table, père et moi, on sonna. C'était Claude.

— Bonjour, maître. Bonjour, Henriette... J'ai une voiture... à la porte. Je vais à Marlotte porter mon rapport de quinzaine au patron.

— Vous allez bien prendre un petit verre avec nous?

— Tout de même, comme disent les paysans.

Sous son air dégagé, on devinait un vif énervement. Il évitait mon regard et répondait à tort et à travers aux questions scientifiques de mon père, lequel, voyant ce trouble, nous laissa seuls...

J'ai remarqué que le rayon circulaire de la grande lampe était, entre moi et Claude, comme jadis à Versailles, entre moi et Maurice, la pente étincelante de soleil.

— Vous avez lu ma lettre, Henriette?

— Oui, mon ami. Voici la réponse.

Je pris sa main fiévreuse, que je serrai de toutes mes forces. Cela me prouvait mon énergie et m'assurait dans ma décision.

Ensuite j'ai dit :

— Mais, Claude, vous ne savez pas tout...

Il m'a interrompue d'un ton net :

— Depuis un an, *jusqu'à ces derniers temps*, je me suis douté de tout et j'ai tout soupçonné, Henriette. Il y avait des alternatives de désespoir et de crédulité, au delà et en deçà... Mais mon soupçon ne cédait point... Donc, ne me dites rien... Votre conscience est libre.

Votre conscience est libre! Ces mots bienheureux m'inondaient l'âme de joie, de sécurité, de gratitude.

Il continua, avec douceur : « Je ne suis plus pressé. Je puis attendre l'*évidence*. Quand elle vous traversera, nous courberons la tête et nous laisserons faire le miracle. Pour que vous soyez ma prisonnière, il faut que la porte demeure ouverte... »

Il y eut un silence, puis Claude laissa tomber ces mots, où se résumait notre double épreuve :

— Bientôt, dans le désir, Henriette, vous vous trouverez *semblable* à moi. La passion fait sourdre la race.

BIBLIOTHÈQUE NATIONALE RF IMPRIMÉS

Pour paraître le 1er Mai

MÉMOIRES D'UN JEUNE HOMME RANGÉ

par TRISTAN-BERNARD

ILLUSTRATIONS DE HERMANN-PAUL.

Dans la même Collection ont paru :

CRUELLE ÉNIGME, par **Paul BOURGET**, de l'Académie Française.
ILLUSTRATIONS DE A. CALBET.

FLIRT, par **Paul HERVIEU**, de l'Académie Française.
ILLUSTRATIONS DE F. BELLENGER.

LA MAISON DES DEUX BARBEAUX, par **André THEURIET**
de l'Académie Française.
ILLUSTRATIONS DE HUARD.

L'ABBÉ JULES, par **Octave MIRBEAU.**
ILLUSTRATIONS DE HERMANN-PAUL.

LES TRANSATLANTIQUES, par **Abel HERMANT**
ILLUSTRATIONS DE HERMANN-PAUL.

ANDRÉ CORNÉLIS, par **Paul BOURGET**, de l'Académie Française.
ILLUSTRATIONS DE STARACE.

LA GLU, par **Jean RICHEPIN.**
ILLUSTRATIONS DE LAURENT-DESROUSSEAUX.

SIRE, par **Henri LAVEDAN**, de l'Academie Française.
ILLUSTRATIONS DE CONRAD.

L'INCONNU, par **Paul HERVIEU**, de l'Académie Française.
ILLUSTRATIONS DE H. MORIN.

LES DIABOLIQUES, par **BARBEY D'AUREVILLY.**
ILLUSTRATIONS DE MARODON.

CÉLESTE PRUDHOMAT, par **Gustave GUICHES.**
ILLUSTRATIONS DE RENÉ LELONG.

SOUVENIRS DU VICOMTE DE COURPIÈRE, par **Abel HERMANT.**
ILLUSTRATIONS DE A. CALBET.

MONSIEUR DE COURPIÈRE MARIÉ, par **Abel HERMANT.**
ILLUSTRATIONS DE A. CALBET.

L'ARMATURE, par **Paul HERVIEU**, de l'Académie Française.
ILLUSTRATIONS DE LAURENT-DESROUSSEAUX.

Achevé d'imprimer
Pour M. Arthème FAYARD
sur les presses de la maison
WELLHOFF et ROCHE

Il paraît un volume au commencement de chaque mois

Imp. Wellhoff et Roche, 55, rue Fromont, Levallois-Perret.